鲁迅信札丛编

鲁迅致赵家璧信札

李浩 编

辽宁美术出版社

图书在版编目（CIP）数据

鲁迅致赵家璧信札 / 李浩编. — 沈阳：辽宁美术出版社，2021.3

（鲁迅信札丛编）

ISBN 978-7-5314-8919-1

Ⅰ. ①鲁… Ⅱ. ①李… Ⅲ. ①鲁迅书简 Ⅳ. ①I210.7

中国版本图书馆CIP数据核字（2020）第266909号

出 版 者：辽宁美术出版社

地　　址：沈阳市和平区民族北街29号　邮编：110001

发 行 者：辽宁美术出版社

印 刷 者：辽宁新华印务有限公司

开　　本：889mm × 1194mm　1/16

印　　张：14.5

字　　数：180千字

出版时间：2021年3月第1版

印刷时间：2021年3月第1次印刷

责任编辑：时祥选

美术编辑：张　畅　张　玥

封面设计：留白文化 · 郝　强

责任校对：郝　刚

书　　号：ISBN 978-7-5314-8919-1

定　　价：98.00元

邮购部电话：024-83833008

E-mail：53490914@qq.com

http：//www.lnmscbs.cn

图书如有印装质量问题请与出版部联系调换

出版部电话：024-23835227

鲁　迅

赵家璧（1932 年光华大学毕业照）

序言

1930年代，鲁迅定居上海期间，在图书出版方面的工作超过了以往，除了出资与柔石、王方仁、崔真吾、许广平等组建朝花社开展出版相关工作外，更多的出版工作是与出版机构合作进行的。与良友图书印刷有限公司的合作便是鲁迅在上海时期出版活动的一例，当时代表良友图书印刷有限公司出面与鲁迅接洽的赵家璧保存了四十余封鲁迅给他的信，使我们今天能够看到当年鲁迅与赵家璧往来，以及与良友图书印刷有限公司合作的一些细节。

由于鲁迅在日记中并没有完全记录他给赵家璧的信，比如，1933年1月8日和1月16日鲁迅曾分别致信赵家璧，但鲁迅在日记中皆不记。因此，至今还无法确切统计鲁迅写给赵家璧信的总数。人民文学出版社2005年版《鲁迅全集》共收录鲁迅致赵家璧信46封（包括许广平代笔两封），1970年3月6日，赵家璧先生将其中45封信的原件（包括鲁迅其他书信三封）捐赠上海鲁迅纪念馆收藏。

• 1950年代赵家璧请工匠装裱的鲁迅书信集，现藏上海鲁迅纪念馆

在赵家璧先生110周年诞辰（2018年）之际，上海鲁迅纪念馆按1950年代赵家璧请工匠装裱的样式，制作《上海鲁迅纪念馆藏鲁迅致赵家璧信札》数部，以志纪念。这些信是研究鲁迅与赵家璧、与良友图书公司往来情况以及鲁迅出版活动的重要史料。

1920年代初期，赵家璧在家乡上海松江读高小时，同乡人赵祖康、钱江春参与编辑的《弥洒》在同学中引起了热烈的反响，这对赵家璧产生了极大的示范作用。他与同学自己动手编辑了一份油印校刊《茸报》，借以发布对学校的意见，传达对新文化的感受。编印《茸报》便是赵家璧加入出版行业的尝试。不久，《茸报》因发布对学校的意见而被校方勒令停刊，这使得赵家璧第一次领略到做出版的险阻。1925年，就读于上海圣约翰大学附中的赵家璧参加了爱国师生组织的五卅反帝爱国运动，并与爱国同学一起退出圣约翰大学附中，转入新创建的光华大学附中就读。不久赵家璧便参与了该校校刊《晨曦》的创刊及编辑工作，初任《晨曦》编辑部书记，继为编辑部主任，自第2卷第1期起任总编辑。他在《发刊辞》中说：

> 我们要走上『知行合一』的路。我们更希望光华的同学，个个能够研究专门的学术，发挥青春的思想，不要做孱弱的书生，要做一个有为的青年；我们这个刊物，是诸位同学研究学术的场所，发表思想的机关，爱国精神的测量器。[一]

[一]赵家璧：《发刊辞》，《晨曦》第一卷第一期，1926年1月。

●1932年，赵家璧正式进入良友图书公司工作，任文艺部编辑、出版部主任

赵家璧编辑《晨曦》的出色表现，受到良友图书印刷公司创办人兼总经理伍联德的关注，他邀请还未完成学业的赵家璧负责《中国学生》月刊的创刊及编辑工作。缘于此，赵家璧在上海光华大学英国文学系毕业后便加入了良友图书印刷有限公司。

组稿『良友文学丛书』

赵家璧加入了良友图书印刷有限公司后便策划了侧重介绍国内外社会政治经济知识的『一角丛书』，并大获成功。随后，便策划『良友文学丛书』，这个策划获得同事郑伯奇的支持。1932年夏天，赵家璧跟随着郑伯奇在内山书店拜访鲁迅，并向他约稿。赵家璧回忆当时见面的情景道：

> 鲁迅先生听到我们有一个大规模的出书计划，表示非常兴奋，一口答应了我们的要求；而且说手头正好有二十余万字的译稿即可整理就绪。这套丛书的原来计划是准备只收创作的，

但是鉴于得到鲁迅先生的文稿不是一件容易事，而从书初创刊时，就有鲁迅先生的作品一定会有好影响，不论是翻译的或创作的。于是我们就谈到译稿的内容篇幅，是否可以分成上下两册；如何另取书名以及交稿的时间和出版条件等等。一切都很顺利的解决了。接着鲁迅先生问：素来不出文艺书的良友公司，怎样忽然想挑这一条路走，而且还找到他去出书？他很幽默的说：『最好你们回去先向良友老板说清楚，出版鲁迅的书，是要准备着有人来找他麻烦的。』但是他最后又说：『现在上海出好书的人家实在不多，良友愿意这样做，我倒是愿意尽力帮助的。』这初次会见的印象使我认识到鲁迅先生是一个非常热情的、和蔼可亲的长者，对青年人寄予无限的同情与希望，对出版事业愿意给以一切的协助。[一]

1932年10月，鲁迅按约定编成《竖琴》交良友图书印刷有限公司，11月交付《一天的工作》的译稿。这应该是鲁迅第二次与良友图书印刷有限公司发生交集。在这之前，1928年2月，当时主编《良友》的梁得所在同乡好友、画家司徒乔的陪同下拜见了鲁迅，并为鲁迅摄影，经鲁迅同意，《鲁迅自叙传略》和梁得所所摄鲁迅在景云里寓所书房的照片刊登在《良友》1928年四月号上。

目前所见的1933年上半年鲁迅致赵家璧的六封信基本是关于这两本译稿出版的工作往来信件。赵家璧虽然有意将鲁迅的两本译稿作为『良友文学丛书』的第一、二种出版，但实际上，该丛书最先出版的是何家魁的短篇小说集《暧昧》。正由于此，鲁迅发现了该丛书在排版上的问题，并致信

[一] 赵家璧：《记鲁迅先生与良友公司的几件事》，《鲁迅回忆录（散篇）》下册，北京出版社1999年版，第1050页。

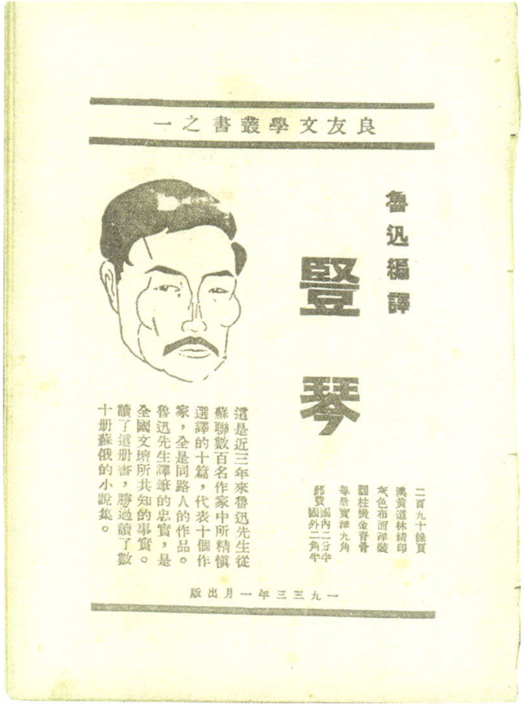

●赵家璧主编的《良友文学丛书》之一，鲁迅编译的《竖琴》广告

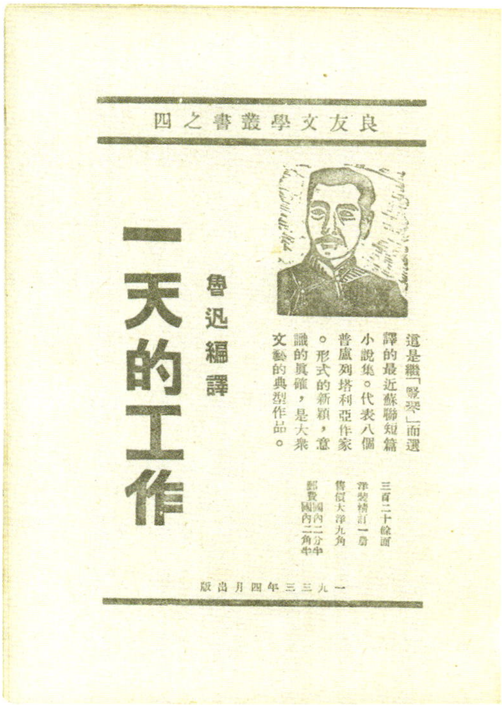

●赵家璧主编的《良友文学丛书》之四，鲁迅编译的《一天的工作》广告

赵家璧：

书的每行的头上，倘是圈，点，虚线，括弧的下半（』」）的时候，是很不好看的。我先前做校对人的那时，想了一种方法，就是在上一行里，分嵌四个『四开』，那么，就有一个字挤到下一行去，好看得多了。不知可以告知贵处校对先生，以供采择否？[一]

当时，中国西式排版的中文书，对于标点符号在版面中的位置，并没有通行的规则。有些书，比如鲁迅的《呐喊》《彷徨》等，每行行头上不会出现鲁迅信中所述情形，然而有些书则不然，比如，『良友文学丛书』

[一]1933年2月6日鲁迅致赵家璧信。

•《良友》画报 1928年4月号，鲁迅专版

魯迅畫像　司徒喬作

Mr. Lusen, distinguished Chinese writer in the new literary movement, and author of "True Story of Ah Q." Sketch by Suto Chao

關於魯迅先生

編者

六年前，偶然購閱一本「吶喊」。當時——就是現在亦然——不會批評文藝，只覺那本書看了開頭就不能自已地看下去；以後魯迅近年新著作也讀了不少。我覺得他在文字上表露出的思想似乎很冰冷，同時又似很熱烈。於是想略爲認識這一位作者。湊巧去年有一次收到一篇小說稿，題爲「孔乙己」，原來有人從「吶喊」裏抄出那篇「孔乙己」投來；那時打算順便寫封信寄到廣州給魯迅先生，後來不知怎的又忘卻了。前不久有一次出外回來，同事說魯迅先生剛進來一趟，便知道他到了上海。後來與畫家司徒喬先生，一同去找着他的住址訪見他。至今一共訪過他兩次，每次所談的話和所得的印象寫起來怕很長，現在單略記關於照片的幾句話。

頭一次我自然問他給張照片在良友發表。

他看了幾頁「良友」，說：「這裏面都是總司令等名人，而我不是名人哩。」

「讀您著作的人很多」，大概都喜歡見見作者的像，只因此想發表您的照片。」我答。

「近來我實在有點害怕，」他說着，從抽箱拿出一封信，「這是一個不識者從杭州寄來的信，說「孤山別後……」可是我從未到過孤山。前幾天又接到北京朋友來電，說我死了——我不明白這些是什麼來由。若是良友又發表我的照相，我的敵人不免說：「咳，又是魯迅」！而攻擊或做謠的更多了。」

這些話我很明白。假如「魯迅真個死了，攻擊的人也許變爲恭維，這是中國人的脾氣。可是魯迅偏偏「戒酒吃魚肝油」的，那麼，受攻擊實在是意料中當然的事。

原本，發表人的照相，不必問準同意的（漂亮的小姐是例外）。不過我爲尊重別人意見，再把我的理由講一番，終於得他同意，請司徒先生畫像和語絲轉錄的自傳一同發表。另外一幅我用手鏡替他攝的照片，是未得他同意而發表。

對於魯迅先生的批評，在各種文藝書報已說得多了，用不着在這介紹性質的「良友」上多講。只是對於這頁我至少有兩點可滿意，第一司徒喬先生的速寫用筆有驚人的成績，第二能夠把一位人多聞之而未見之的著作家介紹出來，對於閱者總算盡了一點責任。

魯迅自敘傳略

我于一八八一年生在浙江省紹興府城裏的一家姓周的家裏。父親是讀書的；母親姓魯，鄉下人，她以自修得到能夠看書的學力。聽人說，在我幼小時候，家裏還有四五十畝水田，並不很愁生計。但到我十三歲時，我家忽而遭了一場很大的變故，幾乎什麼也沒有了；我寄住在一個親戚家，有時還被稱爲乞食者。我于是決心回家，而我的父親又生了重病，約有三年多，死去了。我漸至于連極少的學費也無法可想；我的母親便給我籌辦了一點旅費，教我去尋無需學費的學校去，因爲我總不肯學做幕友或商人，——這是我鄉衰落了的讀書人家子弟所常走的兩條路。

其時我是十八歲，便旅行到南京，考入水師學堂了，分在機關科。大約過了半年，我又走出，改進礦路學堂去學開礦，畢業之後，即被派往日本去留學。但待到在東京的豫備學校畢業，我已經決意要學醫了，原因之一是因爲我確知道了新的醫學對于日本維新有很大的助力。我于是進了仙台（Sendai）醫學專門學校，學了兩年。這時正值俄日戰爭，我偶然在電影上看見一個中國人因做偵探而將被斬，因此又覺得在中國還應該先提倡新文藝。我便棄了學籍，再到東京，和幾個朋友立了些小計畫，但都陸續失敗了。我又想往德國去，也失敗了。終于，因爲我的母親和幾個別的人很希望我有經濟上的幫助，我便回到中國來；這時我是二十九歲。

我一回國，就在浙江杭州的兩級師範學堂做化學和生理學教員，第二年就走出，到紹興中學堂去做教務長，第三年又走出，沒有地方可去，想在一個書店去做編譯員，到底被拒絕了。但革命也就發生，紹興光復後，我做了師範學校的校長。革命政府在南京成立，教育部長招我去做部員，移入北京，一直到現在。近幾年，我還兼做北京大學，師範大學，女子師範大學的國文系講師。

我在留學時候，只在雜誌上登過幾篇不好的文章。初做小說是一九一八年，因了我的朋友錢玄同的勸告，做來登在新青年上的。這時纔用「魯迅」的筆名（Pen name）；也常用別的名字做一點短論。現在彙印成書的只有一本短篇小說集吶喊，其餘還散在幾種雜誌上。別的，除翻譯不計外，印成的又有一本中國小說史略。

（一九二五年六月・語絲所載。）

著作時之魯迅　梁得所攝

Mr. Lusen in his study

中最先出版的《暖昧》就出现了这种情形。鲁迅对于版式的讲究是有目共睹的，但在当时，鲁迅绝不是唯一一位讲究版面美观的作者。因此，直至1933年，中文书的版式并没有成规，全凭作者、编辑或排版者的意愿。赵家璧在回忆及此事时说：『这在解放前通行直排本时，许多书店都没有注意过，是鲁迅第一个想出了这个补救办法。得信后，我们就通知了排字房，以后其他书店都跟着改了。现在我们实行横排，同样也不宜把标点符号放在最左第一个字的地位。鲁迅还对我说过，书的开头和每个题目前后，应多留空白，增加「读书之乐」，不要「不留余地」，塞得满满地透不过气来；整本书的前后，也可多留几面白页……』[一]《竖琴》和《一天的工作》先后于1933年1月和3月出版，销售良好，鲁迅1933年6月19日信中所提及的『奉上印证四千枚』为鲁迅自制的版权印花，是为两书的增印而准备的。

[一]赵家璧：《鲁迅为〈良友文学丛书〉开了路》，《赵家璧文集》第1卷，上海文艺出版社2008年版，第200页。

●1930年代，位于上海北四川路上的良友图书印刷有限公司外景

1936年，在赵家璧的建议下，《竖琴》和《一天的工作》合二为一，改名为《苏联作家二十人集》出版，即得到了鲁迅的同意：『《竖琴》和《一天的工作》，可以如 来信所示，合为一本。新的书名很好。序文也可以合为一篇。』[一]

在为『良友文学丛书』向鲁迅约稿之后，赵家璧也向其他作者约稿。除前文所提及的何家槐外，还向巴金、张天翼等作家约稿，其中从丁玲那里约到了长篇小说《母亲》。至1933年5月丁玲被捕前，赵家璧已经拿到这部小说的前四章，还差『二三万字即可成书』[二]。赵家璧得知丁玲被捕消息后，一度想将《母亲》未完稿束之高阁，但他听了郑伯奇转达鲁迅的『书出得越快越好。出版时要在各大报上大登广告，大事宣传，这也是对国民党反动派的一种斗争方式』[三]意见后，立即付诸实施，很快，这部《母亲》于6月27日便出版了，并登出了售卖作者签名本的广告。原来，赵家璧和作者签署合同时，请作者另在签名纸上签了名，待书出版后夹在书中作签名本出售。当时，赵家璧特别寄赠鲁迅这样一册签名本，《鲁迅日记》1933年6月27日记：『得赵家璧信并再版《竖琴》及《一天的工作》各一本，《母亲》（作者署名本）一本』。书出版后的长时间内，丁玲仍毫无消息，生死未卜。与此同时，良友图书印刷有限公司收到多封自称丁玲亲属的索取稿酬邮件。由于无法辨识真假，赵家璧一筹莫展，只能求助于鲁迅。鲁迅收到赵家璧的请求后，立刻通过相关人士进行了查询，并写信告知赵家璧。在信中，鲁迅还特别嘱咐赵家璧：『但又闻她的周围，穷本家甚多，

[一] 1936年7月7日鲁迅致赵家璧信。

[二] 赵家璧：《重见丁玲话当年——〈母亲〉出版的前前后后》，《赵家璧文集》第1卷，第214页。

[三] 同上，第216页。

《中国新文学大系》

款项一到，顷刻即被分尽，最好是先寄一百来元，待回信到后，再行续寄为妥也。』[一] 鲁迅用心之细，恐无人能及。1934 年 9 月 1 日，鲁迅在收到赵家璧所寄赠的沈从文著《记丁玲》后，写信给赵家璧，就该书中大量删节一事，表达了对国民党反动当局的不满。

策划编辑《中国新文学大系》

1934 年，赵家璧不满当年大量古书成批翻印的状况，受日本文艺书籍出版方式启发，产生了编一套五四以来文学作品丛书的设想。这个设想得到郑伯奇、阿英（钱杏邨）和施蛰存的赞同并共同深化，最终他们将这套丛书定名为《中国新文学大系》。出版设想变成出版编辑计划后，赵家璧便开始约请各卷的编辑者，其中涉及『其他文学团体和作家』的一卷，赵家璧等人商议后认为，凭借着鲁迅对中国新文学的贡献，他是最适宜的编选人。鲁迅开始并不同意参与这项工作，他对郑伯奇、赵家璧说：『你们来找我同意为你们编选这本集子还是一件容易的事，检查官是否同意，你们倒要郑重考虑的。』[二] 后来在

[一] 1934 年 1 月 22 日鲁迅致赵家璧信。

[二] 赵家璧：《鲁迅编选中国新文学大系·小说二集》，《赵家璧文集》第 1 卷，第 311 页。

赵家璧的坚决请求下，鲁迅答应了参与编选工作。谁知这年底，鲁迅的一篇文章在发表时被莫名删去四分之三的篇幅，由此鲁迅想到，将来可能因这种莫名的原因，而无法使《中国新文学大系》正常出版，于是写信给赵家璧要求退出该项工作，信末特别指出：『这并非我三翻四覆，看实情实在也并不是杞忧，这是要请你谅察的。』同时，鲁迅还不忘提醒赵家璧：『我还想，还有几个编辑者，恐怕那序文的通过也在可虑之列。』[一]赵家璧收到这封信时开始十分紧张，后来揣摩到鲁迅的真正用意才稍稍安心。最终，他请郑伯奇出面一起面见鲁迅，『我们恳切地要求他体谅编辑出版者的苦衷，收回成命。至于将来《小说二集》送审时，选材问题，估计不大，导言方面，我们说，将尽一切力量争取做到保持原作的本来面目。鲁迅思索了很久，最后点头答应了。但是对审查制度的愤懑之情仍然溢于言表。临别之前，他对我们说，将来序文和选稿送审后如有删改之处，可由我们代为决定，不必再征求他的同意了。』[二]从这段回忆文字可以看到，鲁迅虽然同意继续参与编选工作，但仍担心出版受阻，并特别关照：如将来遇到审查删改的要求，可由赵家璧直接决定是否应允。

从1935年1月4日鲁迅致赵家璧、郑伯奇信开始，到1936年3月6日鲁迅致赵家璧信为止的中间近10封信，其内容基本上都是关于编辑《中国新文学大系·小说二集》的工作通信。在3月6日的信中，鲁迅还特别嘱咐赵家璧：『序文的送检，我想还是等选本有了结果之后，以免他们去对照，虽然他们也未必这么精细，忠实，但也还是预防一点的好罢。』虽然据鲁迅1935年2月27日日记：『下午选校小说并作序文讫』，但据鲁迅3月6日和5月10日致赵家璧的信来看，鲁

[一]1934年12月25日鲁迅致赵家璧信。

[二]赵家璧：《鲁迅编选中国新文学大系·小说二集》，《赵家璧文集》第1卷，第315页。

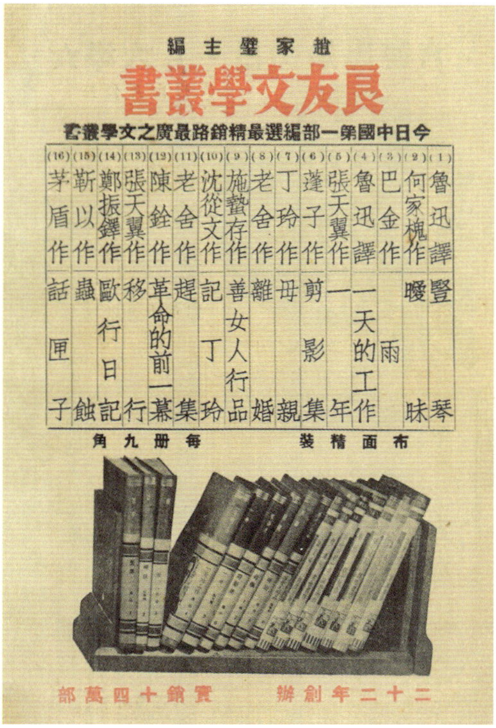

《中国新文学大系》预约样本封面及封底

迅的编选工作大致是在5月中旬正式结束的。6月28日，鲁迅日记记：『上午得赵家璧信并《新文学大系·小说二集》十本。』良友图书印刷有限公司的出版速度是很快的。

《中国新文学大系》的编辑出版在中国现代出版史上具有空前的历史意义，『是对新文学运动第一个十年成就的全景式展示，也是对中国新文学史第一次较为系统的阐释』[一]。在宣传方面也是别有一功的。赵家璧协调各编选者工作进度、出版进度的同时，还策划了具有开创性的宣传方式。《良友》画报1935年3月号上开设宣传专栏，不仅刊登了蔡元培总序的手稿，还刊登了各位编选者的编选感言手迹。除此之外，还别出心裁地出版了《中国新文学大系》预约样本，内收『编选人亲笔感想、最近玉照、美术剪影、名流题辞、本书样张、预约章程等』[二]，这种『预约样本』的宣传形式，在中国出版界大约也是赵家璧首创的。鲁迅1935年1月15日信中提到的编辑『感想』

[一]陈子善：《中国新文学大系样本》，《文汇报》2018年8月12日。
[二]《良友》画报1935年3月号封底。

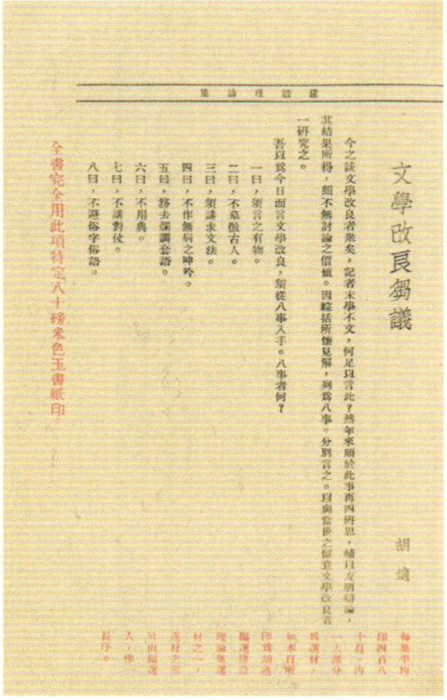
文學改良芻議

胡適

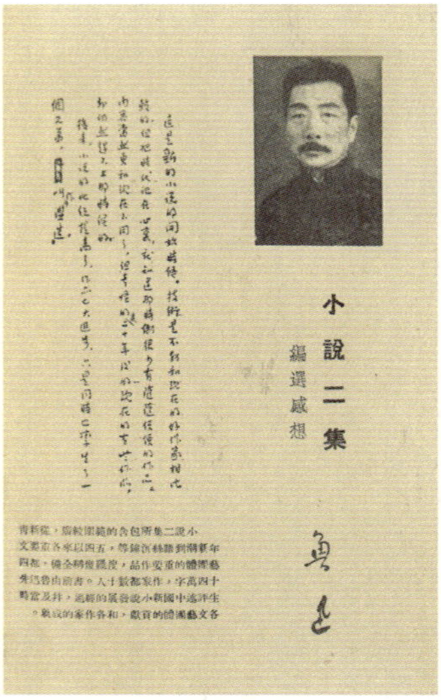
小說二集

編選感想

魯迅

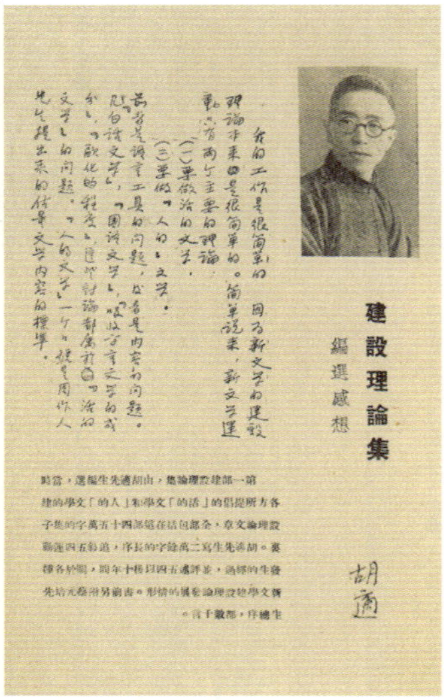
建設理論集

編選感想

胡適

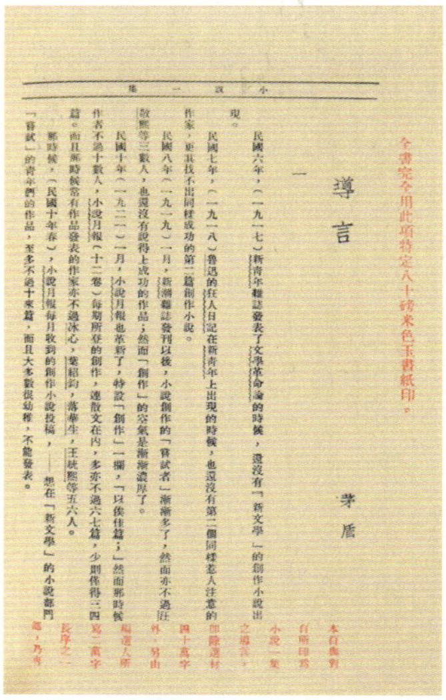
導言

茅盾

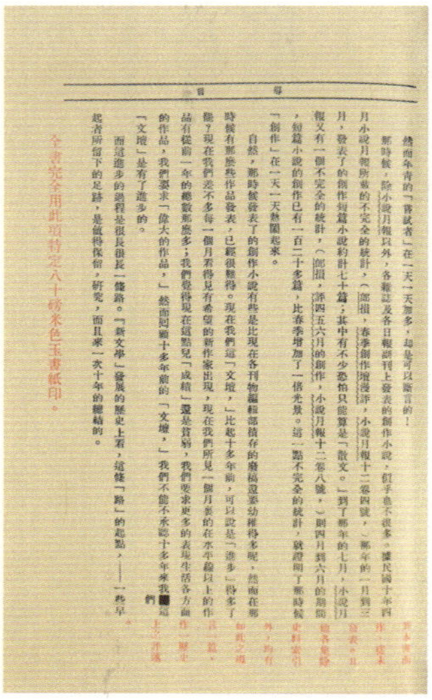

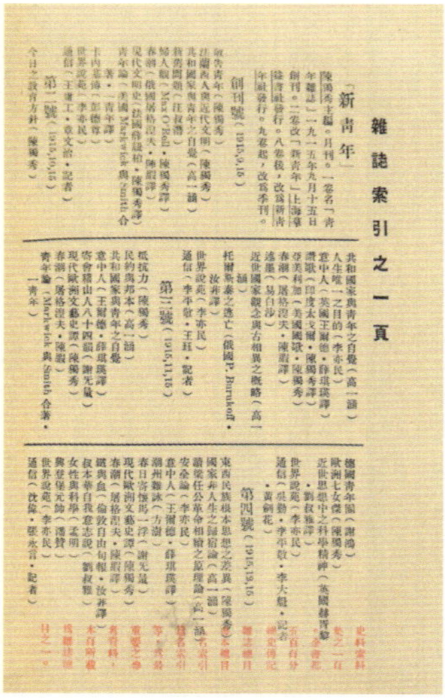
雜誌索引之一頁

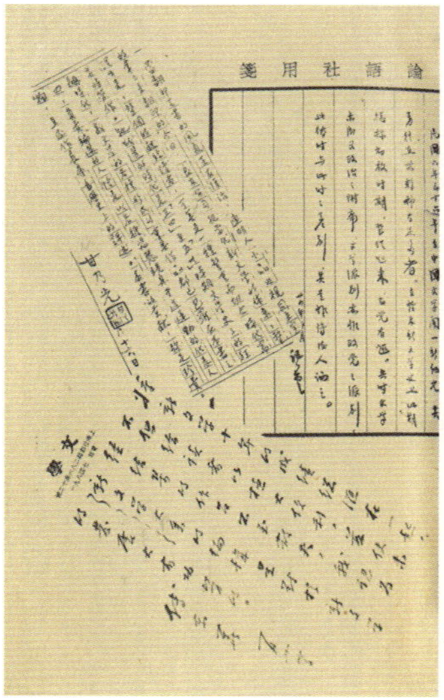

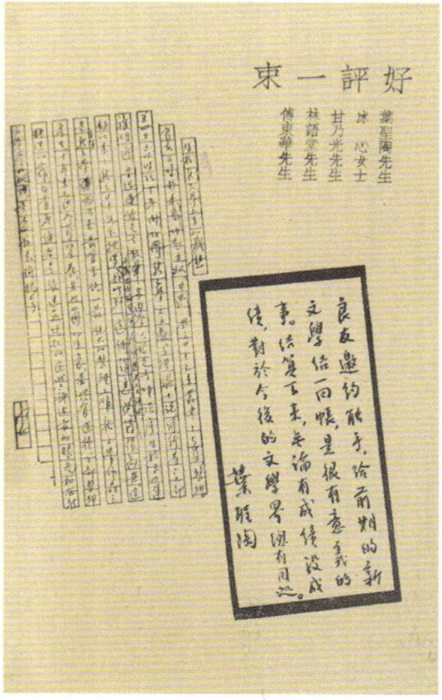
好評一束

《中国新文学大系》预约样本正文

和2月9日提及的『照片』，就是应赵家璧编辑制作《良友》画报专栏广告和《中国新文学大系》预约样本的要求而提供的。

合编版画集两种

1931年夏，鲁迅聘请内山嘉吉主讲，举办『暑期木刻讲习班』，向中国艺术青年传授木刻创作方法。自此开始，由鲁迅提倡的中国新兴木刻运动迅速影响到各地文化领域。在这之前，鲁迅曾以朝花社的名义主编出版『艺苑朝华』外国版画选四种，1930年他与内山完造合作举办了中国第一次版画展览会，1931年他编印出版《梅斐尔德木刻士敏土之图》，在中国木刻青年中产生了极大的反响。

1932年，鲁迅与苏汶发生了关于普及连环画问题的论争，这次论争引起了赵家璧的注意。他曾和鲁迅谈起此事，鲁迅鼓励他利用良友图书印刷有限公司优良的印刷设备多翻印一些外国连环画：『可给我国的美术学徒扩大眼界，吸取营养；对改造旧连环图画，创造新连环图画，也可以有所启发，有所借鉴。』[一]后来，赵家璧得知上海某书

[一]赵家璧：《鲁迅与〈木刻连环图画故事〉》，《赵家璧文集》第1卷，第232页。

●麦绥莱勒版画连环图画四种，2008年上海鲁迅纪念馆制纪念本

店所售之法朗士·麦绥莱勒版画连环画作品的普及版四种很不错，奈何没有购得，只能从叶灵凤处借到此套丛书。在征得公司老板同意后，赵家璧分别请鲁迅、郁达夫翻译其中两种的原版的德文序文，为翻印这套书做准备。1933年8月4日鲁迅给赵家璧的信，就是谈论此事的。信中，鲁迅声明无法在短时间里译序，但可以作一短序。最终，良友翻印出版的麦绥莱勒版画连环画作品四种，分别由鲁迅、郁达夫、叶灵凤和赵家璧作序。鲁迅在1933年10月8日给赵家璧的信中，尽管提到了这套木刻连环画有『纸太硬』和麦绥莱勒版画『最难学』的问题，但鲁迅的兴奋之情是溢于字里行间的。后来鲁迅在《论翻印木刻》一文中称颂这套书的出版：『麦绥莱勒的连环图画四种出版并不久，日报上已有了种种的批评，这是向来的美术书出版后未能遇到的盛况，可见读书界对于这书，是十分注意的。但议论的要点，和去年已不同：去年还是连环图画是否可算美术的问题，现在却已经到了看懂这些图画的难易了。』[一] 关于印行这套书的事，叶灵凤在1936年所写的《献给鲁迅先生》（《论语》第九十六期）一文中也有提及。确如鲁迅所言，因为这套书的出版，麦绥莱勒的版画在中国艺术界获得了极大的影响：『凡是看过他的作品的人，对于他的深湛的思想内容、丰富的想像和构思，强有力的艺术表现手腕和独创性的风格，都一直不能令人忘记。』[二]1958年9月，麦绥莱勒应中国人民对外文化协会邀请来华举办个人巡回画展，回国后创作了《回忆中国》木刻组画。在麦绥莱勒一行回国前，陈毅副总理接见了他们，并向他赠送了由鲁迅作序的《一个人的受难》[三]。

[一]鲁迅：《论翻印木刻》，《鲁迅全集》第四卷，人民文学出版社2005年版，第620页。

[二]王琦：《为人类进步事业服务的艺术——介绍『麦绥莱勒画展』》，《人民日报》1958年10月9日。

[三]丁景唐：《忆念赵家璧同志》，《赵家璧先生纪念集》，上海文艺出版社1998年版，第44页。

赵家璧和鲁迅合作编辑的另一本版画集是《苏联版画集》。1936年初，苏联对外文化协会（VOKS）举办的苏联版画展览会先在南京举办，后转至上海八仙桥青年会举办。闻知这次展览消息的赵家璧即产生了兴趣，在参观了展览后，萌生了以这次展览作品为基础编辑出版画集的想法。他立即前往内山书店找鲁迅讨论此事，鲁迅欣然认同赵家璧的想法，并鼓励赵家璧去联系版权事宜：『出版这样一本画集是一件有益于革命的工作，而革命工作是要自己去争取的啊！』[一]几经周折，赵家璧终于获得苏联展览举办方的首肯，并在苏联驻沪领事馆处拿到了这次展览的全部作品，以便挑选制版。1936年4月2日鲁迅给赵家璧的信中，便商讨了编选《苏联版画集》事宜。据赵家璧在《鲁迅编选〈苏联版画集〉》文中的回忆，鲁迅是4月7日到赵家璧办公室挑选画的：『上午接到电话，听到的是我所熟悉的声音，鲁迅约定当天下午二时将来公司选画了。』[二]实际上，鲁迅两点不到便到了良友图书印刷有限公司。到了赵家璧办公室后，鲁迅顾不上休息，随即边欣赏边挑选这些苏联美术作品，直至下午四点半才结束。在休

[一] 赵家璧：《鲁迅编选〈苏联版画集〉》，《赵家璧文集》第1卷，第349页。

[二] 同上，第353页。

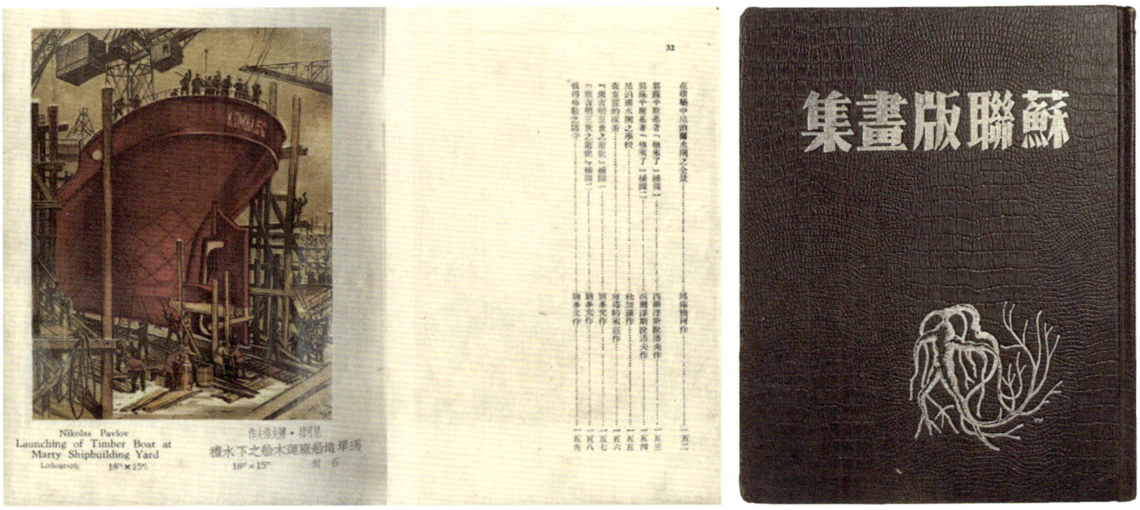

《苏联版画集》封面及内页

1930年代，上海北四川路内山书店外景

息时，鲁迅特别嘱咐赵家璧编印画集的注意事项。他特别提出，除了注明画题和作者姓名外，还要注明原画尺寸。鲁迅『认为这样做，就使读者看到复制品时能够想象到原作的大小，这也是出版者尊重原作者的一种必要表示』[一]。后来，他们又讨论请谁制版的问题，这天鲁迅在赵家璧办公室讨论到五点多才离去。

1934年鲁迅编辑出版的苏联版画集《引玉集》是在日本制版印刷的，于是赵家璧也想在日本制版印制《苏联版画集》。在他的请求下，鲁迅在4月8日的信中告知赵家璧印《引玉集》的社名和地址。之后，考虑到不便邮寄原作以供制版以及整个制版印刷的成本问题，他们最终决定还是在上海找印刷

[一]赵家璧：《鲁迅编选〈苏联版画集〉》，《赵家璧文集》第1卷，第355页。

公司制版。鲁迅在4月17日给赵家璧的信中，依然在讨论怎样制版印刷才能『售价廉』的问题。1936年5月，鲁迅病情逐渐加重，仍惦记着《苏联版画集》的事，并一改之前不作新序的说法，『假使那时我还能写字，序也还是做的』。据赵家璧回忆，6月初，收到许广平所寄的鲁迅的新序文，按照鲁迅的指示，《苏联版画集》除了沿用鲁迅之前在《申报》上发表的《记苏联版画展览会》之外[一]，还在后面加上新写的四段文字。7月初，鲁迅身体在缓慢康复中，还无法用笔写字，收到《苏联版画集》的样书后，他口授，许广平代笔，对《苏联版画集》进行了评论。尽管装帧未能完全让鲁迅满意，鲁迅还是很重视这本书的。他在9月7日给寓居苏联的德国美术家巴惠尔·艾丁格尔的信中说，『我极希望你有关于中国印的《Sovietic Graphics》（即《苏联版画集》）的批评，倘印出，可否寄我一份，我想找人译出来，给中国的青年看』，并表示『我很想将从最初到现在的苏联木刻家们的代表作集成一册，介绍给中国』[二]。显然，鲁迅这种更为宏大的出版设想是建立在《苏联版画集》成功出版的基础之上的。

几度向鲁迅约稿

作为一个出色的编辑，赵家璧在进行《竖琴》和《一天的工作》两书的出版工作的同时，就开

[一]见1936年4月2日鲁迅致赵家璧信。

[二]《鲁迅全集》第十四卷，人民文学出版社2005年版，第394—395页。

始向鲁迅预约新的文稿。1932年11月，鲁迅在得知母亲生病的消息后，立即北上北京探母。在北京驻留期间，鲁迅分别应北京大学、辅仁大学、女子文理学院、北京师范大学、中国大学之邀进行演讲，受到当时文化界的关注。据鲁迅1933年2月10日和3月10日致赵家璧的两信来看，当时赵家璧是很希望鲁迅的这五次讲演的文稿能够结集出版的。因为鲁迅婉拒，这五次讲演的文稿，只有在北京大学讲《帮忙文学与帮闲文学》和在辅仁大学讲《今春的两种感想》的两篇因被鲁迅编入《集外集拾遗》而得以留存，其他三讲皆无文稿留存。当然，关于这五次讲演，当时不止赵家璧向鲁迅约稿，如据鲁迅1932年12月21日致王志之信所见，王志之也在向鲁迅约稿，最终他们所策划的纪念册也没有出版信息。关于这些讲稿的出版，鲁迅在1933年3月15日致李小峰信中说得颇清楚：『关于「北平五讲」之谣言甚多，愿印之处亦甚多，而其实则我并未整理。印成后，北新恐亦不宜经售，因后半尚有「上海三嘘」，开罪于文人学士之处颇不少也。天马亦不宜印，将来当仍觅不知所在之书店耳。』[一]虽然鲁迅生前最终因记录稿不准确而不准备发表讲演稿[二]，但是1933年鲁迅之婉拒赵家璧的约稿请求，实质上是对赵家璧的爱护。这一年，《竖琴》印行第三版时，其《前记》被当局责令删除。此事正证明了鲁迅预见的正确。1934年，鲁迅基于同样的原因，再次婉拒了赵家璧关于出版鲁迅杂文的约稿：『近一年来，所发表的杂文，也还不少，但不宜于给良友公司印，因为文字都很简短，一被删节，就会使读者不知道说什么，所以只好自己出版。能够公开发行的东西，

[一]《鲁迅全集》第十二卷，人民文学出版社2005年版，第382页。

[二]见1934年12月14日鲁迅致杨霁云信。《鲁迅全集》第十三卷，人民文学出版社2005年版，第294—295页。

•《良友》画报1936年10月号，纪念鲁迅逝世专栏所刊鲁迅大陆新村寓所二楼书房兼卧室的照片

却还没有，也许在检阅制度之下，是不见得有的了。』[一]

尽管已经有了两次约稿失败的经历，赵家璧还是不甘心，『总是想方设法要出一部鲁迅的创作集。1935年下半年，审查会关闭，检查关不存在了。这时我风闻鲁迅手头有一部创作小说集在酝酿中，我便再次去信要求』[二]。赵家璧所风闻的事是没有错的，它就是短篇小说集《故事新编》。1935年秋，巴金代表文化生活出版社向鲁迅约稿，鲁迅当即就同意了。鲁迅不会一稿两投的，因此他在1935年12月21日给赵家璧的信中坦言：『前回说过的那一个短篇，也不寄奉了。』在同一信中所提及的『近来常有关于我的谣言』，赵家璧无法回忆出确切的所指，因此我们今天也无法确认。当时报刊造鲁迅的谣是常事，并不罕见。如果说直接原因，只能推测是上海小报《社会日报》于1935年12月连发两文造鲁迅的谣之事。[三]在这之后，赵家璧仍不气馁，继续向鲁迅约稿。1936年夏，赵家璧在得知鲁迅将出版《三十年集》后，立刻写信请求出版，鲁迅再次婉拒了：『所谓汇印旧作，当初拟议，不过想逐渐合订数百或者千部，以作纪念。并非彻底改换，现在则并此数百或千部，印不印亦不可知，所以实无从谈起。』[四]在这信中，鲁迅同时婉拒了担任『良友文学奖金』评委的邀请。

[一]1934年9月1日鲁迅致赵家璧信。

[二]赵家璧：《鲁迅为〈良友文学丛书〉开了路》，《赵家璧文集》第1卷，第206页。

[三]详见拙著《花边新闻——〈社会日报〉的折射》，《旧迹拾遗——鲁迅相关的若干人和事》，上海社会科学院出版社2018年版。

[四]1936年7月15日鲁迅致赵家璧信。

作为一位有志向的出版家，在几度和鲁迅合作的情况下，没有机会编辑出版鲁迅的创作作品集，赵家璧是引以为憾的。他曾在文章中说：

> 现查鲁迅在沪最后五年期间，他所著作、翻译、编辑、校订和作序的出版物，为数甚多。其时白色恐怖肆虐最烈。鲁迅为保障其他出版社的安全计，不少书由他自己印行，用三闲书屋、野草书屋等名义出版，一般可以公开发行者，除交他的老出版者李小峰的北新书店（有时也改用青光书店）出版外，我查阅了有关资料，其时与下列三个新成立的出版单位联系较多，出书也不少。而这三个出版单位各有一名编辑与鲁迅先生保持联系，那就是生活书店的黄源同志，文化生活出版社的吴朗西同志，还有就是代表良友图书公司的我。我们三人当时都是二十多岁的爱好文学、要求进步的青年编辑……我们三个青年编辑与鲁迅之间的交往关系，从《鲁迅日记》中看，情况各不相同，他们两人经常出入鲁迅寓所，特别是吴朗西与鲁迅一家人私交甚厚，经常被留下共进便餐，而重要作品如《故事新编》《死魂灵》等都交文化生活出版社出版。我则仅凭郑伯奇同志的介绍得识先生，有事找先生，一般都在内山书店约见，在内山会客室稍候，先生就推门而入，从未知道他就住在大陆新村九号，近在咫尺。但是我也从不去打听鲁迅当时的住处。有急事时，常用电话托内山书店老板相约，例如为选印苏联版画，时间紧迫，鲁迅先生就亲自来良友三楼编辑部找我了。直到一九三六年十月十九日上午九时，我刚刚上班，当时在良友和我坐在一间办公室主编《文季月刊》的靳以同志打了电话来告诉我鲁迅先生的噩耗，才第一次与靳以两

人急急忙忙地共去大陆新村九号奔丧……[一]

鲁迅推荐稿件

鲁迅之数度婉拒赵家璧的约稿，并非是不信任赵家璧，不是怀疑他的编辑能力，也非否认良友图书印刷有限公司的出版质量。从鲁迅致赵家璧的信中可以了解到，鲁迅曾数度把青年作家的书稿推荐给赵家璧。其中，来回次数最多的，大约是徐诗荃的译稿《尼采自传》了。徐诗荃，又名梵澄，1928年在上海复旦大学读书时与鲁迅开始通信。据鲁迅日记，鲁迅是1933年7月14日收到《尼采自传》的译稿的，不知何故稿在鲁迅处放了一年余。看1934年12月12日鲁迅致赵家璧的推荐信，《尼采自传》译稿迟迟未能出版，大约是徐诗荃的出版要求过高吧。在这信中，鲁迅罗列了四条出版要求，在1934年中12月25日的信中，又增加了一个『不喜欢混入任何「丛」中』的条件。如此罗列出版要求，在鲁迅致出版者的信中是很少见的。在与赵家璧的通信中，包括这两封信，共有8封信是涉及《尼采自传》的出版问题。为旁人的书鲁迅如此与编辑往复通信很少见。许广平曾评徐诗荃『天赋极高，旧学甚博，能作古诗、短评，能翻译，钦慕尼采，颇效其风度』[二]，这或者是鲁迅愿意协助的原因吧。赵家璧在《为了出好书——〈鲁迅与书〉序》一文中，提及《一天的工作》

[一]赵家璧：《记鲁迅逝世两周年纪念时的一件往事》，《高山仰止——鲁迅逝世五十周年纪念集》，上海文艺出版社1986年版，第42—43页。

[二]许广平：《鲁迅和青年们》，《许广平文集》第二卷，江苏文艺出版社1998年版，第30页。

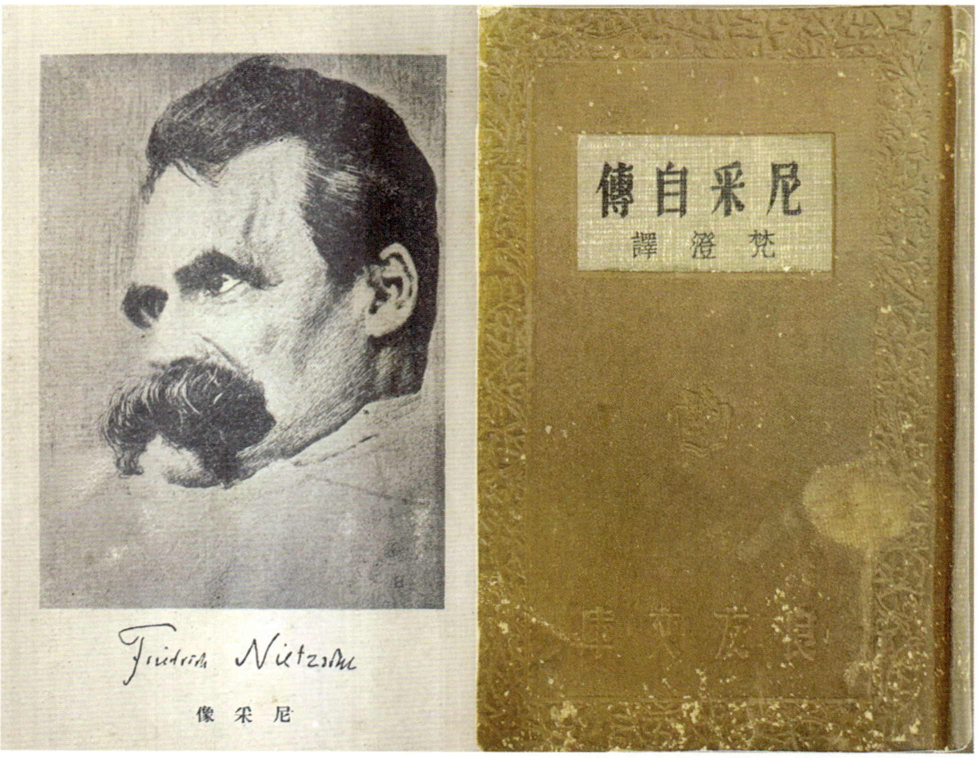

●梵澄（徐诗荃）译《尼采自传》，良友图书印刷有限公司1935年版

上所用的鲁迅木刻像『刻的是中年时代的鲁迅，两眼炯炯有神，突出中式长袍衣领上的两颗盘香纽，刀法粗犷有力，颇有特色……这是为鲁迅用木刻造像的第一幅，是罕见之物，而且画的是中年时代的形象，具有历史价值……直到两个月前，才知道此画作者原来就是梵澄』[一]。《尼采自传》作为『良友文库』第4种，于1935年4月正式出版。

在鲁迅和赵家璧为《尼采自传》出版事宜往来通信的同时，鲁迅还向赵家璧推荐了『左联』作家何谷天的小说集《父子之间》（1935年4月19日鲁迅致赵家璧信）。何谷天，笔名周文，『左联』成员，曾经将鲁迅所翻译的小说《毁灭》改编为章回体通俗本，是文学大众化的积极践行者，也是左翼文学创作的积极施行者，《父子之间》是他的第一本创作集。鲁迅向赵家璧推荐这部小说，正是因为它破除了当时对『左联』作家所谓『左』而不作的流言。《父子之间》作为『良友文库』第10种，于1935年9月

[一]赵家璧：《为了出好书——〈鲁迅与书〉序》，《赵家璧文集》第1卷，第210—211页。

正式出版。

1936年7月，鲁迅在接受赵家璧将《竖琴》和《一天的工作》合二为一以《苏联作家二十人集》之名再版的建议的同时，向赵家璧推荐了曹靖华的译稿。这部译稿便是《苏联作家七人集》，是鲁迅去世前所关心的未出版的书之一。鲁迅从1936年8月得到赵家璧愿意出版该书的回复后，直到去世前一直在惦记着这部译稿的出版，1936年10月12日，鲁迅在致赵家璧的信中如此说：『靖华所译小说，曾记先生前函，谓须乘暑中排完，但今中秋已过，尚无校稿见示。不知公司是否确已付排，或是否确欲出版，希便中示及为荷。』就出版进程迟缓深表关切。在获得赵家璧肯定答复后，10月16日，鲁迅完成《曹靖华译〈苏联作家七人集〉序》，这是鲁迅生前最后完稿的文章。该书确如曹靖华在序中所言：『《七人集》合集的编定和校样，都是先生亲自作的，这可以说是先生最后编校的一部书，我只是供给了两部稿件的材料而已。』[一]《苏联作家七人集》于1936年11月由良友图书印刷公司初版。关于这书的出版，赵家璧后来回忆道：『想到鲁迅介绍给良友公司出版的这最后一部书，由于我们排字拖延，推迟了出版期，没有能够在他生前把样书送到病榻上，让他亲自看到，这已成为我一生追悔莫及的遗憾了……鲁迅逝世后，我们和译者共同主张，为了纪念为这本书呕尽最后一滴血的鲁迅先生，书名遵照鲁迅最早亲定的《苏联作家七人集》，不再另立什么新名了。次年五月，我们又出版了《第四十一》的特印插图本，这也是鲁迅生前设想过的。』[二]

[一]转引自赵家璧：《关于曹靖华编译的〈苏联作家七人集〉》，《赵家璧文集》第1卷，第364页。

[二]赵家璧：《关于曹靖华编译的〈苏联作家七人集〉》，《赵家璧文集》第1卷，第374页。

1980年代，赵家璧在上海山阴路寓所书房

鲁迅向赵家璧推荐的稿件，见诸存信的，大致是这三种。此外，还有未见诸于存信者。比如，葛琴的短篇小说集《总退却》就是鲁迅向赵家璧推荐出版的一种。[一]

丁景唐在《忆念赵家璧同志》一文中盛赞赵家璧的文化贡献：

> 赵家璧在良友图书印刷公司编辑的《良友文学丛书》《中国新文学大系（1917—1927）》《良友文库》《中篇创作新集》及茅盾、叶圣陶、巴金、沈从文等《二十人所选短篇佳作集》等，以及韩起编著的《苏联大观》、鲁迅编选并作序的《苏联版画集》、鲁迅等撰序并写故事说明的麦绥莱勒《一个人的受难》等四种木刻连环画集等……这些都是赵家璧为三四十年代文学创作与翻译作品方面通过他的精心编辑、装帧而建造的丰碑。现在都已载入中国现代文学史、出版史和中外文化交流史的光辉史册……正如赵家璧自己所说的，他是在鲁迅精神的感召下，与其他同志合作完成的，『无一不受鲁迅的熏陶和影响』。[二]

[一]参见拙著：《上海时期的鲁迅所作序跋述略——为青年作家而作》，《旧迹拾遗——鲁迅相关的若干人和事》，上海社会科学院出版社2018年版。

[二]丁景唐：《忆念赵家璧同志》，《赵家璧先生纪念集》，第35—36页。

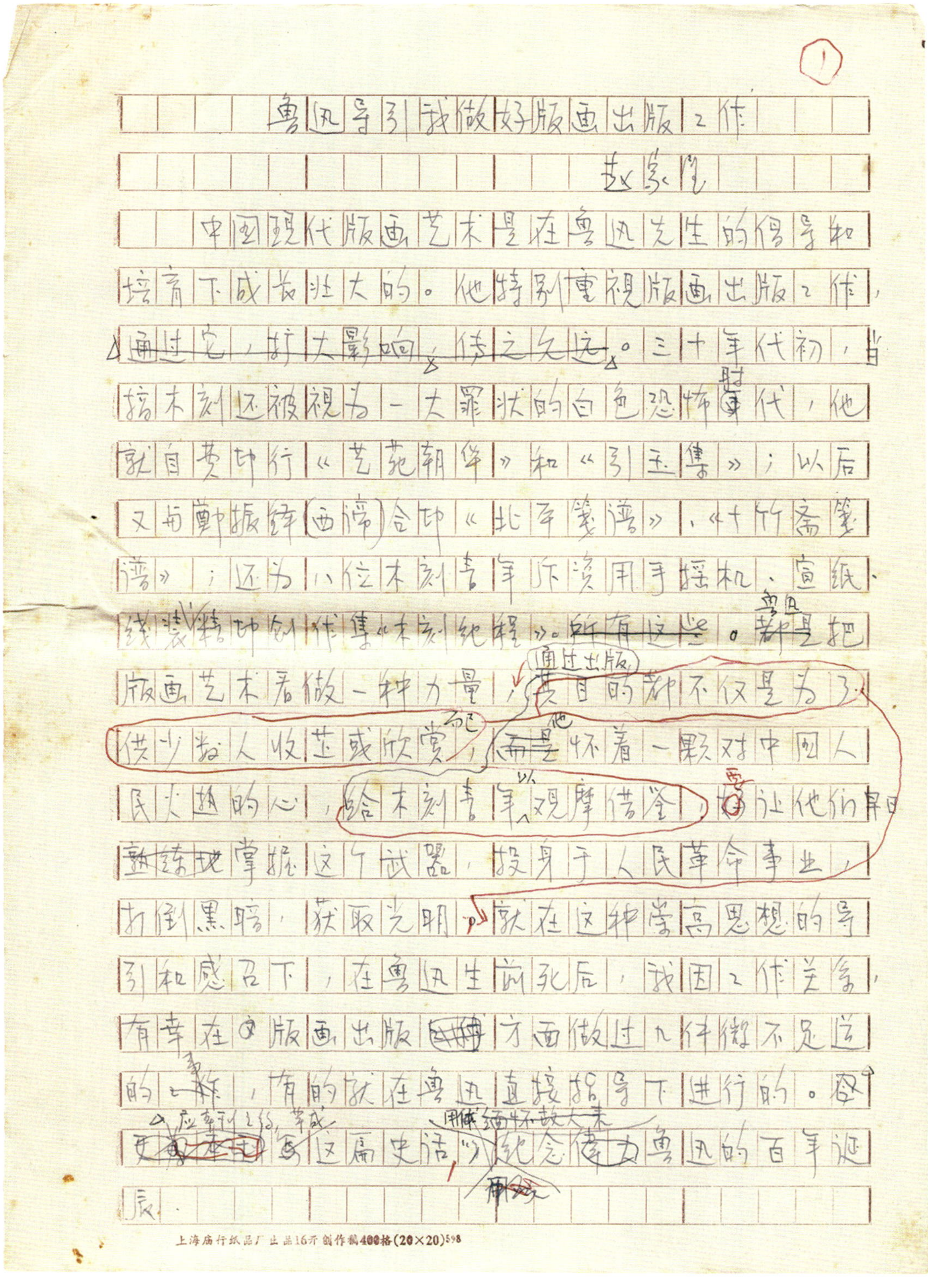

赵家璧手稿《鲁迅导引我做好版画出版工作》第一页

正如鲁迅致赵家璧信所反映的，鲁迅在上海期间能够抵抗来自国民党反动当局的迫害，在出版先进左翼文化书籍方面收获丰硕的成果，少不了如赵家璧这样的进步出版工作者的积极配合。鲁迅以他的精神和个性魅力来感召他们共同为左翼文化的出版服务，他们也以聪明才智、不惧险阻奋勇向前的精神为左翼文化的出版和广泛传播立下汗马功劳。他们与鲁迅等革命文艺工作者共同营造了中国左翼文化的殿堂，吸引了更多的人参与到左翼文化活动中，进而成为革命文化工作者。《良友文学丛书》《中国新文学大系（1917—1927）》《良友文库》《苏联版画集》……他们当年的出版成果，无论是选题、编辑，还是装帧设计，在今天依旧充满着生命力，是中国现代文化发展史上难以磨灭的丰碑。[一]

[一]另可参阅拙著《作为文化传播者的赵家璧》，《鲁迅研究杂集》，上海社会科学院出版社 2019 年版；《先进文化的传承——鲁迅与赵家璧及其他》，《上海鲁迅研究·赵家璧与出版研究》（总第 79 辑），上海社会科学院出版社 2018 年版。

目录

一九三三年

一九三四年

一九三五年

一九三六年

附录 上海鲁迅纪念馆所藏鲁迅书信鉴赏

徐梵澄 作

一九三三年

一月／八日　十六日

二月／六日　十日

三月／十日

六月／十九日

八月／四日　七日

十月／八日

一月八日

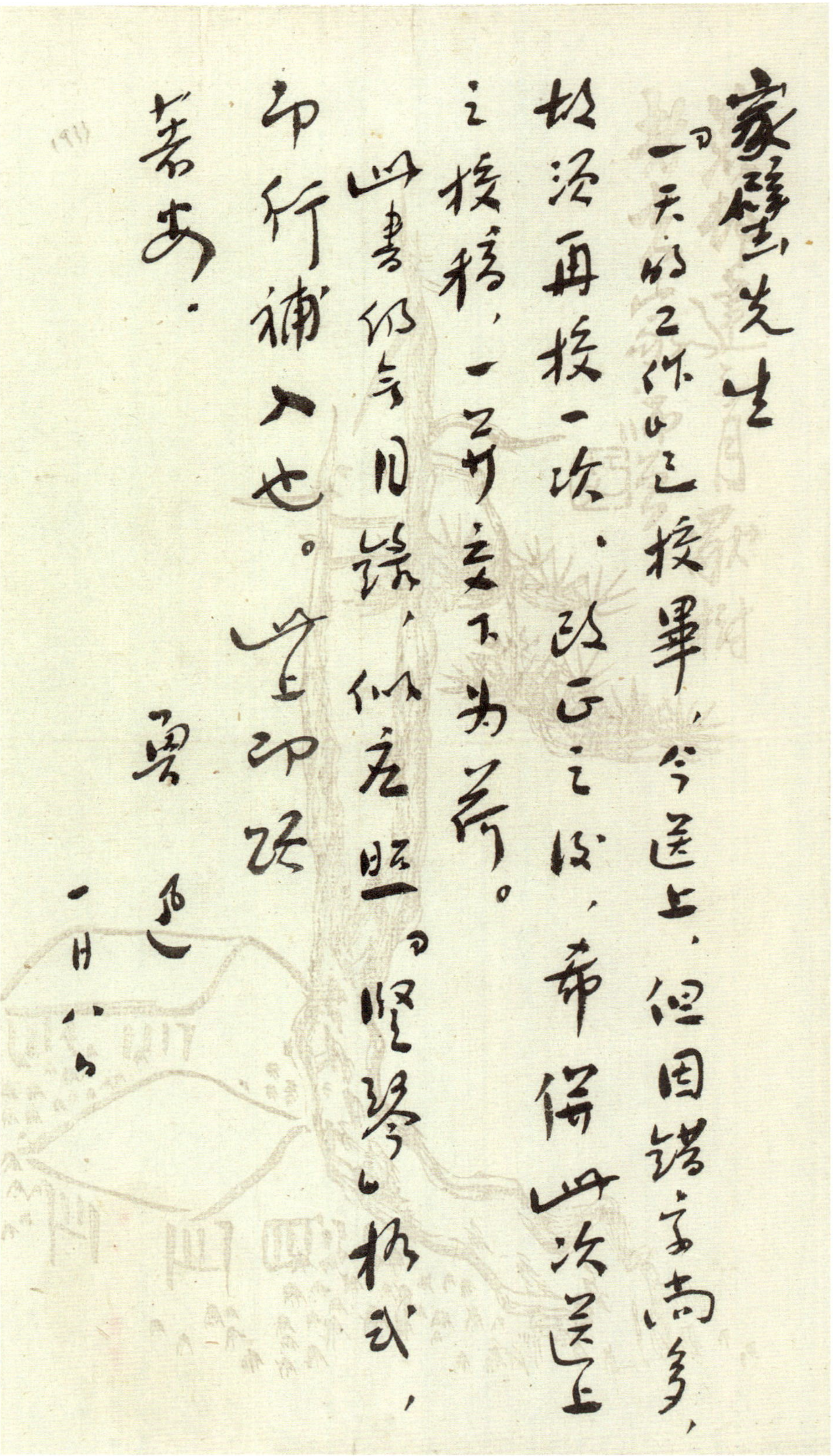

家璧先生：

一日的工作，已校毕，今送上。但因错字尚多，故须再校一次，改正之后，希将此次送上之校稿，一并交下为荷。

此书仍无目录，似应照一日的竖琴的格式，而行补入也。此上即颂

著安。

鲁迅

一月八日

释文

家璧先生：

《一天的工作》已校毕，今送上，但因错字尚多，故须再校一次。改正之后，希并此次送上之校稿，一并交下为荷。

此书仍无目录，似应照《竖琴》格式，即行补入也。

此上即颂

著安。

鲁迅 一月八日

一月十六日

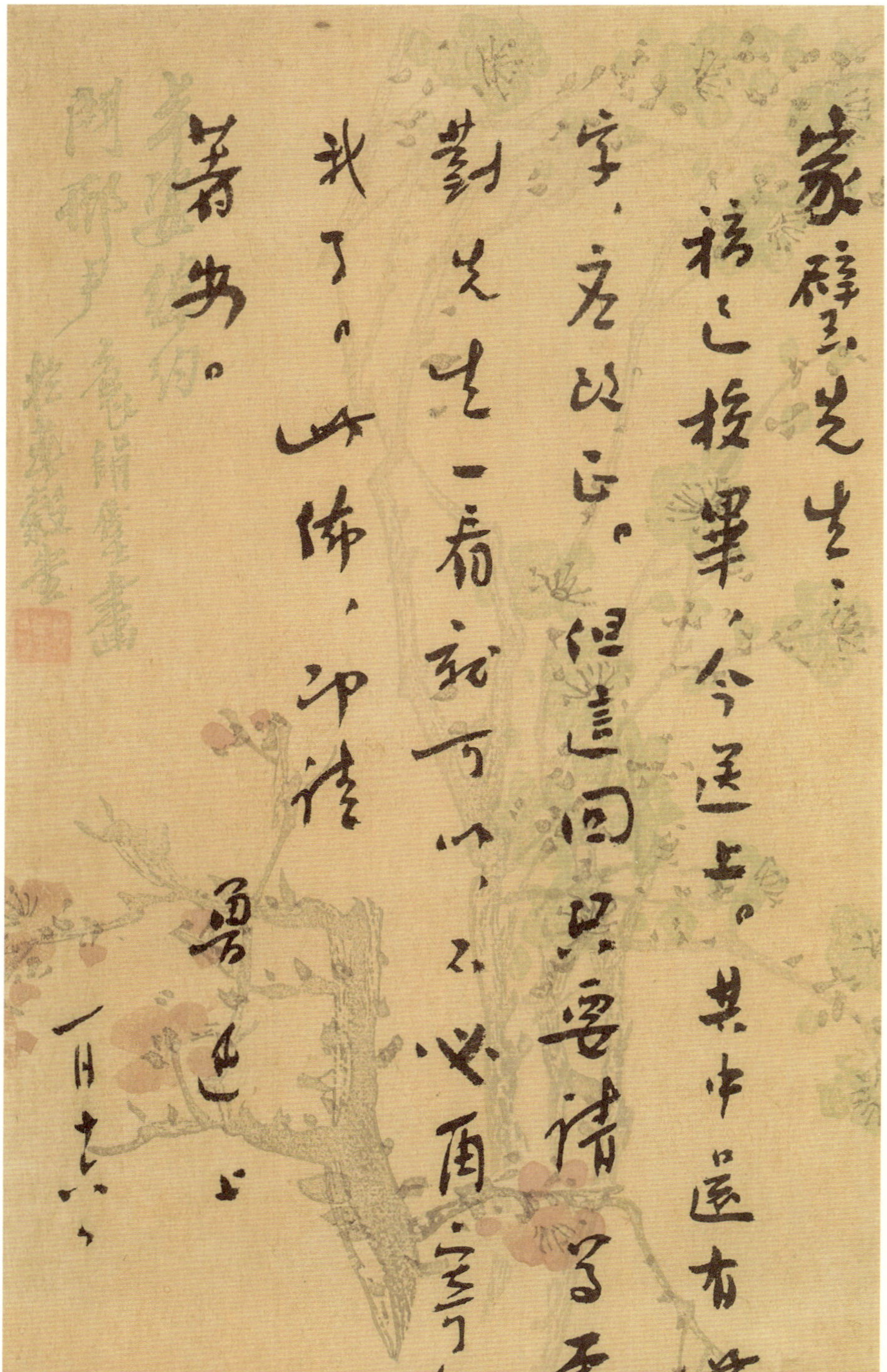

家璧先生：

稿已校畢，今送上。其中還有些錯字，已改正。但這回只要請貴局校對先生一看就可以，不必再寄給我了。此佈，即請

著安。

魯迅 上

一月十六

释 文

家璧先生：

稿已校毕，今送上。其中还有些错字，应改正。但这回只要请尊处校对先生一看就可以，不必再寄给我了。此布，即请

著安。

鲁迅 上 一月十六日

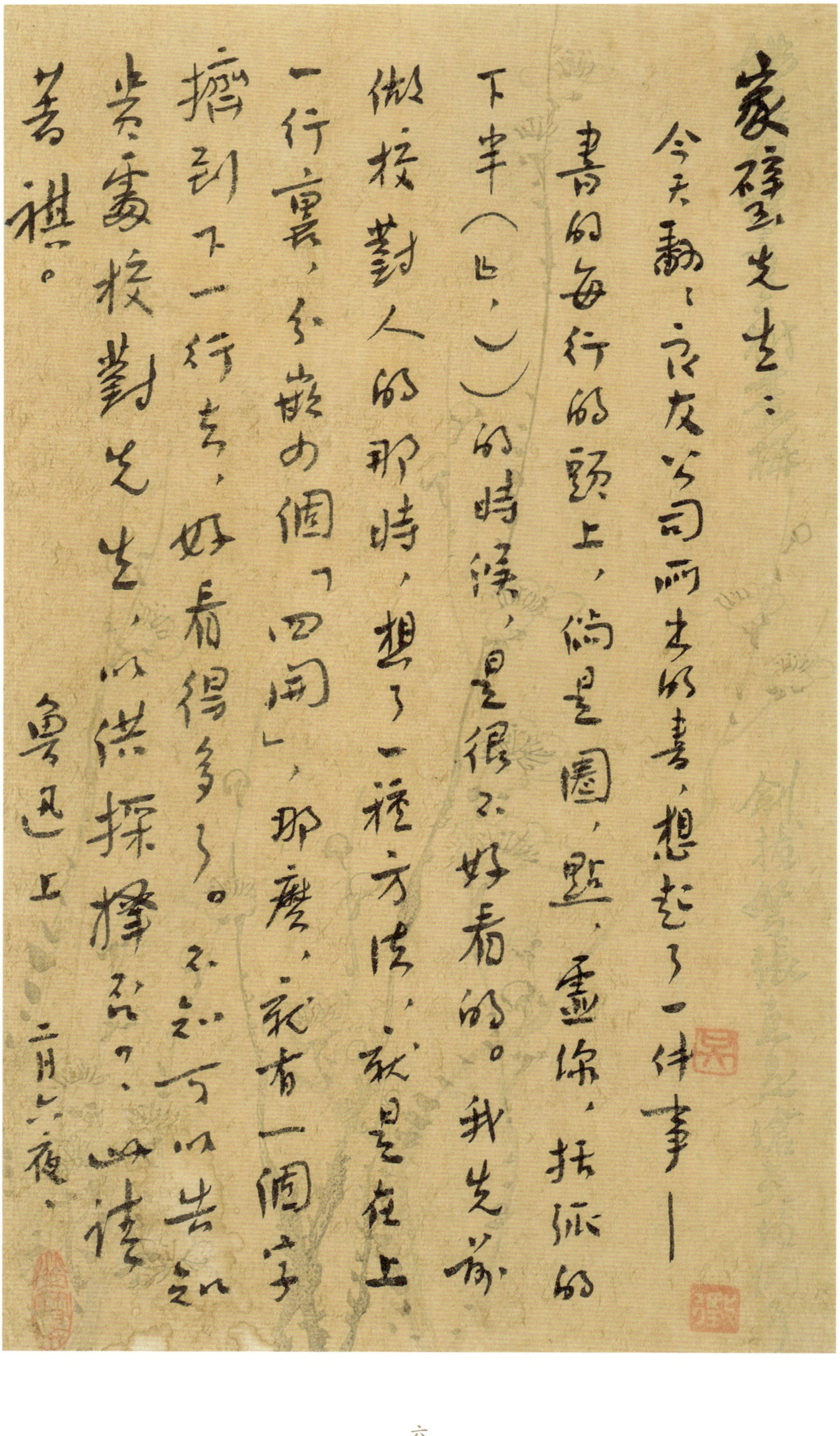
家璧先生：
今天翻翻良友公司所出的書，想起了一件事——
書的每行的頭上，倘是圈，點，括弧的
下半（〉、〕）的時候，是很不好看的。我先前
做校對人的那時，想了一種方法，就是在上
一行裏，分嵌四個「四開」，那麼，就有一個字
擠到下一行去，好看得多了。不知可以告知
貴處校對先生，以供採擇否？此請
著祺。
魯迅上
二月六夜。

释文

家璧先生：

今天翻翻良友公司所出的书，想起了一件事——书的每行的头上，倘是圈，点，虚线，括弧的下半（』，））的时候，是很不好看的。我先前做校对人的那时，想了一种方法，就是在上一行里，分嵌四个『四开』，那么，就有一个字挤到下一行去，好看得多了。不知可以告知贵处校对先生，以供采择否？此请

著祺。

鲁迅 上 二月六夜。

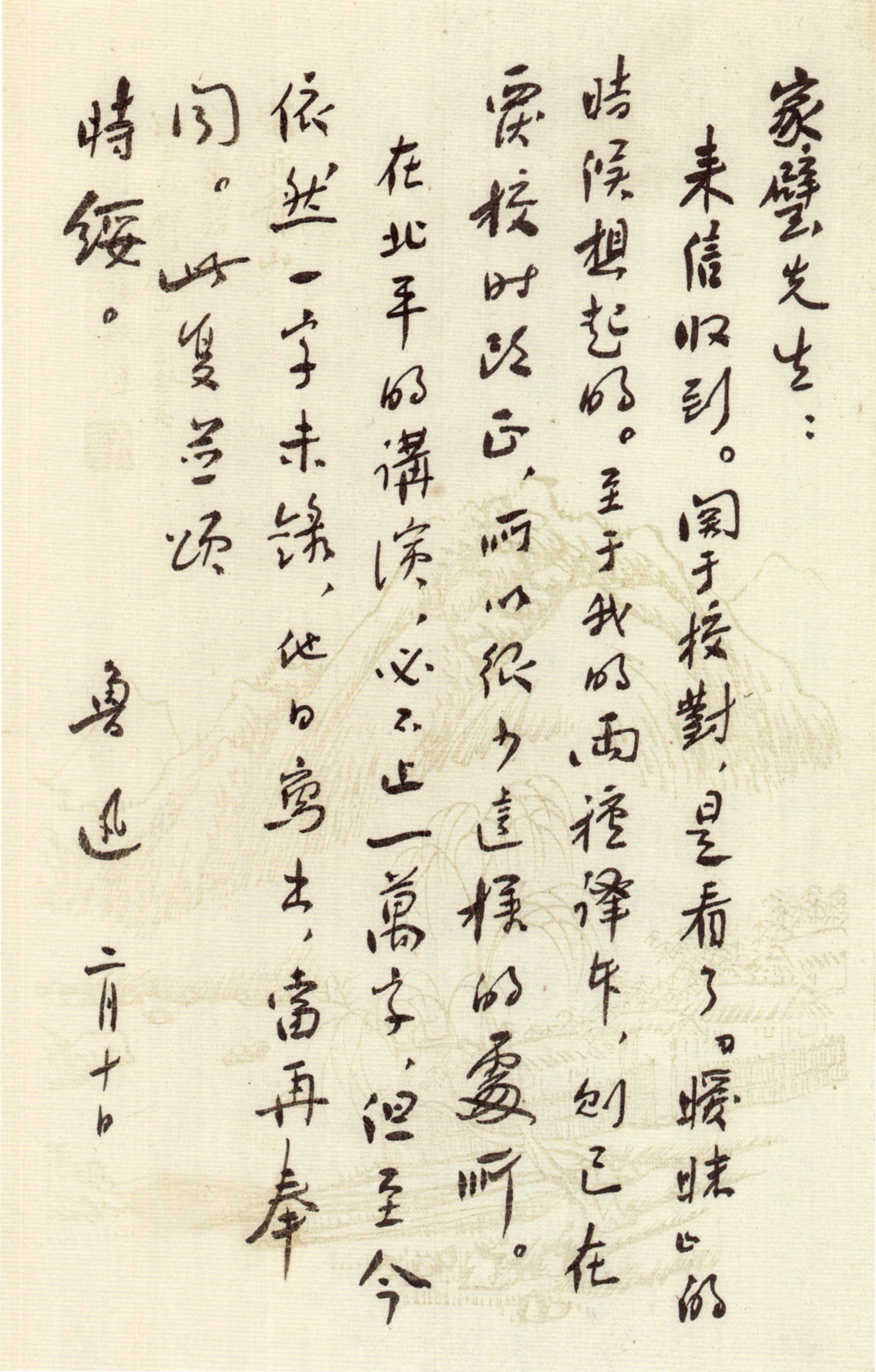

家璧先生：

来信收到。関于校對，是看了「曖昧」的時候想起的。至于我的兩種譯作，則已在覆校時改正，所以很少這樣的處所。

在北平的講演，必不止一萬字，但至今依然一字未録，他日寫出，當再奉聞。此復並頌

時綏。

魯迅

二月十日

释文

家璧先生：

来信收到。关于校对，是看了《暧昧》的时候想起的。至于我的两种译本，则已在复校时改正，所以很少这样的处所。

在北平的讲演，必不止一万字，但至今依然一字未录，他日写出，当再奉闻。此复并颂

时绥。

鲁迅 二月十日

家璧先生：

来信收到。我还没有写北平的五篇讲演，"艺术新闻"上所说，并非事实，我也不过是闲看看的。小说封面包纸上的画像，只要用哪里登过的一幅就好，以前新制的麻烦。中国所出版的童话，实在应该加一番整顿，但我对于此道，素未留心，所以材料一点也没有，所识的朋友中，也不记得有搜集童话，给打听一下再看罢。此颂近祺。

「白纸黑字」我见过英译本，其中所举的我们中国字，是错误的，倘译给中国，似乎应该给他改正。

迅 顿首

三月十日

释文

家璧先生：

来信收到。我还没有写北平的五篇讲演，《艺术新闻》上所说，并非事实，我想不过是闹着玩玩的。小说封面包纸上的画像，只要用《竖琴》上用过的一幅就好，以省新制的麻烦。中国所出版的童话，实在应该加一番整顿，但我对于此道，素未留心，所以材料一点也没有，所识的朋友中，也不记得有搜集童话，俟打听一下再看罢。此颂近祺。

迅 启上 三月十日

《白纸黑字》我见过英译本，其中所举的几个中国字，是错误的，倘译给中国，似乎应该给他改正。

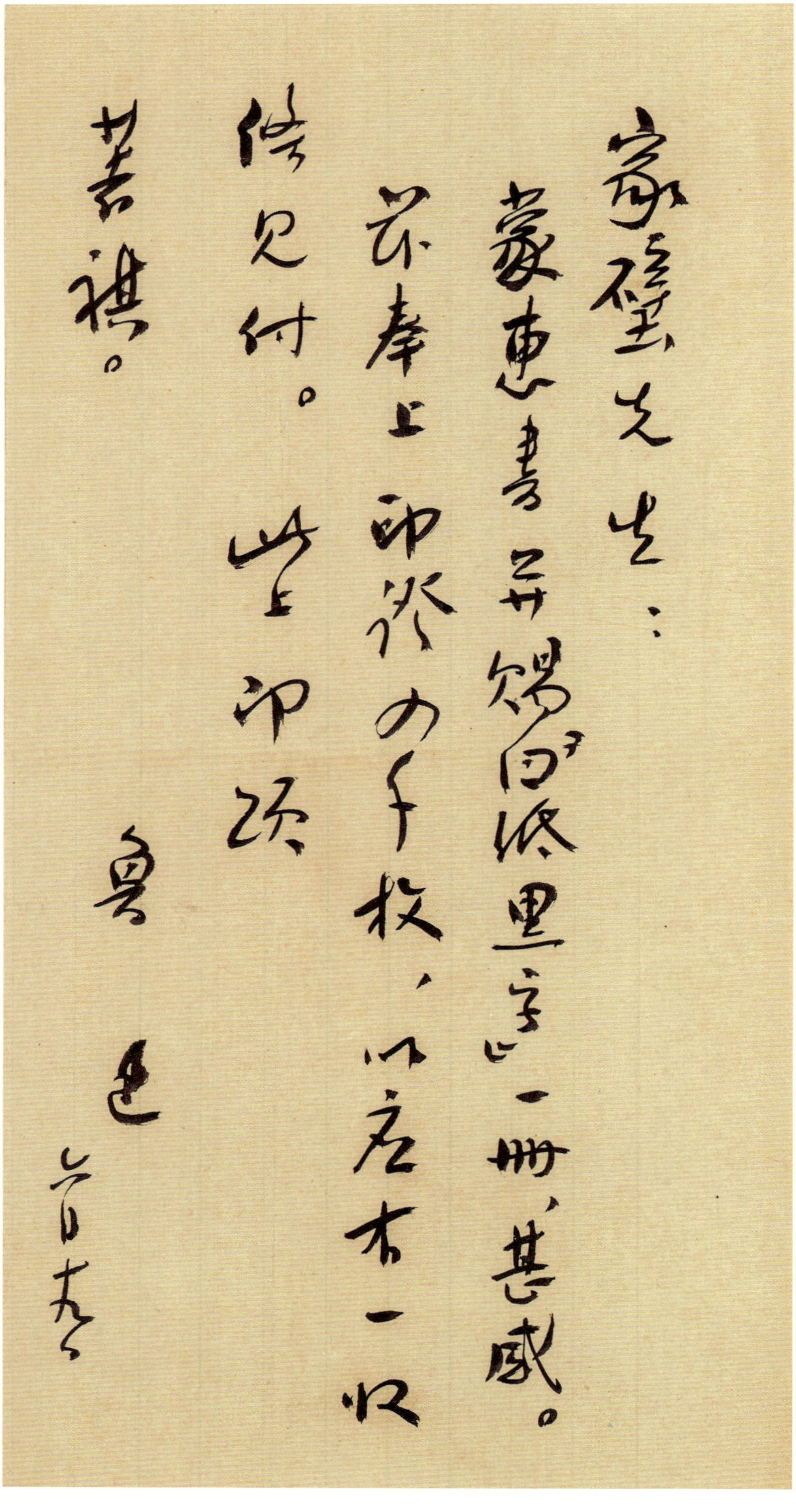
家璧先生：
蒙惠书并赐《白纸黑字》一册，甚感。兹奉上印花四千枚，以后希一收条见付。此上，即颂
著祺。
鲁迅 启
六月十九日

释文

家璧先生：

蒙惠书并赐《白纸黑字》一册，甚感。兹奉上印证四千枚，以应有一收条见付。此上，即颂

著祺。

鲁迅 六月十九日

八月四日

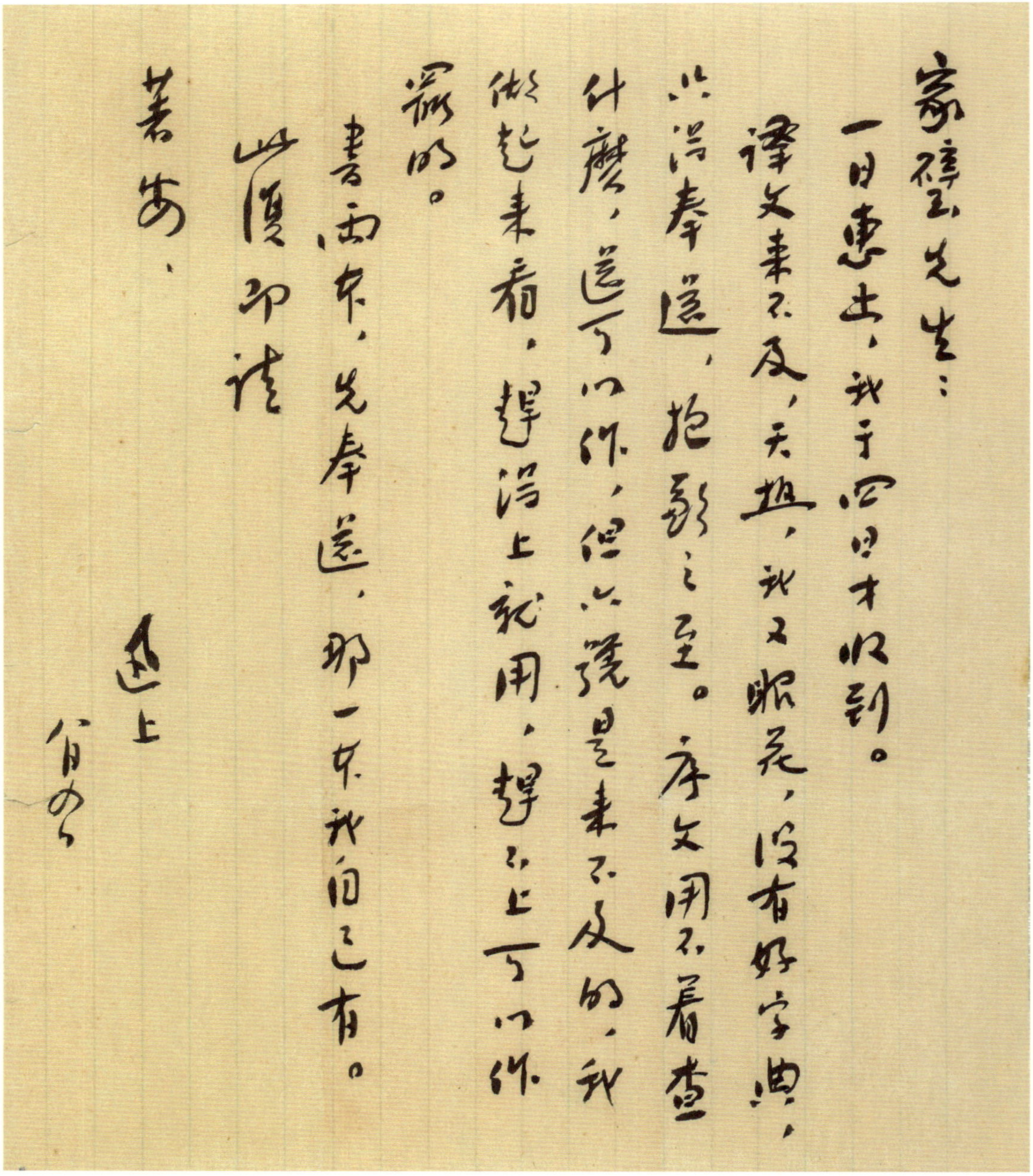
家璧先生：

一日惠书，我于四日才收到。译文来不及，天热，我又眼花，没有好字典，只得奉还，抱歉之至。序文用不着查什么，还可以作，但只能是来不及的，我做起来看，赶得上就用，赶不上可以作罢的。

书两本，先奉还，那一本我自己有。

此复，即请

著安。

迅上

八月四日

释文

家璧先生：

一日惠函，我于四日才收到。

译文来不及，天热，我又眼花，没有好字典，只得奉还，抱歉之至。序文用不着查什么，还可以作，但六号是来不及的，我做起来看，赶得上就用，赶不上可以作罢的。

书两本，先奉还，那一本我自己有。

此复，即请

著安。

迅 上 八月四日

八月七日

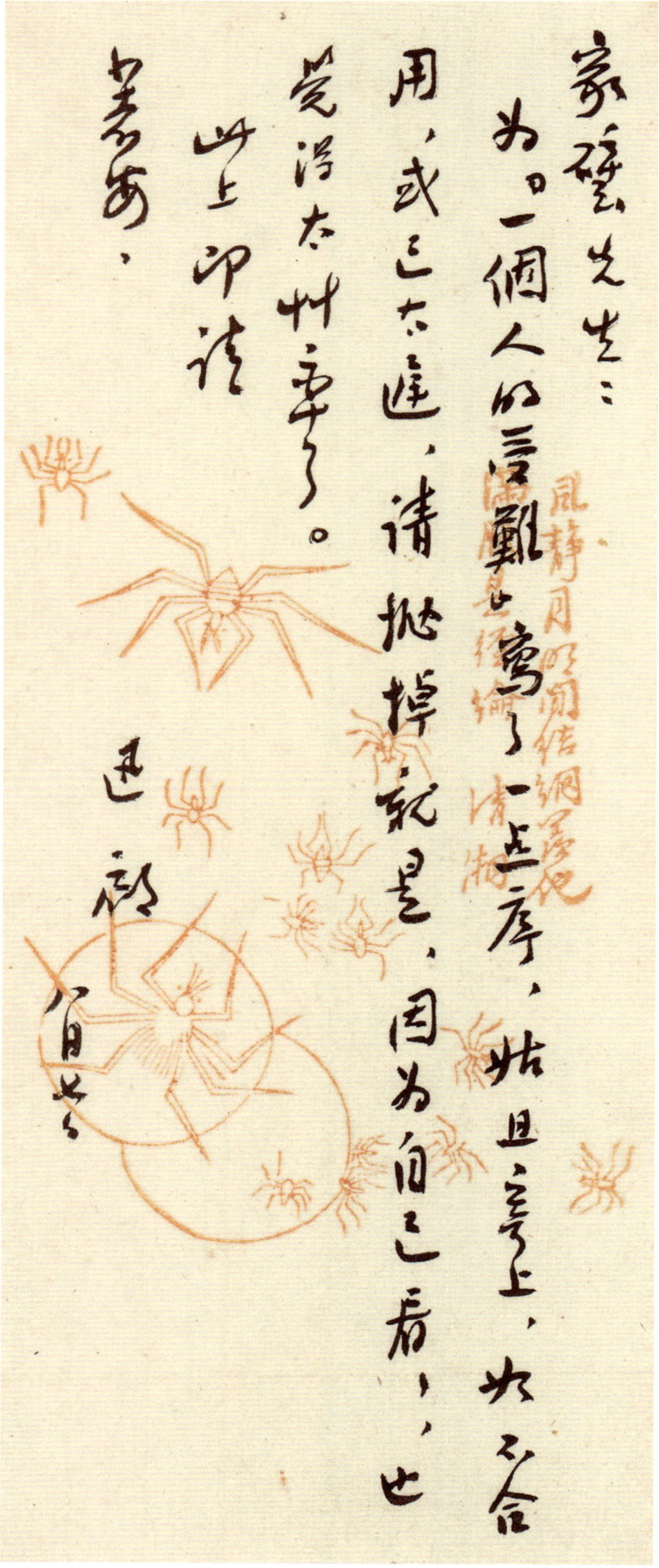
家璧先生：
为了一個人的言動，写了一点序，姑且塞上，也不合用，或已太迟，请抛掉就是，因为自己看看，也覺得太草了。
此上即请
著安。
迅 顿首
八月七日

释文

家璧先生：

为《一个人的受难》写了一点序，姑且寄上，如不合用，或已太迟，请抛掉就是，因为自己看看，也觉得太草率了。

此上，即请

著安。

迅 启 八月七日

十月八日

家璧先生：

惠函及木刻書三種又二十本均收到，謝謝。這書的製版和印刷，我以为均不壞，只有紙太硬是一個小缺点；還有兩面印，因为似乎減少觀者的欣賞，但为定價之廉所限，也是沒有法子的事。

M氏的木刻黑白分明，然而最難學，不過可以參考之處很多，我想，于學木刻的學生，一定很有益處。但普通的讀者，恐怕是不見得歡迎的。我希望二千部能於一年之內賣完，不要像「藝術三家言」，這才是木刻萬歲也。

此復，並頌

著安。

魯迅 啓上

十月八日

释文

家璧先生：

惠函及木刻书三种又二十本均收到，谢谢。这书的制版和印刷，以及装订，我以为均不坏，只有纸太硬是一个小缺点；还有两面印，因为能够淆乱观者的视线，但为定价之廉所限，也是没有法子的事。

M. 氏的木刻黑白分明，然而最难学，不过可以参考之处很多，我想，于学木刻的学生，一定很有益处。但普通的读者，恐怕是不见得欢迎的。我希望二千部能于一年之内卖完，不要像《艺术三家言》，这才是木刻万岁也。

此复，并颂

著安。

鲁迅 启上 十月八日

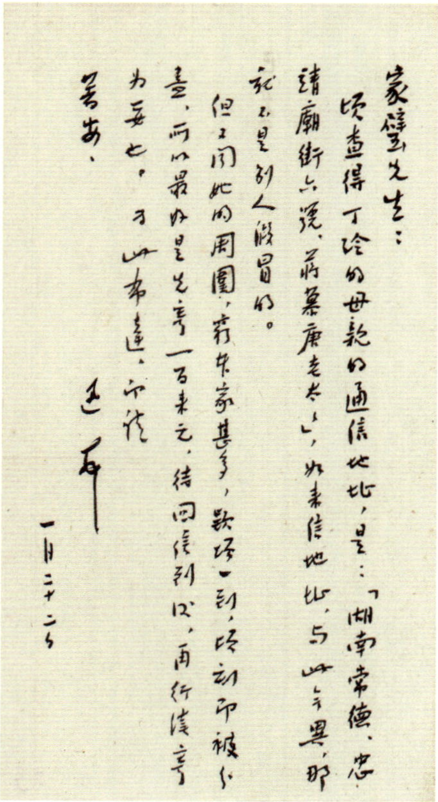

家璧先生：

顷查得丁玲的母亲的通信地址，是：「湖南常德、忠靖庙街六号、蒋慕唐老太太」，和来信地址，与此无異，那就不是别人假冒的。

但不问她的周围，蒋东家甚多，款项一到，顷刻即被分尽，所以最好是先寄一百来元，待回信到后，再行续寄为妥也。专此布達，即請

著安。

迅 上

一月二十六

一九三四年

一月／二十二日

九月／一日

十二月／十二日　二十五日

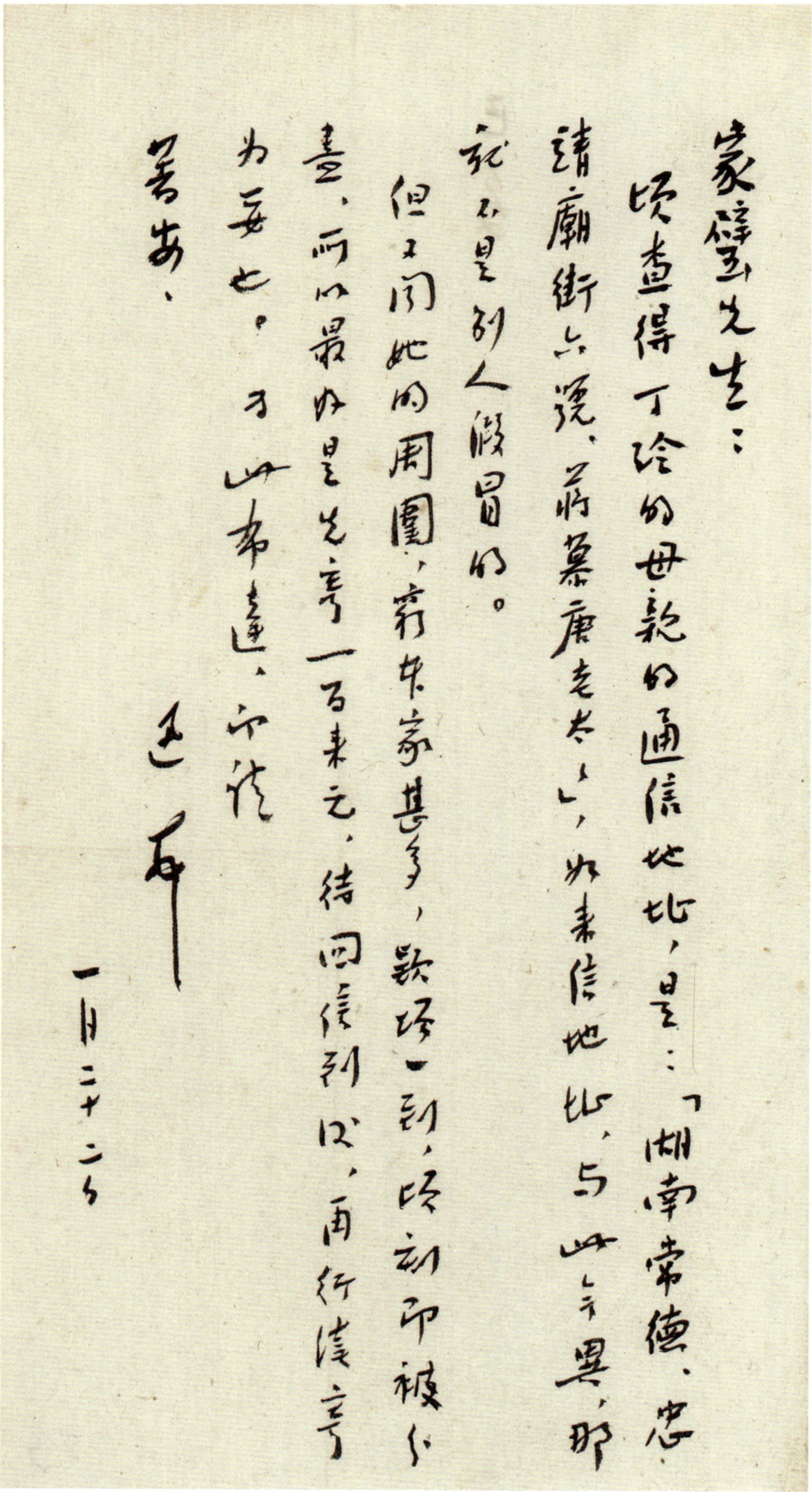
家璧先生：

顷查得丁玲的母親的通信地址，是：「湖南常德、忠靖廟街六號、蒋慕唐老太太」，如來信地址，与此无異，那就不是别人假冒的。

但不知她的周圍，窮本家甚多，欲得一錢，則刻即被分盡，所以最好是先寄一百來元，待回信到後，再行續寄為妥也。專此布達，即請

著安。

迅 上

一月二十二日

释文

家璧先生：

顷查得丁玲的母亲的通信地址，是：『湖南常德、忠靖庙街六号、蒋慕唐老太太』，如来信地址，与此无异，那就不是别人假冒的。

但又闻她的周围，穷本家甚多，款项一到，顷刻即被分尽，所以最好是先寄一百来元，待回信到后，再行续寄为妥也。专此布达，即请

著安。

迅 顿首 一月二十二日

九月一日

家璧先生：

顷收到来信，并版税单据；又承送我「文学丛书」两本，谢谢。以前的九本，我都有的。近一年来，所发表的杂文，也还不少，但不宜于给良友公司印，因为文字都经删节，一被删节，就会使读者不知道说什么，所以只好自己来出版。能够公开发行的东西，却还没有，也许在检阅制度之下，是不见得有的了。

来信所说的木刻集，当是「引玉集」，出版之后，因为有一个人要走过公司前面，我便将送先生的一本

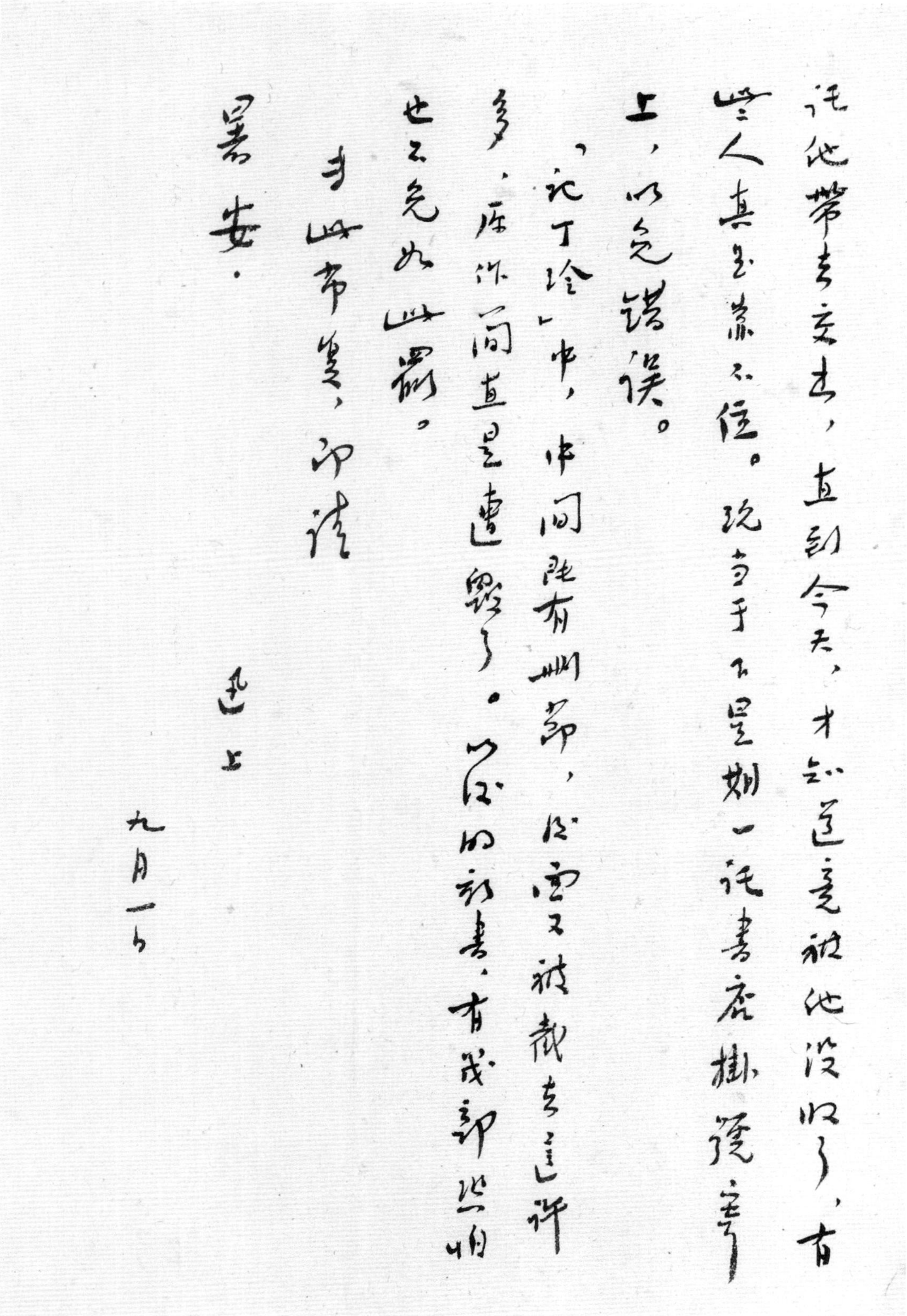

托他带去交去，直到今天，才知道竟被他没收了，这些人真靠不住。现当于下星期一托书店挂号寄上，以免错误。

「记丁玲」中，中间既有删节，后面又被截去这许多，原作简直是遭毁了。但以后的新书，有几部恐怕也不免如此罢。

专此布复，即请

暑安。

迅 上

九月一夜

释文

家璧先生：

顷收到来信，并版税单一纸；又承送我《文学丛书》两本，谢谢。以前的九本，我都有的。近一年来，所发表的杂文，也还不少，但不宜于给良友公司印，因为文字都很简短，一被删节，就会使读者不知道说什么，所以只好自己出版。能够公开发行的东西，却还没有，也许在检阅制度之下，是不见得有的了。

来信所说的木刻集，当是《引玉集》，出版之后，因为有一个人要走过公司前面，我便将送先生的一本托他带去交出，直到今天，才知道竟被他没收了，有些人真是靠不住。现当于下星期一托书店挂号寄上，以免错误。

《记丁玲》中，中间既有删节，后面又被截去这许多，原作简直是遭毁了。以后的新书，有几部恐怕也不免如此罢。

专此布复，即请

暑安。

迅 上 九月一日

家璧先生：

那一本尼采自传，今送上。约计字数，不到六万，用中等大的本子，四号字印起来，也不过二百面左右。

假如要印的话，则——

一、译者以为书中紧要字句，每字间当距离较远，但此在欧文则可，施之译文，是不好看的（也不清楚，难以醒目），所以我给他改为字旁加黑点。但如用黑体字或宋体字，似亦佳。

二、圈点不如改在字旁，因为四号字而标点亦占一格，仍令人看去觉得散漫。

三、前面可以插一张作者像，此像我有，可以借照。

四、译者说是愿意自己校对，不过我觉得这不大妥，因为他不明白印刷情形，有些意见是未必能照办的。所以不如由我校对，比较的稳当。但如先生愿意请这天下第稀古怪之英雄，那我也可以由他自己出马。

专此布达，即请

撰安。

迅 上

十月十二日

前些时送上的一套图表，看来是不能用的了，倘能检出，乞于便中令人放在书店，为感。又及。

释文

家璧先生：

那一本《尼采自传》，今送上。约计字数，不到六万，用中等大的本子，四号字印起来，也不过二百面左右。

假如要印的话，则——

一、译者以为书中紧要字句，每字间当距离较远，但此在欧文则可，施之汉文，是不好看的（也不清楚，难以醒目）。所以我给他改为字旁加黑点。但如用黑体字或宋体字，似亦佳。

二、圈点不如改在字旁，因为四号字而标点各占一格，即令人看去觉得散漫。

三、前面可以插一作者像，此像我有，可以借照。

四、译者说是愿意自己校对，不过我觉得这不大妥，因为他不明白印刷情形，有些意见是未必能照办的。所以不如由我校对，比较的便当。但如　先生愿意结识天下各种古怪之英雄，那我也可以由他自己出马。

专此布达，即请

撰安。

迅　上　十二月十二日

前些时送上的一套图表，看来《良友》是不能用的了，倘能检出，乞于便中令人放在书店，为感。　又及。

十二月二十五日

家璧先生：

惠函并图表，顷俱收到。良友公司可以接收，好极。但我看最好能够给他独立出版，因为此公似乎颇有点儿呆气，不喜欢混入任何"丛"中，销路多少，倒在所不问。但如良友公司一定要归入丛书，则我当于见面时与之商洽，不过回信迟早不定。

新文学大系的条件，大体并无异议，惟久病新愈，医生禁止劳作，而年已近，连日看起小说来，能否持久，也很难定；又序文能否做至二万字，也艰预知，因为我不会做长文章，意思完了而将文拉长，更是无聊之至。所以倘使交稿期在不得已时，可以延长，而序文不限字数，照字计算稿费，那么，我是可以接受的。

专复，即请

撰安。

迅 上 十二月廿五

释文

家璧先生：

惠函并图表，顷俱收到。《尼采自传》，良友公司可以接收，好极。但我看最好是能够给他独立出版，因为此公似乎颇有点尼采气，不喜欢混入任何『丛』中，销路多少，倒在所不问。但如良友公司一定要归入丛书，则我当于见面时与之商洽，不过回信迟早不定。

《新文学大系》的条件，大体并无异议，惟久病新愈，医生禁止劳作，开年忽然连日看起作品来，能否持久也很难定；又序文能否做至二万字，也难预知，因为我不会做长文章，意思完了而将文字拉长，更是无聊之至。所以倘使交稿期在不得已时，可以延长，而序文不限字数，可以照字计算稿费，那么，我是可以接受的。

专复，即请

撰安。

迅 上 十二月廿五日

家璧先生：

昨上寄奉一函，想已达览。我曾为文学明年第一号作随笔一篇，约六千字，所讲也明末故事，引些古书，其中感慨之词，自不能免。今晚才知道被检查官删去四分之三，只存开首一千余字。由此看来，我即使讲盘古开天辟地神话，也必不能满他们之意，而我也确不能作使他们满意的文章。

我因此想到新中国文学大系。当送检所选小说时，因为不知何人所选，大约是决无问题的，但在送序论去时，便可发生问题。五四时代比明末近，我又不能做四平八稳，「今天天气，哈哈哈」到一万多字的文章，而真也和群官的意见不能相同，那时想来就必要发生纠葛。我是不善于照他们的意见，改正文章，或另作一篇的，这时如另请他人，则小说系我所选，别人的意见，决不相同，一定要弄得无可措手。则书店白折费用，而我白费工夫，两者之一中，必伤其一。所以我决计不干这事了，索性开初就由一个不被他们所憎恶者来干，实在稳妥得多。检查官们虽宣言不论作者，只看内容，但这种心口如一的君子，恐不常有，即有，亦必不在检查官之中，他们要开一点玩笑，是极容易的，我不想来中他们的诡计，我仍然要用硬功对付他们。

这并非我之勤力要，看实情实在也并不是杞忧，这是要请你谅察的。我还想，还有我们编辑者，恐怕那序文的通过也在可虑之列。

专此布达，即请

撰安。

迅 上 十二月廿五夜。

释文

家璧先生：

早上寄奉一函，想已达览。我曾为《文学》明年第一号作随笔一篇，约六千字，所讲是明末故事，引些古书，其中感慨之词，自不能免。今晚才知道被检查官删去四分之三，只存开首一千余字。由此看来，我即使讲盘古开天辟地神话，也必不能满他们之意，而我也确不能作使他们满意的文章。

我因此想到《中国新文学大系》。当送检所选小说时，因为不知何人所选，大约是决无问题的，但在送序论去时，便可发生问题。五四时代比明末近，我又不能做四平八稳，『今天天气，哈哈哈』到一万多字的文章，而且真也和群官的意见不能相同，那时想来就必要发生纠葛。我是不善于照他们的意见，改正文章，或另作一篇的，这时如另请他人，则小说系我所选，别人的意见，决不相同，一定要弄得无可措手。非书店白折费用，即我白费工夫，两者之一中，必伤其一。所以我决计不干这事了，索性开初就由一个不被他们所憎恶者出手，实在稳妥得多。检查官们虽宣言不论作者，只看内容，但这种心口如一的君子，恐不常有，即有，亦必不在检查官之中，他们要开一点玩笑是极容易的，我不想来中他们的诡计，我仍然要用硬功对付他们。

这并非我三翻四覆，看实情实在也并不是杞忧，这是要请你谅察的。我还想，还有几个编辑者，恐怕那序文的通过也在可虑之列。

专此布达，即请

撰安。

迅 上 十二月廿五夜。

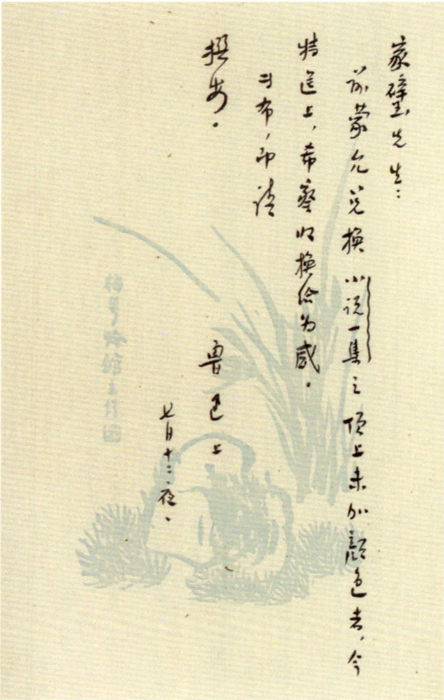

家璧先生：
前蒙允兑换《小说一集》之顶上未加颜色者，今特送上，希察收换给为感。
此布，即请
撰安。
鲁迅上
七月十三夜。

一九三五年

一月／四日 十五日 十九日 二十一日

二月／九日 二十六日 二十八日

三月／六日 九日 十五日

四月／十九日

五月／九日 十日 二十五日

七月／十二日 十三日

九月／一日

十一月／九日 十八日

十二月／二十一日

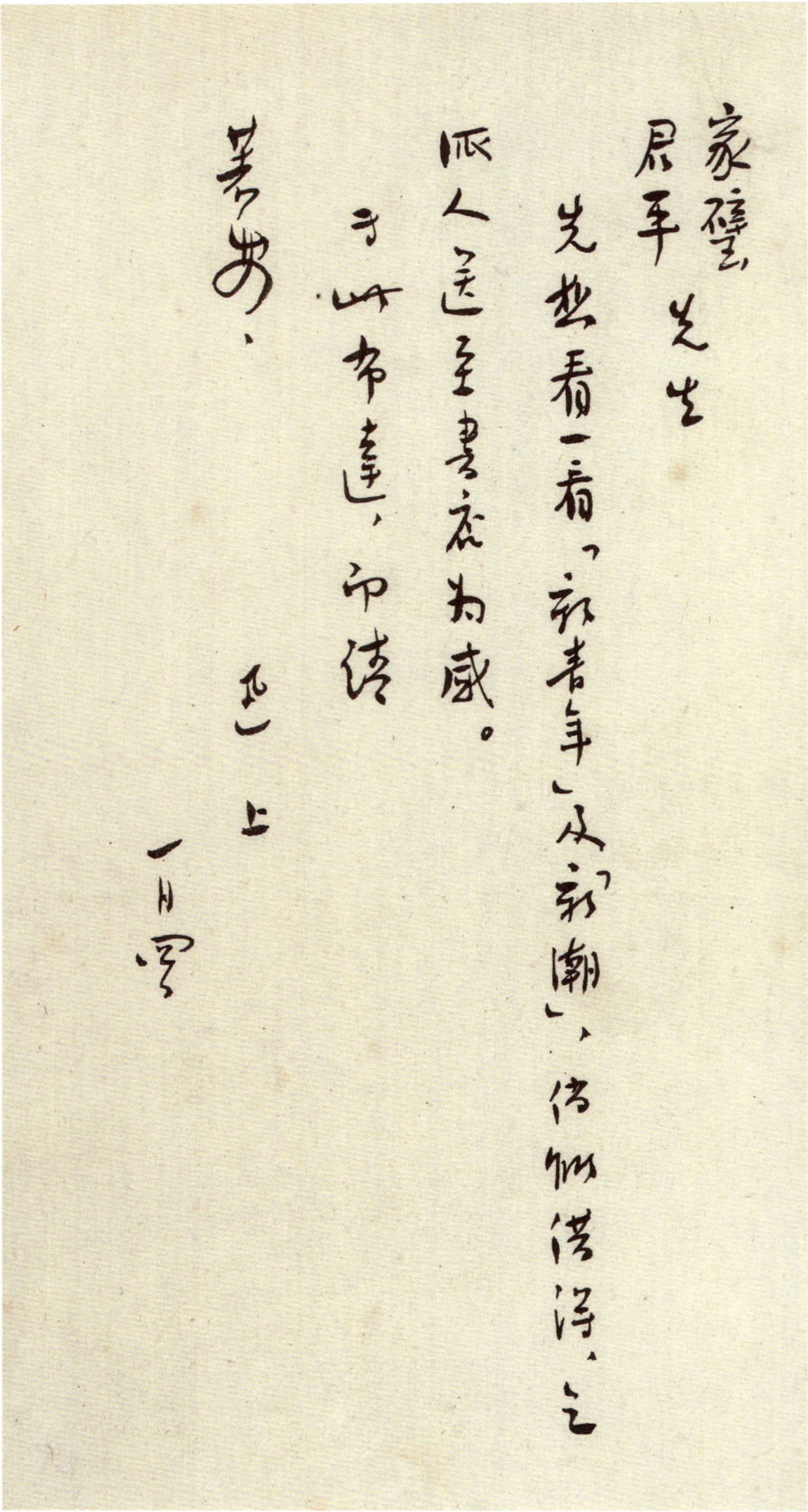

家璧先生：

君平先生想看一看「新青年」及「新潮」，倘能借得，乞派人送至书店，为感。专此布达，即请

著安。

迅 上

一月四日

释 文

家璧
君平 先生：
先想看一看《新青年》及《新潮》，倘能借得，乞派人送至书店为感。
专此布达，即请
著安。

迅 上 一月四日

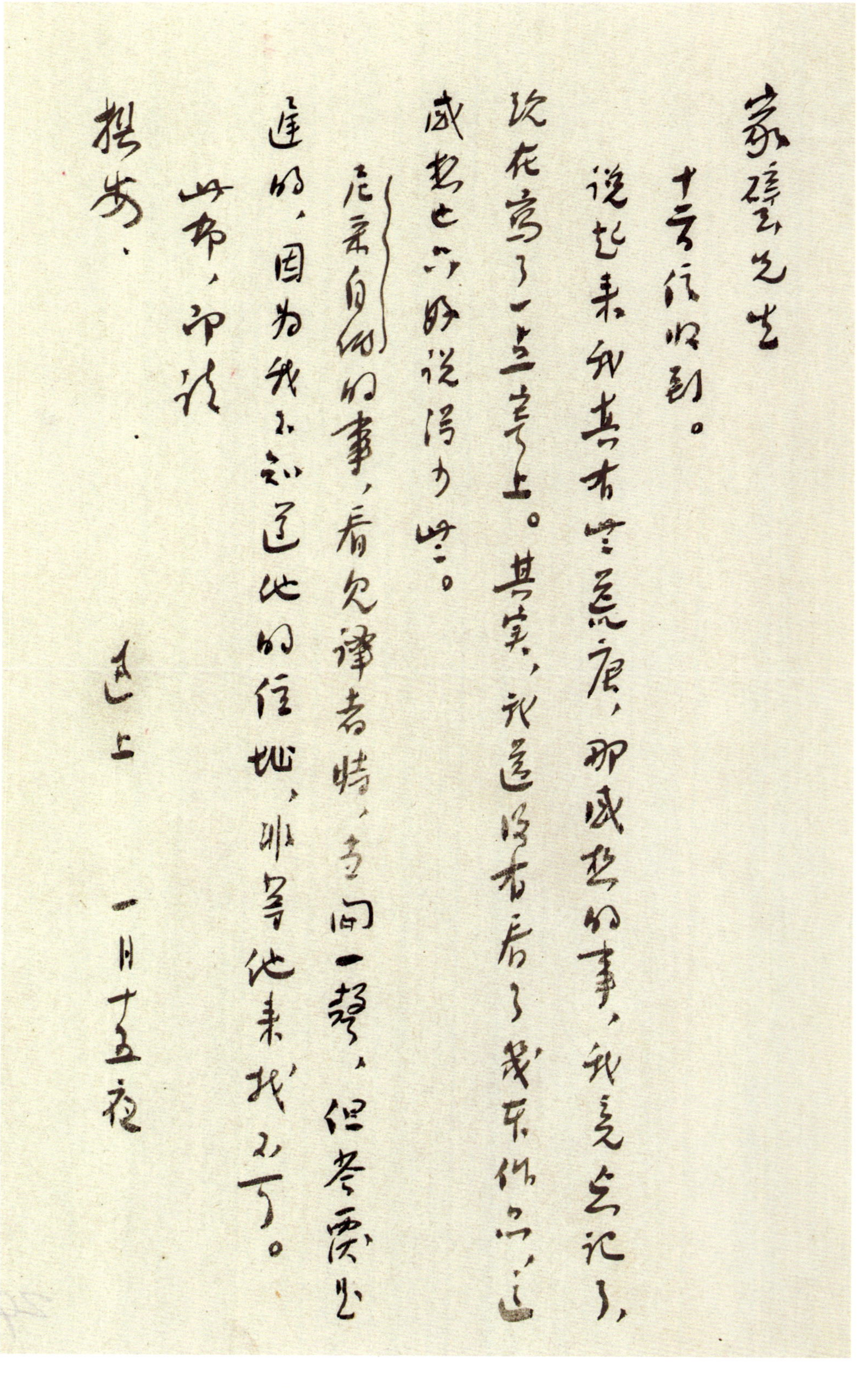

家璧先生：

十二日信收到。说起来我真有些惭愧，那感想的事，我竟忘记了，现在写了一点寄上。其实，我选后看了几篇作品，这感想也不好说得多些。

关于自传的事，看见译者时，当问一声，但恐要些迟的，因为我不知道他的住址，非等他来找不可。

此布，即颂

撰安。

迅 上 一月十五夜

释 文

家璧先生：

十二日信收到。

说起来我真有些荒唐，那感想的事，我竟忘记了，现在写了一点寄上。其实，我还没有看了几本作品，这感想也只好说得少些。

《尼采自传》的事，看见译者时，当问一声，但答复是迟的，因为我不知道他的住址，非等他来找不可。

此布，即请

撰安。

迅 上 一月十五夜

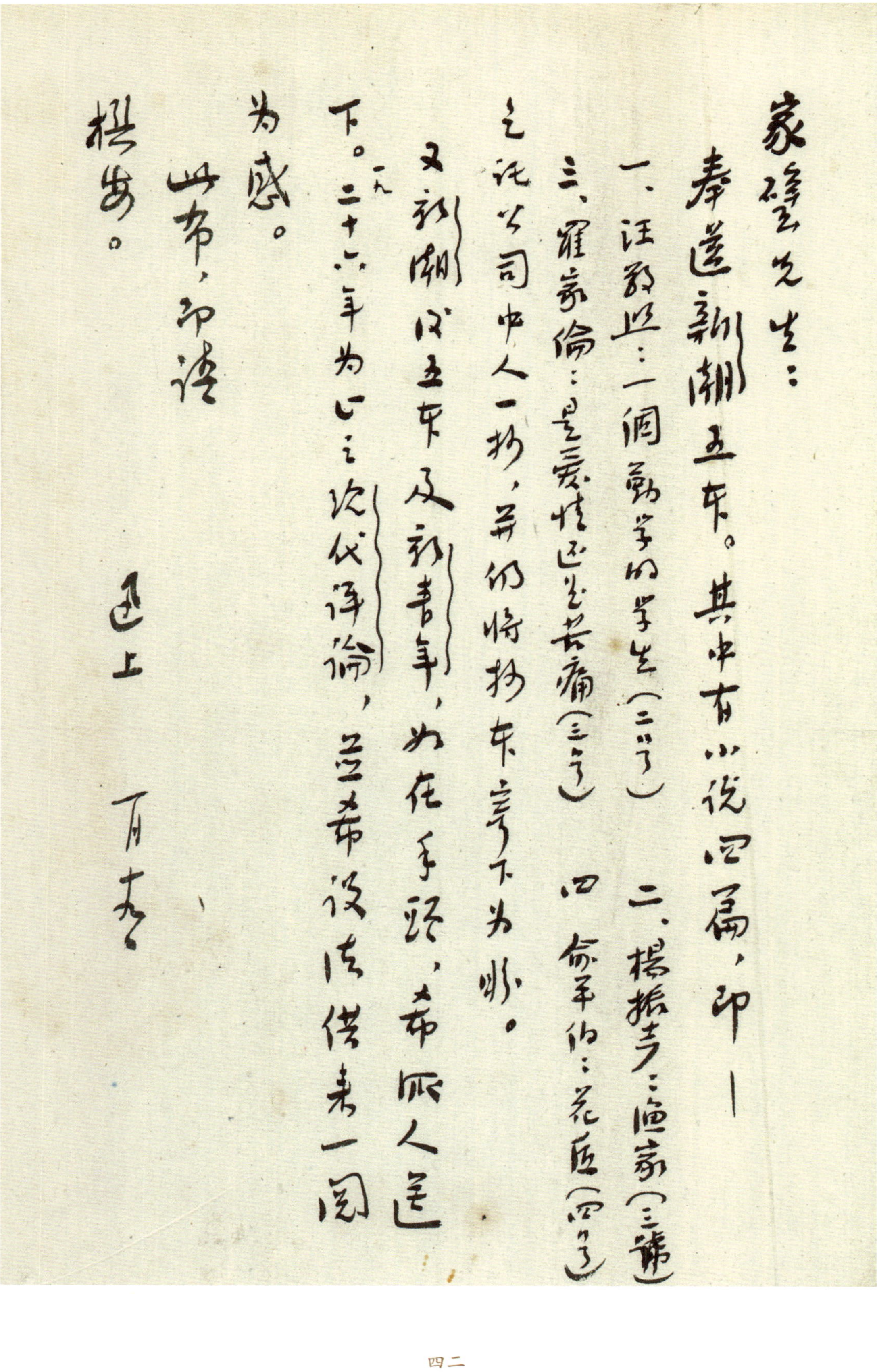
家璧先生：

奉送新潮五本。其中有小说四篇，即——

一、汪敬熙：一个勤学的学生（二号） 二、杨振声：渔家（三号）

三、罗家伦：是爱情还是苦痛（三号） 四、俞平伯：花匠（四号）

已托公司中人一抄，并仍将抄本寄下为盼。

又新潮以五本及新青年，如在手头，希派人送

下。一九二十六年为止之现代评论，并希设法借来一阅

为感。

此布，即请

撰安。

迅上 一月十九

释文

家璧先生：

奉还《新潮》五本。其中有小说四篇，即——

一、汪敬熙：《一个勤学的学生》（二号）

二、杨振声：《渔家》（三号）

三、罗家伦：《是爱情还是苦痛》（三号）

四、俞平伯：《花匠》（四号）

乞托公司中人一抄，并仍将抄本寄下为盼。

又《新潮》后五本及《新青年》，如在手头，希派人送下。一九二〔十〕六年为止之《现代评论》，并希设法借来一阅为感。

此布，即请

撰安。

迅 上 一月十九日

一月二十一日

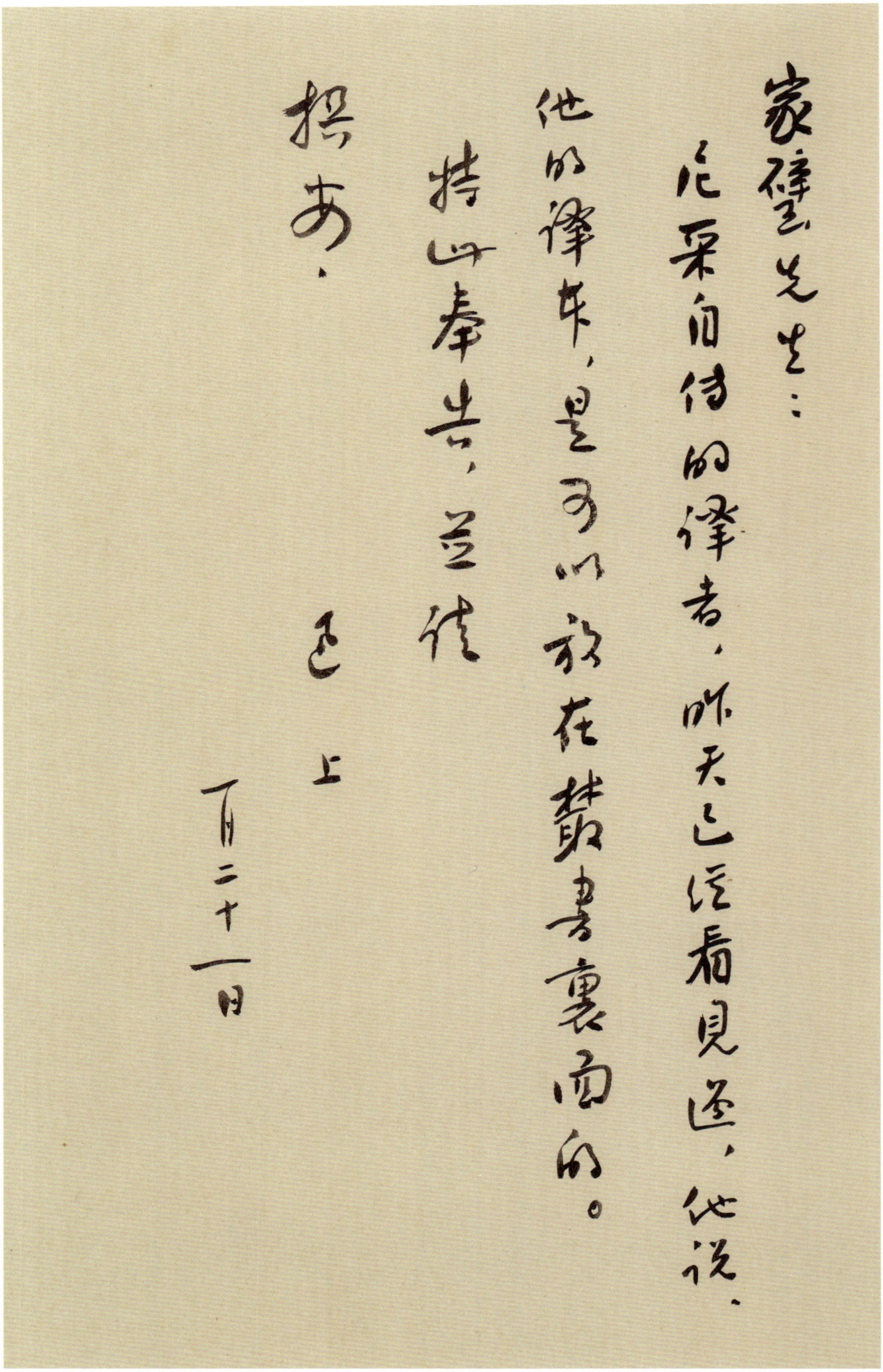

家璧先生：

尼采自傳的譯者，昨天已經看見過，他說，他的譯本，是可以放在叢書裏面的。特此奉告，並請

撰安。

迅 上

一月二十一日

释 文

家璧先生：

《尼采自传》的译者，昨天已经看见过，他说，他的译本，是可以放在丛书里面的。

特此奉告，并请

撰安。

迅 上 一月二十一日

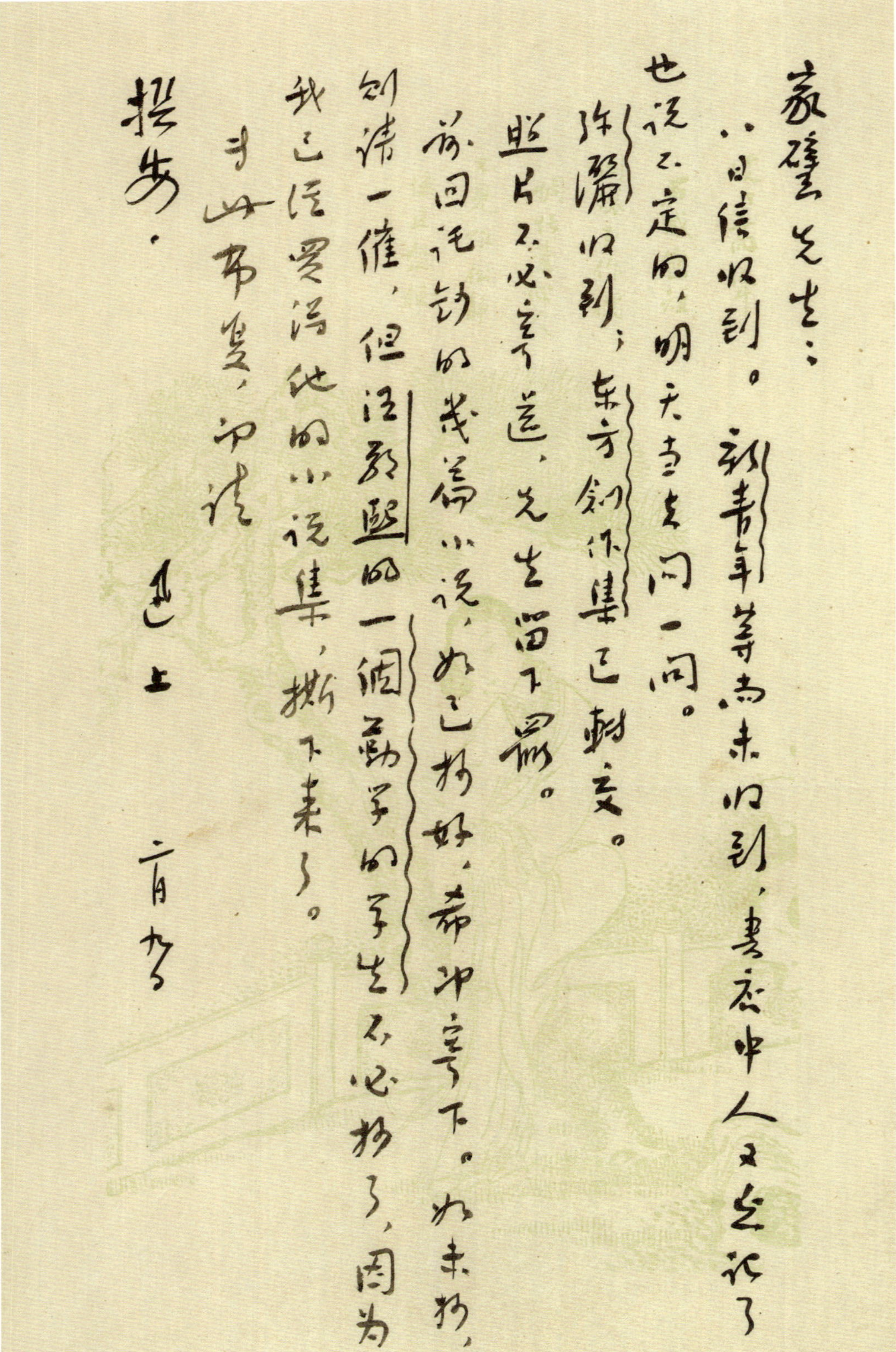

家璧先生：

八日信收到。新青年等尚未收到，书店中人又忘记了也说不定的，明天去问一问。许译收到；东方创作集已封交。照片不必寄还，先生留下罢。前回托钞的几篇小说，如已抄好，希即寄下。如未抄，则请一催，但汪敬熙的一個勤学的学生不必抄了，因为我已经买得他的小说集，撕下来了。

专此布复，即请

撰安。

迅 上

二月九日

释文

家璧先生：

八日信收到。《新青年》等尚未收到，书店中人又忘记了也说不定的，明天当去问一问。

《弥洒》收到；《东方创作集》已转交。

照片不必寄还，先生留下罢。

前回托抄的几篇小说，如已抄好，希即寄下。如未抄，则请一催，但汪敬熙的《一个勤学的学生》不必抄了，因为我已经买得他的小说集，撕下来了。

专此布复，即请

撰安。

迅 上 二月九日

二月二十六日

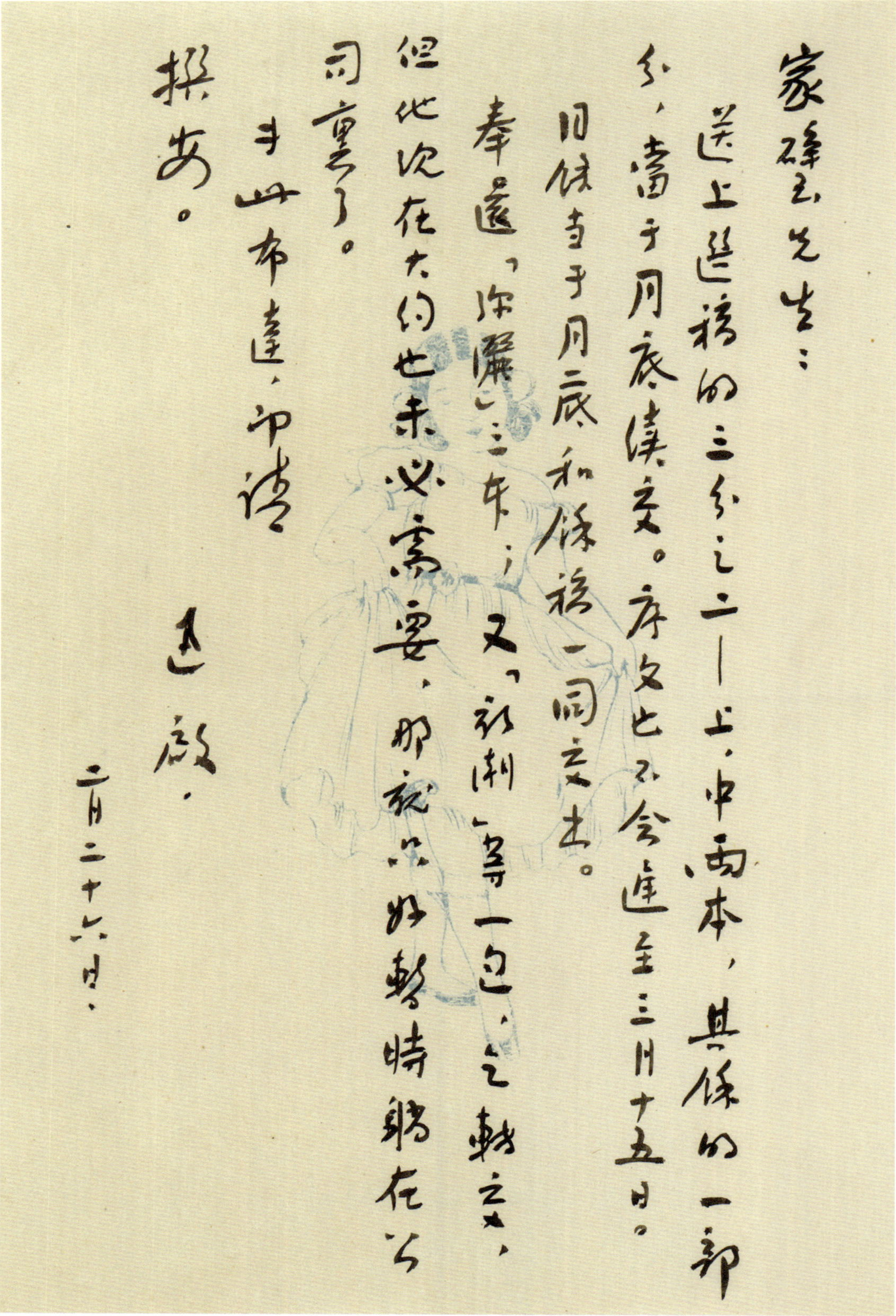

家璧先生：

送上选稿的三分之二——上，中两本，其余的一部分，当于月底读完。序文也不会迟至三月十五日。

目录当于月底和余稿一同交出。

奉还《浅草》二本；又《沉钟》等一包，乞转交，但他们现在大约也未必需要，那就只好暂时躺在公司里了。

专此布达，即请

撰安。

迅 启

二月二十六日。

释文

家璧先生：

送上选稿的三分之二——上，中两本，其余的一部分，当于月底续交。序文也不会迟至三月十五日。

目录当于月底和余稿一同交出。

奉还《弥洒》三本；又《新潮》等一包，乞转交，但他现在大约也未必需要，那就只好暂时躺在公司里了。

专此布达，即请

撰安。

迅启 二月二十六日。

家璧先生：

小说的末一本，也已校完了，今呈上，并目录一份。

其中，黎锦明和台静农两位的作品，是有被抽去的可能的，所以各人多选了一篇。如果竟不被抽去，那么，将来就将目录上有×记号的自己除掉，每人各留四篇。

向培良的我离开十字街头，是他那时的代表作，应该选入。但这一篇是单行本（光华书局出版），不知会不会有出版权问题。所以现在也订在一起，请先生酌定，因为我对于出版法之类，实在不了然。

假使出版上会有问题，检阅也通过了，那就除去有×记号的野花，选进剩下一篇。但那篇会被抽去也难说。

此外大约都没有危险。不过中国的事情很难说，如果还有通不过的，字数上发生了问题，那就只好多选几篇的来补充了。其实是现在就有了充填字数的作品在里面。

此上即请

撰安。

迅 启

二月二十八日

释文

家璧先生：

小说的末一本，也已校完了，今呈上，并目录一份。其中，黎锦明和台静农两位的作品，是有被抽去的可能的，所以各人多选了一篇。如果竟不被抽去，那么，将来就将目录上有×记号的自己除掉，每人各留四篇。

向培良的《我离开十字街头》，是他那时的代表作，应该选入。但这一篇是单行本（光华书局出版），不知会不会发生版权问题。所以现在不订在一起，请先生酌定，因为我对于出版法之类，实在不了然。假使出版上无问题，检阅也通过了，那就除去有×记号的《野花》，还是剩四篇。但那篇会被抽去也难说。

此外大约都没有危险。不过中国的事情很难说，如果还有通不过的，而字数上发生了问题，那就只好另选次等的来补充了。其实是现在就有了充填字数的作品在里面。

此上，即请

撰安。

迅 启 二月二十八日

家璧先生：

序文总算弄好了，连抄带做，大约已经达到一万字；但「江山好改，本性难移」，立论总不免有一点「不妥」的议论。如果有什么麻烦，请先生随宜改定，不必和我商量了，此事就已两清，亦不多赘。

序文的底稿，我想待这书有了结果之后，以免他们去对照，虽然他们也未必这么精细，忠实，但也还是预防一点的好罢。

「不妥」的那，（问文学社，云）並無其事。是小报上造出来的。

专此布达，即请

撰安。

迅 上 三月六夜。

释 文

家璧先生：

序文总算弄好了，连抄带做，大约已经达到一万字；但『江山好改，本性难移』，无论怎么小心，总不免发一点『不妥』的议论。如果有什么麻烦，请 先生随宜改定，不必和我商量了，此事前已面陈，兹不多赘。

序文的送检，我想还是等选本有了结果之后，以免他们去对照，虽然他们也未必这么精细，忠实，但也还是预防一点的好罢。

『不妥』的印，问文学社，云并无其事。是小报上造出来的。

专此布达，即请

撰安。

迅 上 三月六夜。

三月九日

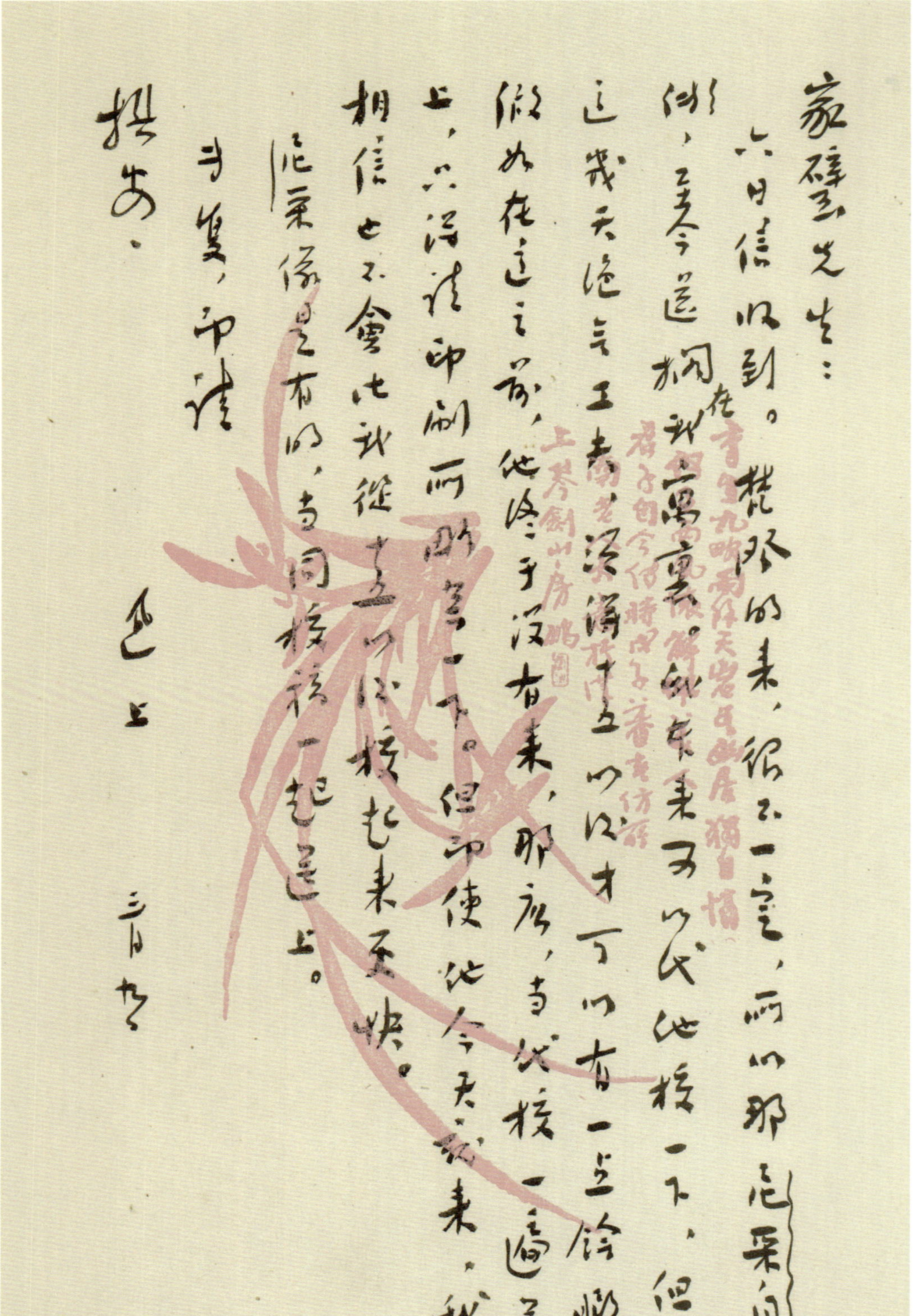

家璧先生：

六日信收到。梵澄的來，很不一定，所以那尼采自傳，今姑且擱在我寓裏，俟其來，否則代他校一下，但這幾天總要在十五以後才可以有一點餘暇。假如在這之前，他終于沒有來，那麼，當代校一遍送上，只得請印刷所暫等一下。但即使他今天就來，我相信也不會比我從十五以後校起來更快。

尼采像是有的，當同校樣一起送上。

專復，即請

撰安。

迅 上 三月九夜

释文

家璧先生：

六日信收到。梵澄的来，很不一定，所以那《尼采自传》，至今还搁在我寓里。我本来可以代他校一下，但这几天绝无工夫，须得十五以后才可以有一点余暇。假如在这之前，他终于没有来，那么，当代校一遍送上，只得请印刷所略等一下。但即使他今天就来，我相信也不会比我从十五以后校起来更快。

尼采像是真的，当同校稿一起送上。

专复，即请

撰安。

迅 上 三月九日

家璧先生：

尼采自傳的翻譯者至今不來，又失其通信地址，只得為之代校，頃已校畢，將原稿及排印稿各一份，一併奉還。

又書一本，內有尼采像（銅刻版），亦用于自傳上，照畢後該書希即擲還。

耑此布達，即請

撰安。

迅 上

三月十五夜

释文

家璧先生：

《尼采自传》的翻译者至今不来，又失其通信地址，只得为之代校，顷已校毕，将原稿及排印稿各一份，一并奉还。

又书一本，内有尼采像（系铜刻版），可用于《自传》上，照出后该书希即掷还。

专此布达，即请

撰安。

迅 上 三月十五夜

四月十九日

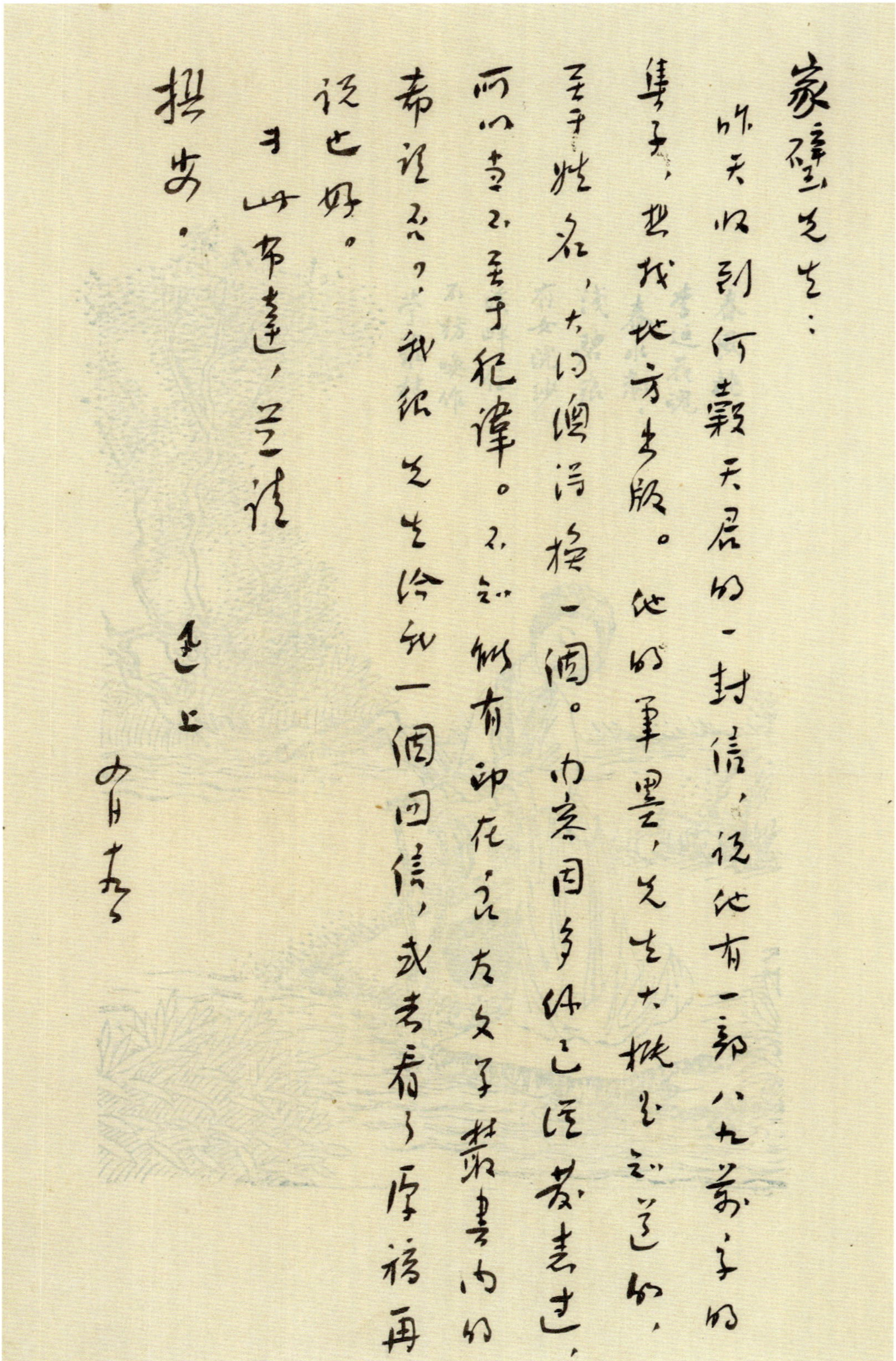

家璧先生：

昨天收到何穀天君的一封信，说他有一部八九万字的集子，要找地方出版。他的笔墨，先生大概是知道的，至于姓名，大约总得换一个。内容因多係已经发表过，所以当不至于犯禁。不知能有印在良友文学丛书内的希望否？我想先生给他一个回信，或者看了原稿再说也好。

专此布达，并请

撰安。

迅 上

四月十九日

释文

家璧先生：

昨天收到何谷天君的一封信，说他有一部八九万字的集子，想找地方出版。他的笔墨，先生大概是知道的，至于姓名，大约总得换一个。内容因多系已经发表过，所以当不至于犯讳。不知能有印在良友文学丛书内的希望否？我很[一]先生给我一个回信，或者看了原稿再说也好。

专此布达，并请

撰安。

迅 上 四月十九日

[一]『很』字或为误字，或下脱字。

五月九日

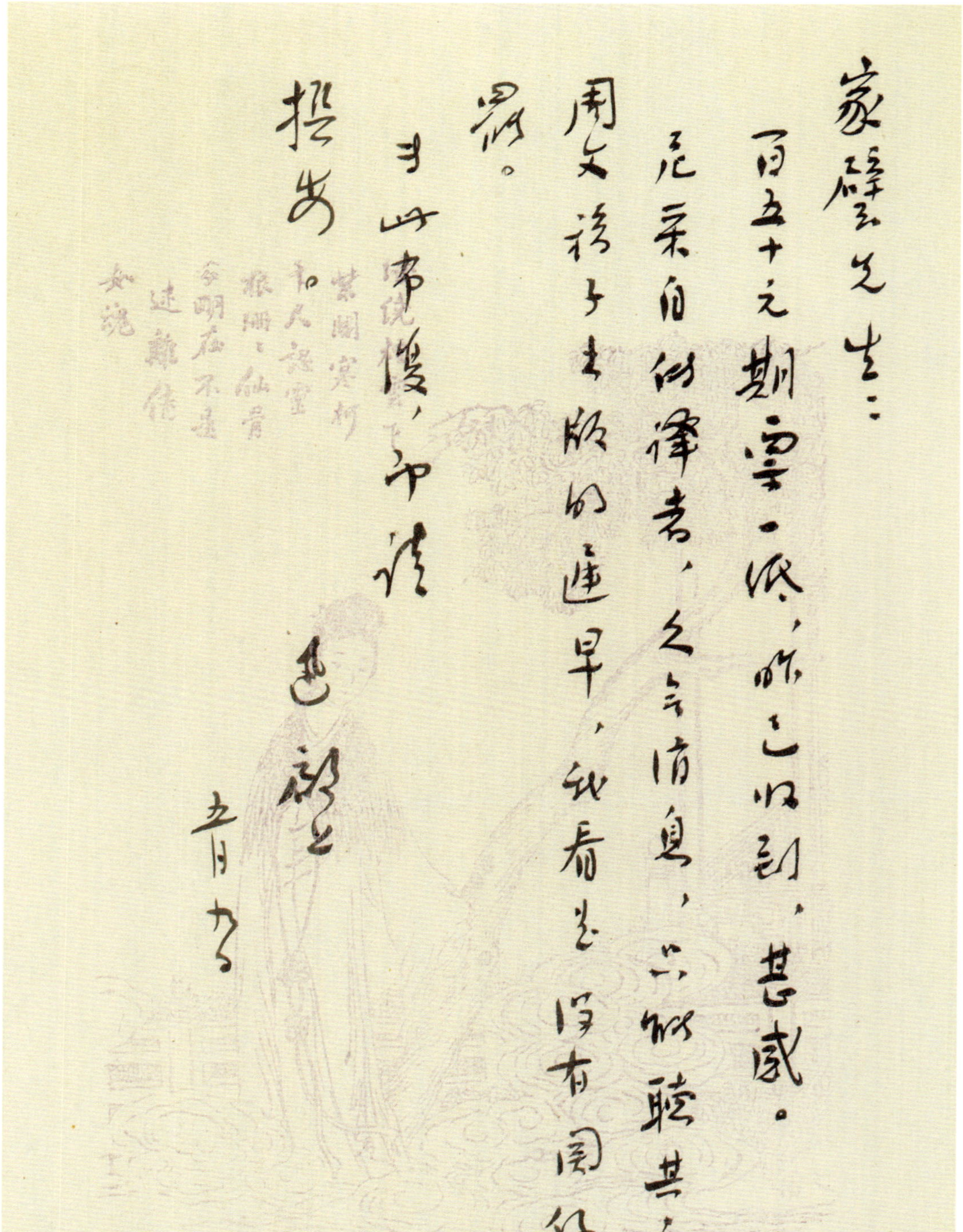

家璧先生：

百五十元期票一纸，昨已收到，甚感。

尼采自传译者，久无消息，只能听其自来；

周文稿子出版的迟早，我看是没有关

系的。

专此布复，即请

撰安。

迅 上

五月九日

释 文

家璧先生：

百五十元期票一纸，昨已收到，甚感。

《尼采自传》译者，久无消息，只能听其自来；周文稿子出版的迟早，我看是没有关系的罢。

专此布复，即请

撰安。

迅 启上 五月九日

五月十日

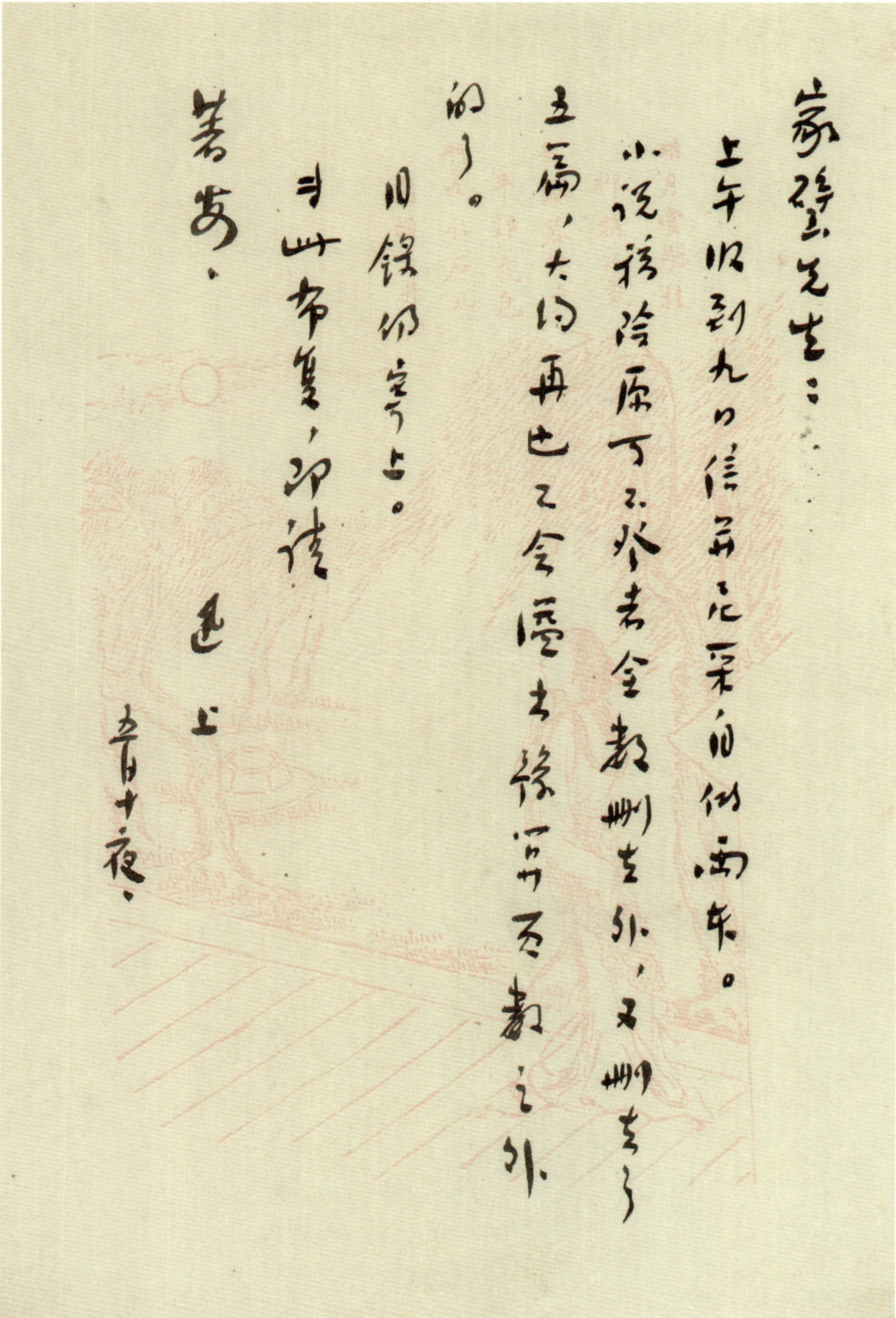

家璧先生：

上午收到九日信并选集目录两本。小说稿除原可不选者全数删去外，又删去了五篇，大约再也不会还有要算在数之外的了。

目录仍寄上。专此布复，即请

著安。

迅 上

五月十夜。

释文

家璧先生：

上午收到九日信并《尼采自传》两本。

小说稿除原可不登者全数删去外，又删去了五篇，大约再也不会溢出豫算页数之外的了。

目录仍寄上。

专此布复，即请

著安。

迅 上 五月十夜。

五月二十五日

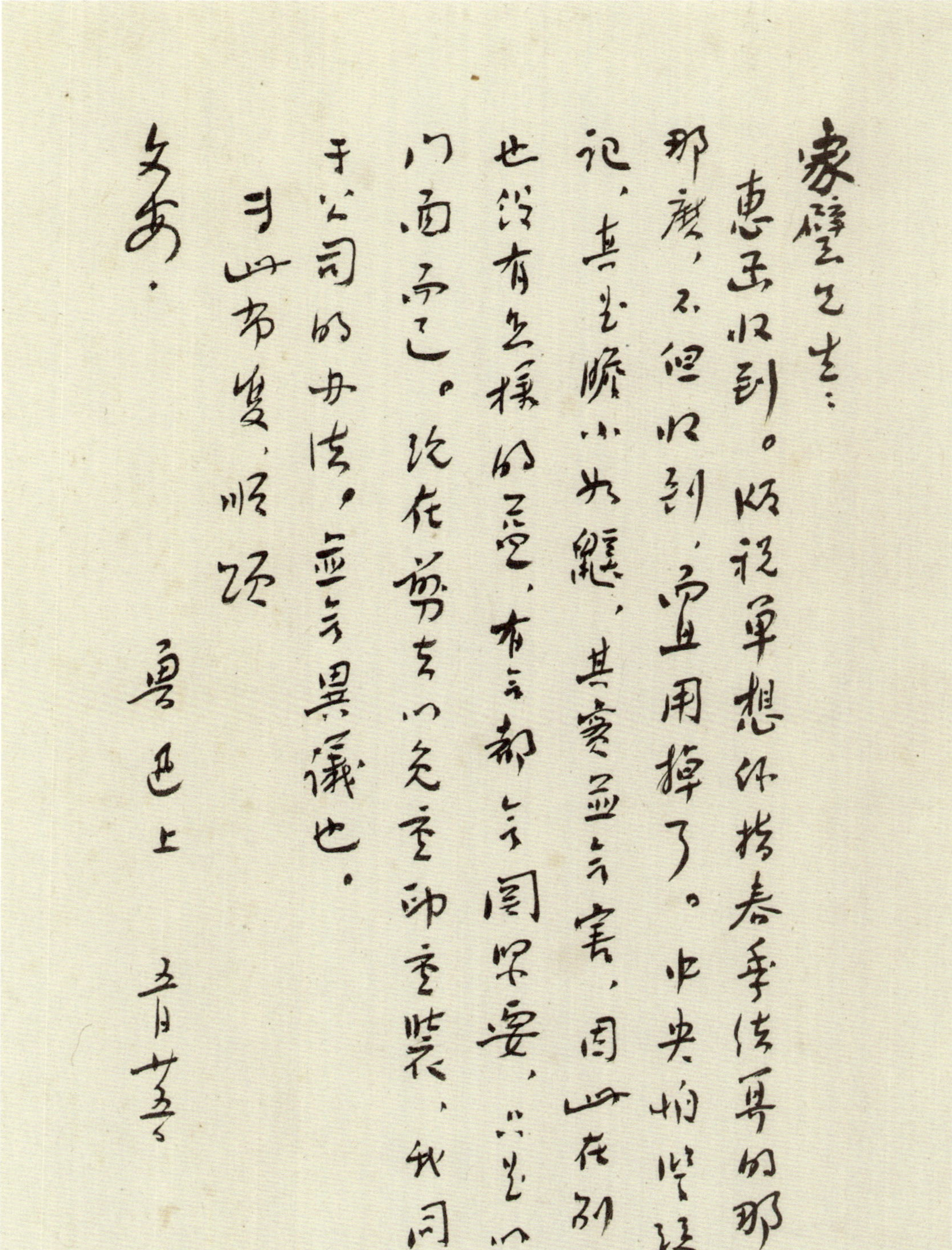

家璧先生：

惠函收到。版税单想你指春季结算的那一张，那么，不但收到，而且用掉了。中央怕竖琴前记，真是胆小如鼷，其实并无害，因此在别一面，也没有怎样的意思，大约都无关紧要，只是以装门面而已。现在剪去以免重印重装，我同意于公司的办法，并无异议也。专此布复，顺颂

文安。

鲁迅上 五月廿五

释文

家璧先生：

惠函收到。版税单想系指春季结算的那一项，那么，不但收到，而且用掉了。中央怕《竖琴》前记，真是胆小如鼷，其实并无害，因此在别一面，也没有怎样的益，有无都无关紧要，只是以装门面而已。现在剪去以免重印重装，我同意于公司的办法，并无异议也。

专此布复，顺颂

文安。

鲁迅 上 五月廿五日

七月十二日

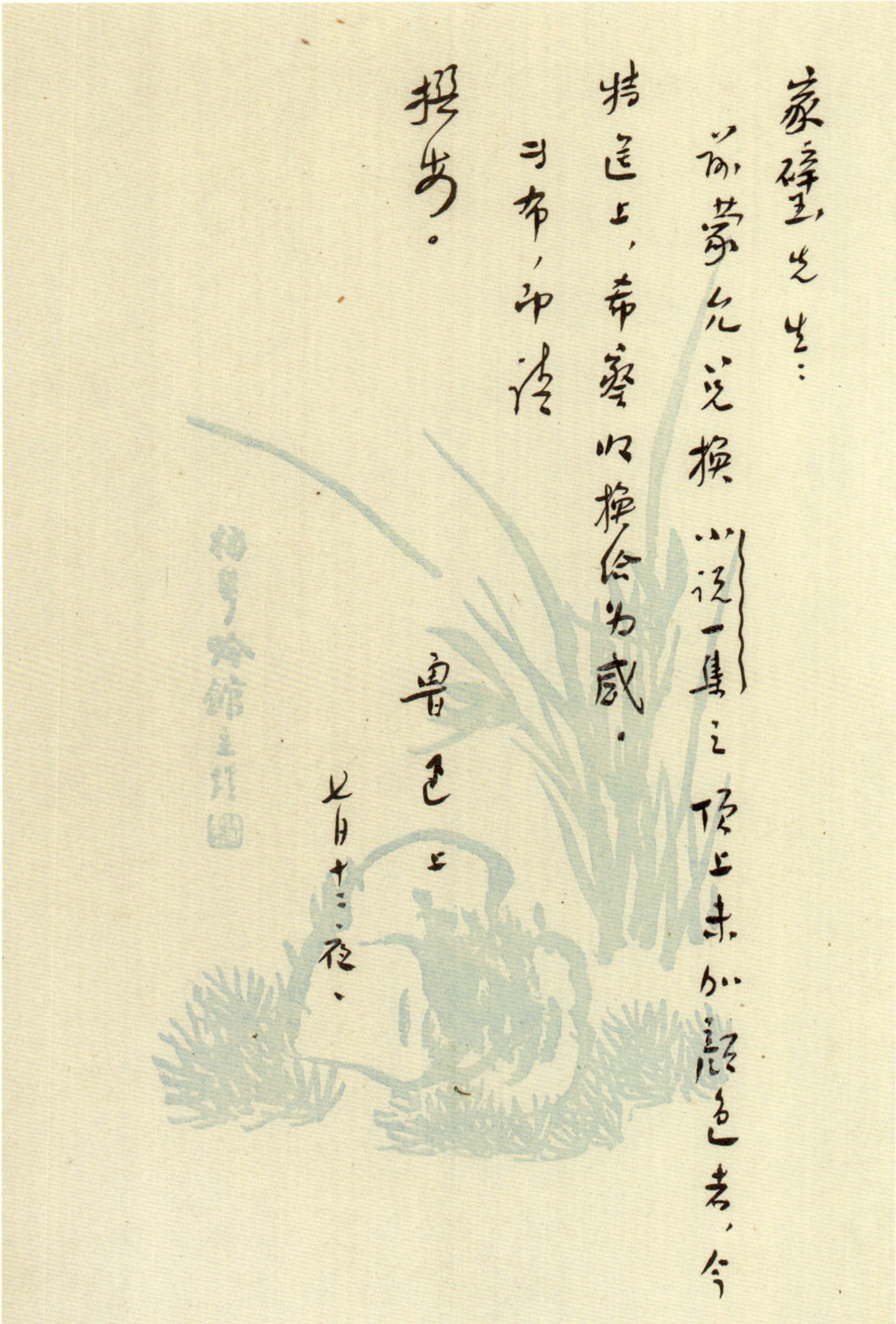

家璧先生：

前蒙允兑换《小说一集》之傍上未加颜色者，今特送上，希察收换给为感。

此布，即请

撰安。

鲁迅 上

七月十二夜。

释 文

家璧先生：

前蒙允兑换《小说一集》之顶上未加颜色者，今特送上，希察收换给为感。

专布，即请

撰安。

鲁迅 上 七月十二夜。

七月十三日

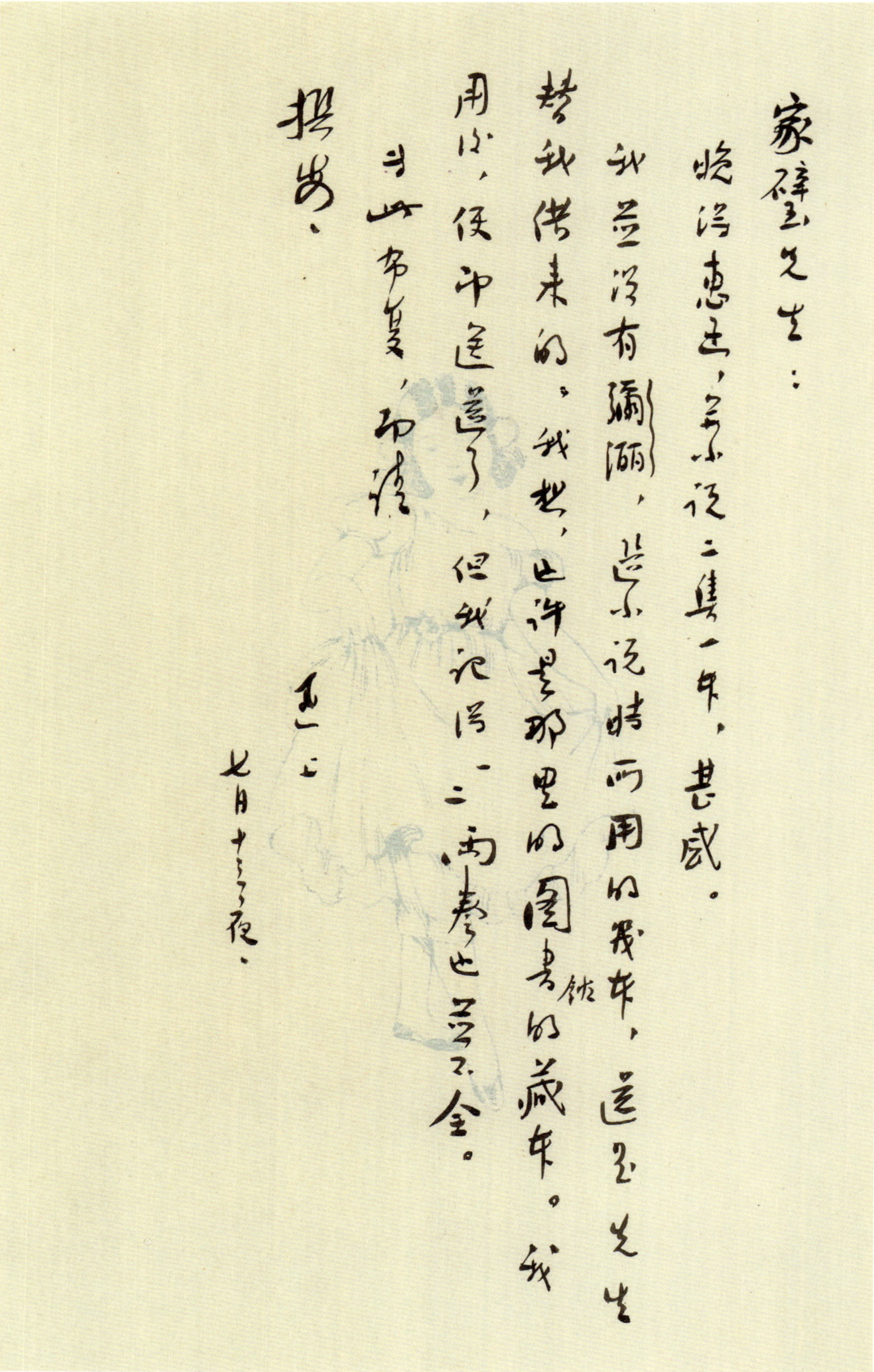

家璧先生：

晚得惠函，并小说二集一本，甚感。

我并没有《瀰洒》，选小说时所用的几本，是达夫先生替我借来的。我想，也许是那里的图书馆的藏本。我用后，便即送还了，但我记得一二两本也并不全。

专此布复，即请

撰安。

迅 上

七月十三夜。

释 文

家璧先生：

晚得惠函，并《小说二集》一本，甚感。

我并没有《弥洒》，选小说时所用的几本，还是先生替我借来的。我想，也许是那里的图书馆的藏本。我用后，便即送还了，但我记得一二两卷也并不全。

专此布复，即请

撰安。

迅 上 七月十三夜。

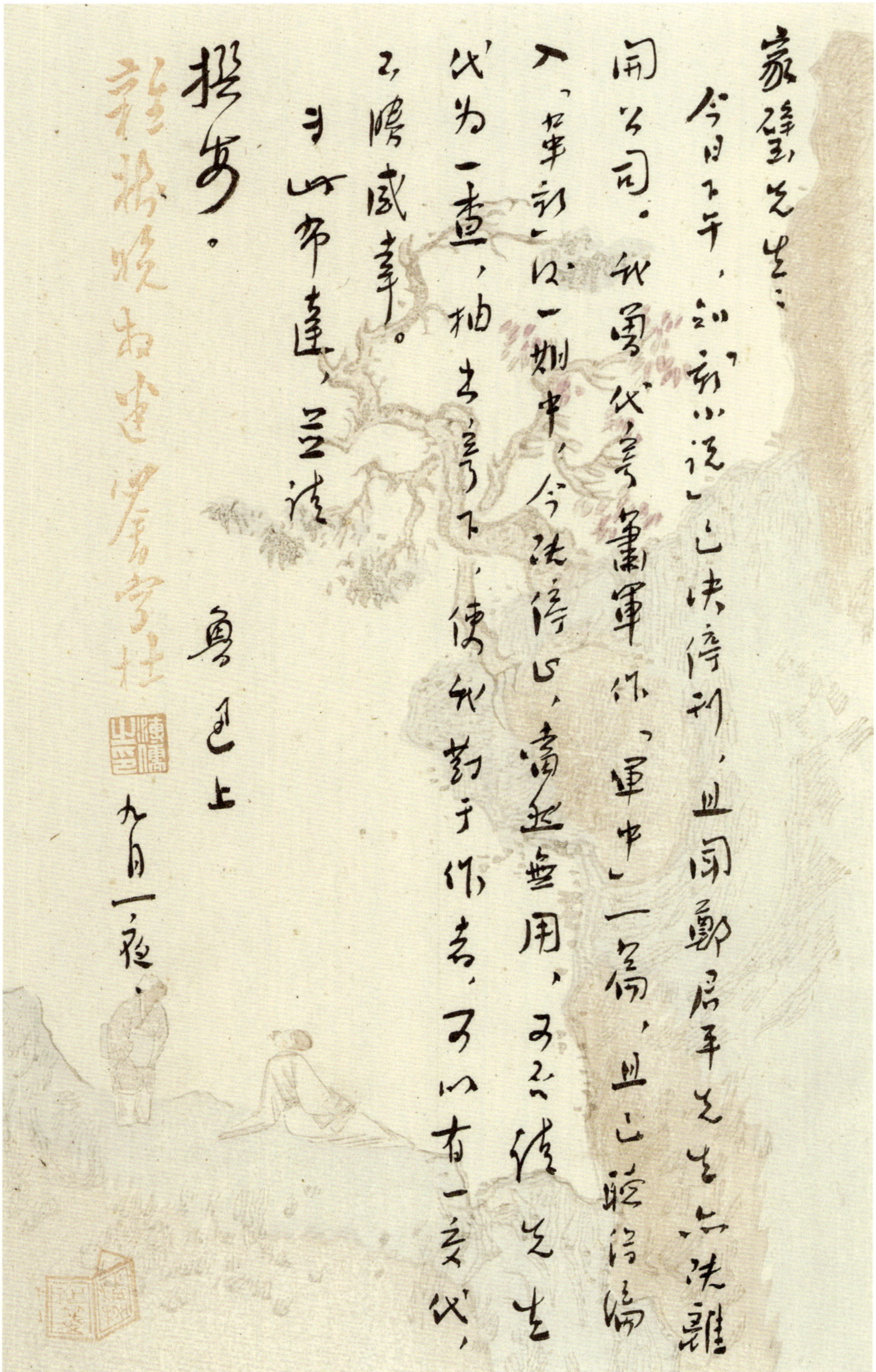

家璧先生：

今日下午，知「新小说」已决停刊，且闻郑君平先生亦决离开公司。我曾代寄萧军作「军中」一篇，且已听信编入「新小说」之一期中，今既停止，当然无用，可否费神先生代为一查，抽出寄下，使我对于作者，可以有一交代，不胜感幸。

专此布达，并请

撰安。

鲁迅上

九月一夜。

释　文

家璧先生：

今日下午，知《新小说》已决停刊，且闻郑君平先生亦既离开公司。我曾代寄萧军作《军中》一篇，且已听得编入『革新』后一期中，今既停止，当然无用，可否请先生代为一查，抽出寄下，使我对于作者，可以有一交代，不胜感幸。

专此布达，并请

撰安。

鲁迅　上　九月一夜。

十一月九日

家璧先生：

得来信并蒙赠书一本，谢谢。所说画本一部，平装者已订成，布面装订者，亦须迟数天，一俟订好，当奉呈。其序亦译自德文本，并不精彩，倒是附录颇有趣。

来信说要印花二千。不知是一共二千，还是每种二千？希示遵办。

专此布达，即请

撰安。

迅 上

十一月九日

释文

家璧先生：

得来信并蒙赠书一本，谢谢。

《死魂灵》第一部，平装者已订成，布面装订者，尚须迟数天，一俟订好，当奉呈。长序亦译自德文本，并不精彩，倒是附录颇有趣。

来信说要印花二千。不知是一共二千，还是每种二千？希示遵办。

专此布达，即请

撰安。

迅 顿首 十一月九日

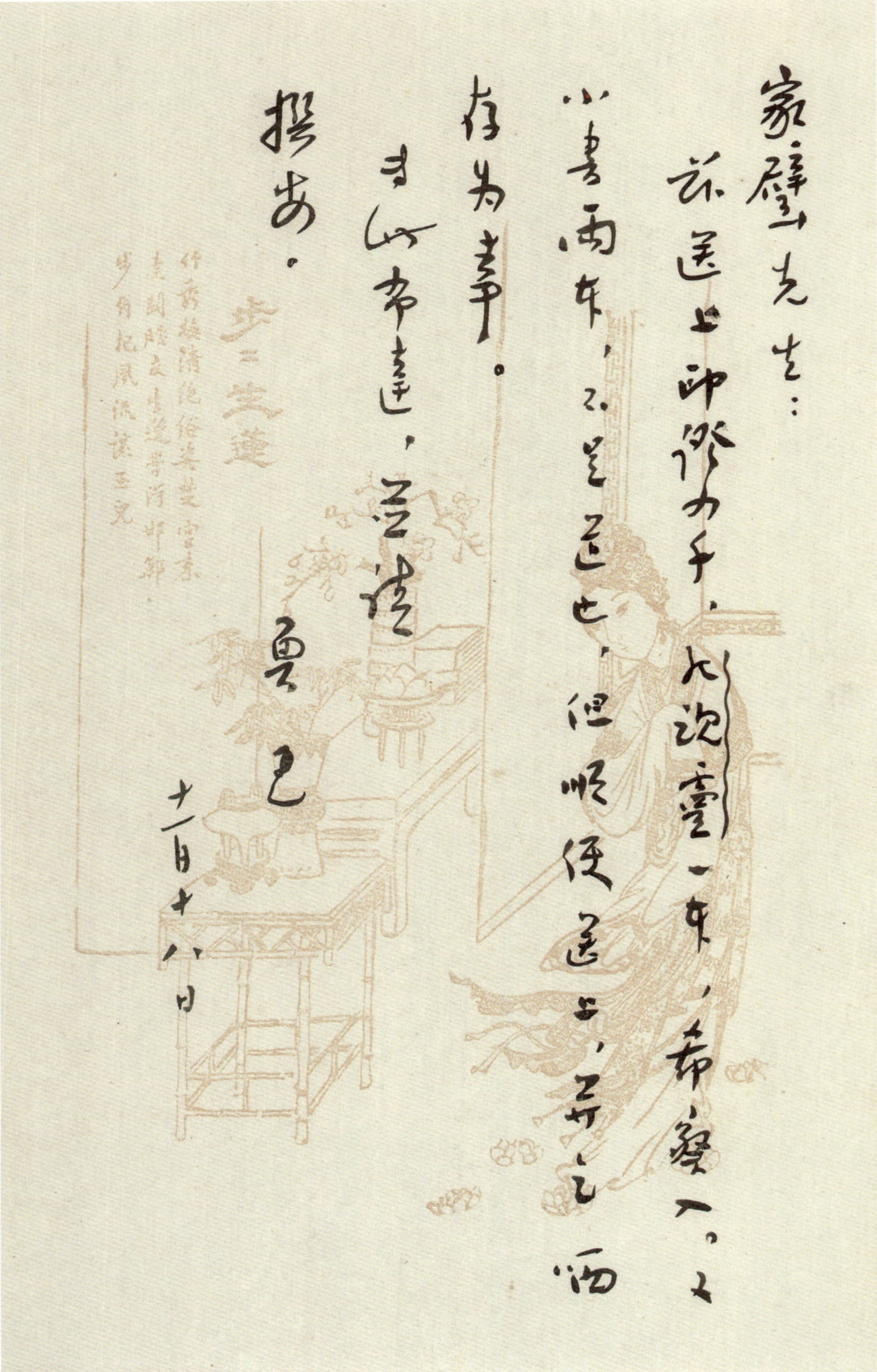

家璧先生：

顷送上印证四千，又说壹一本，希察入。又小书两本，不足道也，但顺便送上，并乞哂存为幸。专此布达，并请

撰安。

鲁迅

十一月十八日

释文

家璧先生：

兹送上印证四千，《死魂灵》一本，希察入。又小书两本，不足道也，但顺便送上，并乞哂存为幸。

专此布达，并请

撰安。

鲁迅 十一月十八日

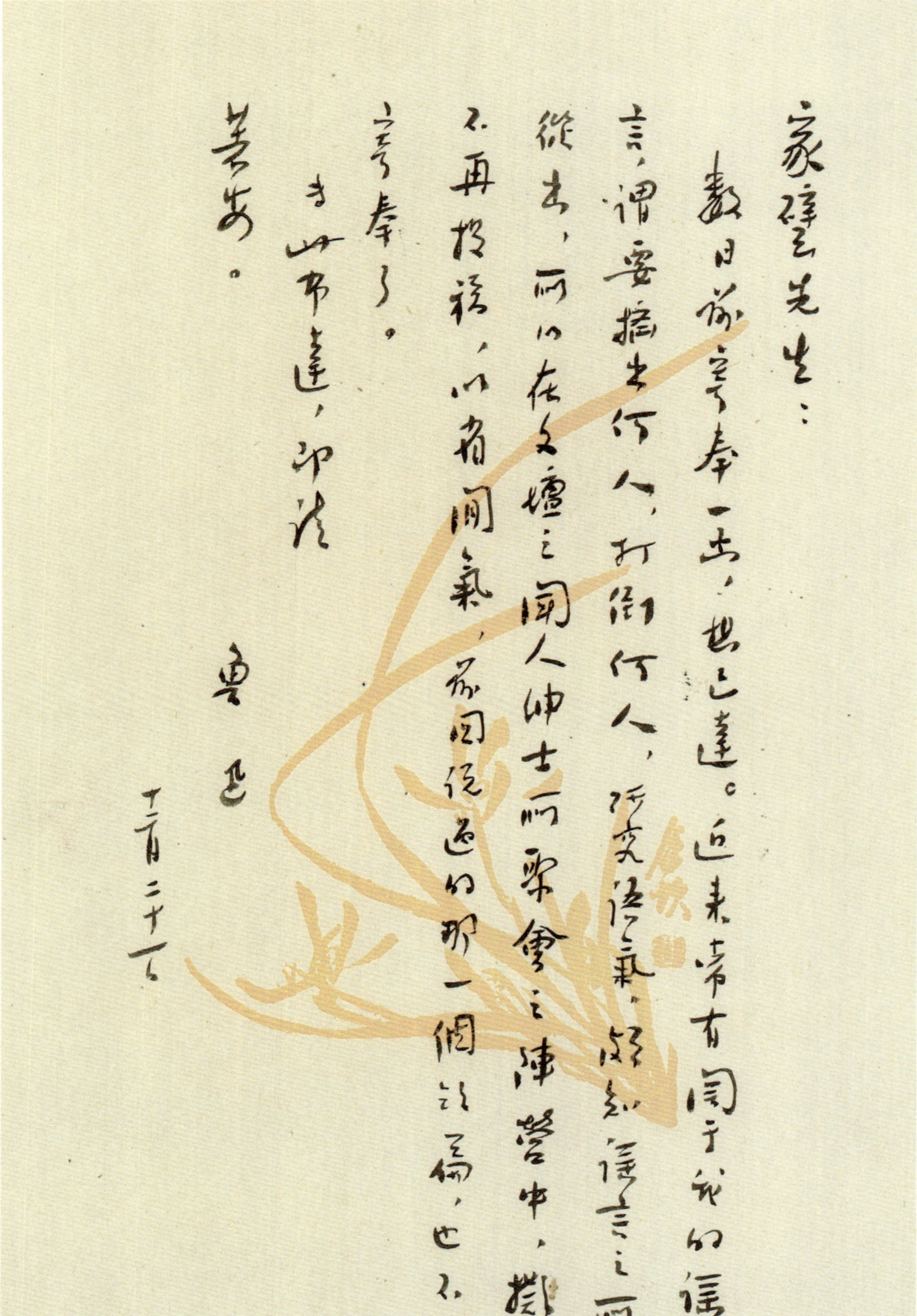

家璧先生：

數日前寄奉一函，想已達。近來常有關於我的謠言，謂要捧出何人，打倒何人，我實受夠了氣，頗知謠言之所從來，所以在文壇之同人紳士所聚會之陣營中，擬不再投稿，以省閒氣，前回說過的那一個短篇，也不寄奉了。

專此布達，即請

著安。

魯迅

十二月二十一日

释文

家璧先生：

数日前寄奉一函，想已达。近来常有关于我的谣言，谓要挤出何人，打倒何人，研究语气，颇知谣言之所从出，所以在文坛之闻人绅士所聚会之阵营中，拟不再投稿，以省闲气，前回说过的那一个短篇，也不寄奉了。

专此布达，即请

著安。

鲁迅　十二月二十一日

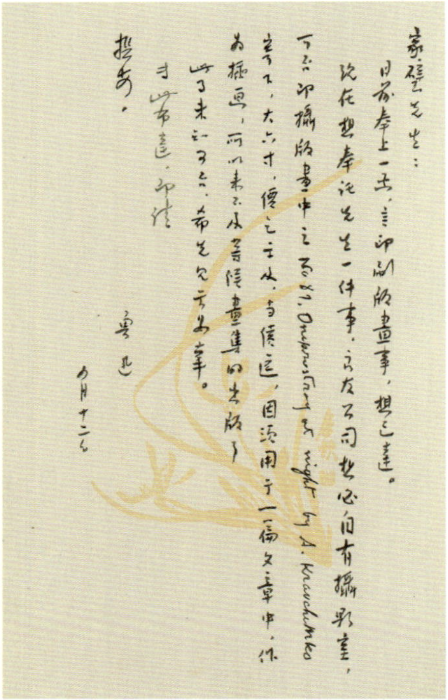

家璧先生：

日前奉上一函，言印刷版画事，想已达。现在想奉托先生一件事，不知贵公司能否自有摄影室，可否印摄版画中之 No XI, Dneprostroi at night by A. Kravchenko 寄下，大六寸，价之立付，专候运，因须用于一篇文章中，作为插画，而此书未必能在画集出版了。此事未知可否，希先生见示为幸。

专此布达，即请

撰安。

鲁迅

四月十二日

一九三六年

四月／二日 八日 十二日 十七日
五月／二十三日
七月／七日 十五日
八月／七日 二十日
九月／五日 九日
十月／十二日

家璧先生：

頃蒙惠書兩本，謝謝。

蘇聯畫展，曾去一覽，大略尚能記憶，小刻畫最平常，均印數幅已足够。但銅刻，石刻，膠刻（Lino-cut），Monotype亦稀，中國皆少見，似應加印若干幅，而Monotype等似一幅三色版。大幅之膠刻極佳，尤不可不印。

至於木刻，最好多留存，因為小幅者多，倘書本較大，每頁亦可容兩幅也。

我可以不寫序文了，申報上已載一文，亦可轉載，此外亦無新意可說。展覽會目錄上有一篇說明，不著撰人，而簡要，惜郎曼教授譯文頗費解，我以為先生可由英文另譯，置之卷頭，作品排列次序，亦可以此文為據。

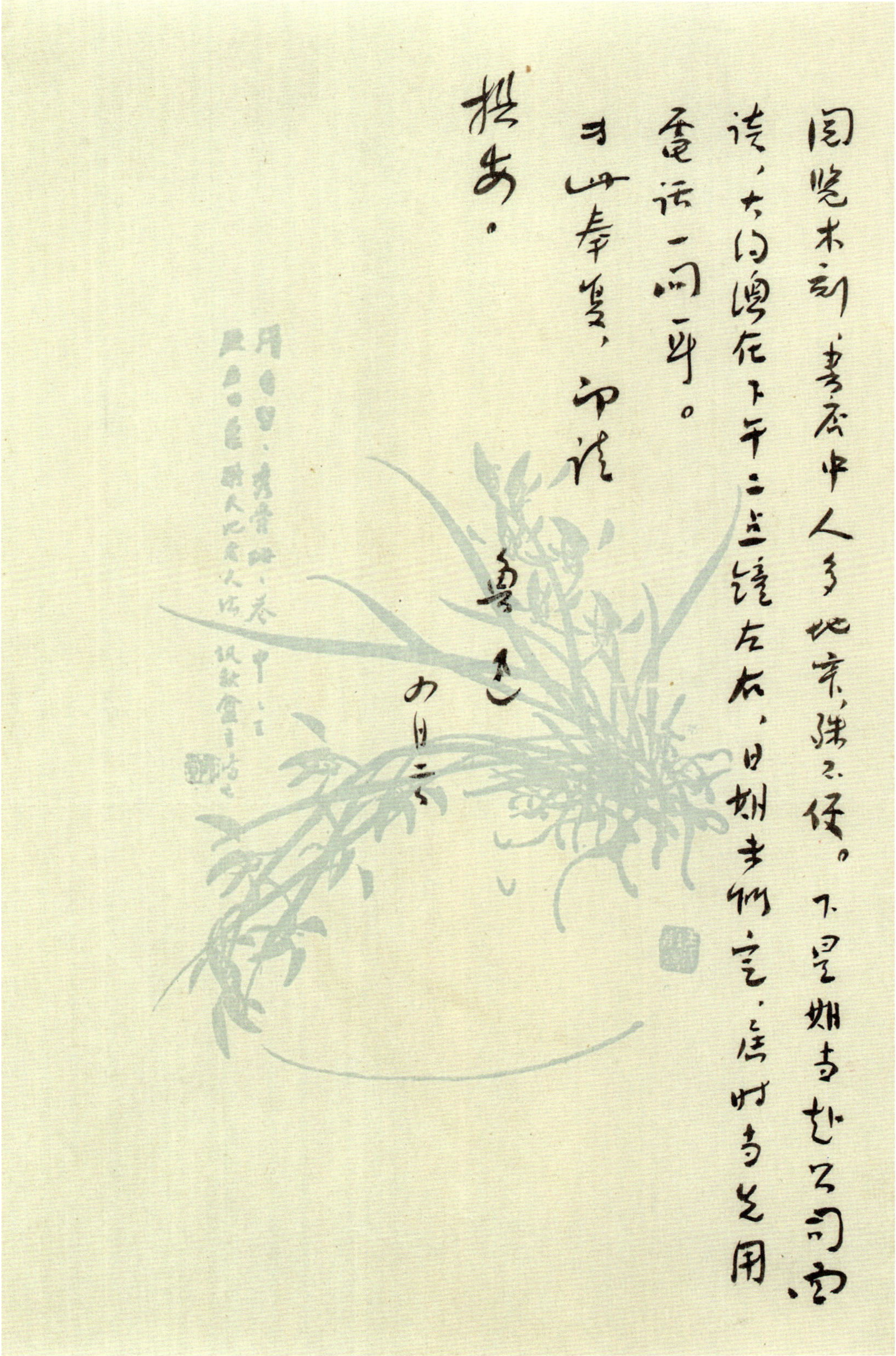
阅览木刻，书店中人多地窄，殊不便。下星期当赴公司面谈，大约总在下午二点钟左右，日期未能定，届时当先用电话一问可耳。

专此奉复，即请

撰安。

鲁迅

四月二六

释文

家璧先生：

顷得大函并惠书两本，谢谢。

苏联画展，曾去一览，大略尚能记忆，水彩画最平常，酌印数幅已足够。但铜刻，石刻，胶刻（Lino-cut），Monotype 各种，中国绍介尚少，似应加印若干幅，而 Monotype 至少做一幅三色版。大幅之胶刻极佳，尤不可不印。

至于木刻，最好是多与留存，因为小幅者多，倘书本较大，每页至少可容两幅也。

我可以不写序文了，《申报》上曾载一文，即可转载，此外亦无新意可说。展览会目录上有一篇说明，不著撰人，简而得要，惜郭曼教授译文颇费解，我以为先生可由英文另译，置之卷头，作品排列次序，即可以此文为据。

阅览木刻，书店中人多地窄，殊不便。下星期当赴公司面谈，大约总在下午二点钟左右，日期未能定，届时当先用电话一问耳。

专此奉复，即请

撰安。

鲁迅 四月二日

家璧先生：

印《引玉集》的社名和地址，录奉——

日本东京

牛込区市ヶ谷台町一〇、

洪洋社、

就是印《引玉集》那样的大小，二百页左右，成本总要将近二元，所以，「价廉物美」，在实际上是办不到的，除非出版者是善家，或者是一个阔呆子。

回寓后看到了最近的《美术生活》，内有这回展览的木刻的一幅，觉得也还不坏，线细的线，并不模糊，如果用这种版印，我想，每本是可以不到二元的。

我的意思，是以为不如先生拿这《美术生活》去和那秘书

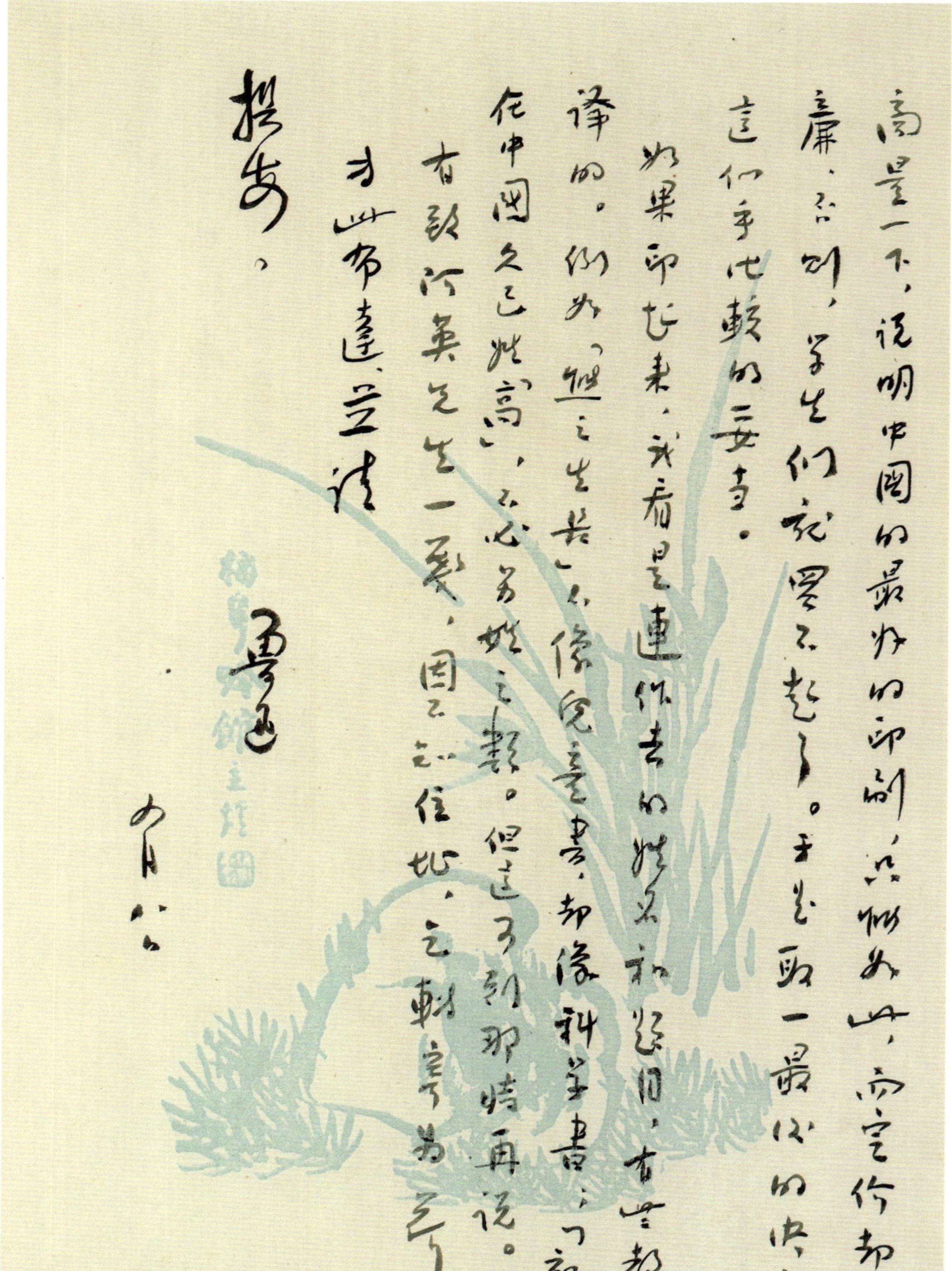
商量一下，說明中國的最好的印刷，只能如此，而定價都不較廉，不則，學生們就買不起了。我是取一最低的決定之，這似乎比較的妥當。

如果印出來，我看是連作者的姓名和題目，也都須改譯的。例如「蜂之生長」，不像兒童書，却像科學書；「郭爾基」在中國久已姓「高」，不必另姓之類。但這可到那時再說。

有致河英先生一箋，因不知住址，乞轉寄為荷。專此布達，並請

撰安。

魯迅

九月八

释文

家壁先生：

印《引玉集》的社名和地址，录奉——

日本东京

牛込区市ヶ谷台町一〇、

洪洋社、

就是印《引玉集》那样的大小，二百页左右，成本总要将近四元，所以，『价廉物美』，在实际上是办不到的，除非出版者是慈善家，或者是一个呆子。

回寓后看到了最近的《美术生活》，内有这回展览的木刻四幅，觉得也还不坏，颇细的线，并不模胡，如果用这种版印，我想，每本是可以不到二元的。

我的意思，是以为不如先生拿这《美术生活》去和那秘书商量一下，说明中国的最好的印刷，只能如此，而定价却可较廉，否则，学生们就买不起了。于是取一最后的决定，这似乎比较的妥当。

如果印起来，我看是连作者的姓名和题目，有些都得改译的。例如《熊之生长》不像儿童书，却像科学书；『郭尔基』在中国久已姓『高』，不必另姓之类。但这可到那时再说。

有致阿英先生一笺，因不知住址，乞转寄为荷。

专此布达，并请

撰安。

鲁迅 四月八日

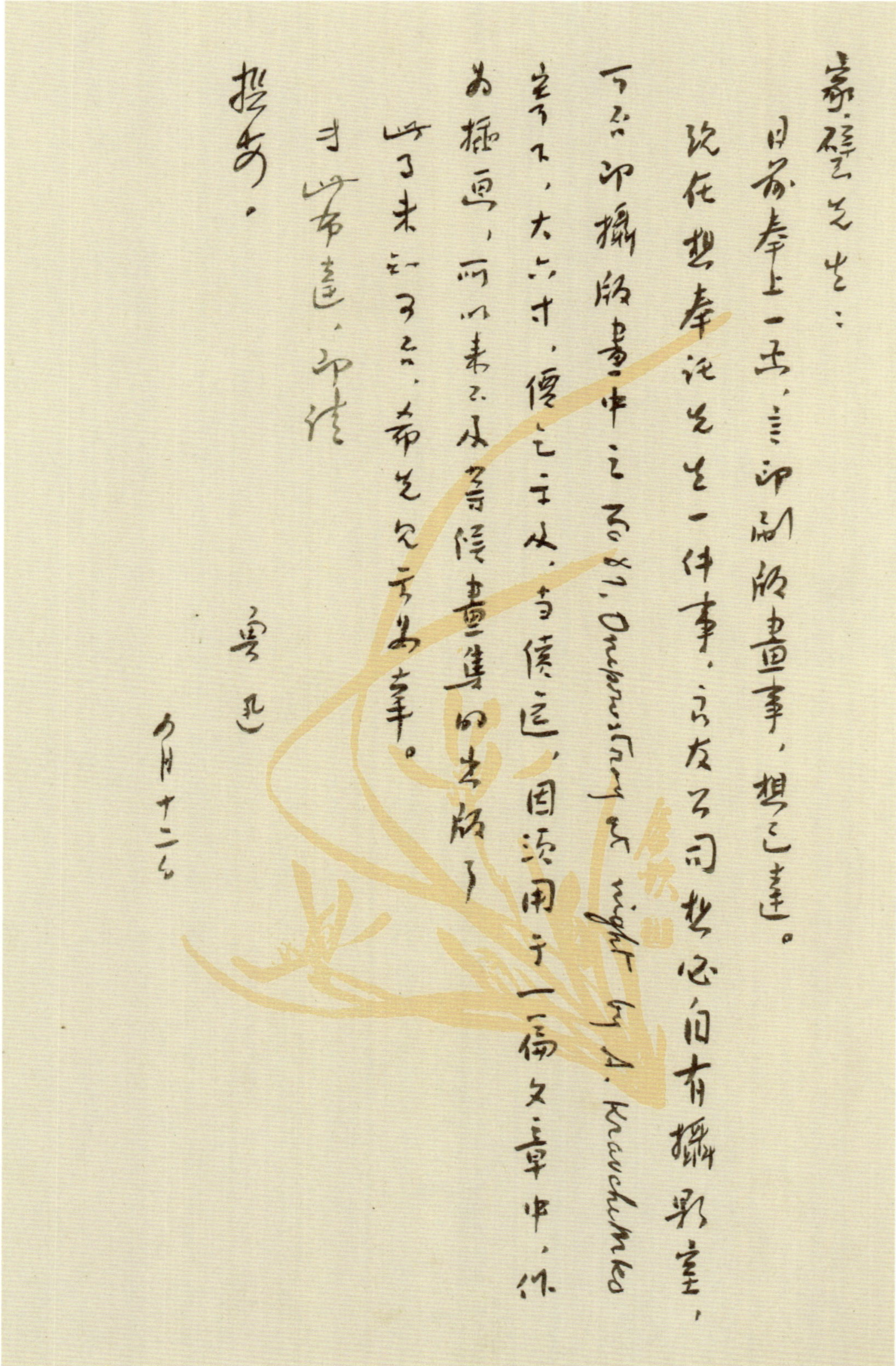

家璧先生：

日前奉上一函，谈印刷版画事，想已达。

现在想奉托先生一件事，良友公司想必自有摄影室，可否即摄版画中之 Dneprostroy 之 night 之 A. Kravchenko 照下，大六寸，使之可以制版，当凭这，因须用于一篇文章中，作为插画，所以来不及等候画集的出版了。此事未知可否，希先生见示为幸。

专此布达，即请

撰安。

鲁迅

四月十二日

释文

家璧先生：

日前奉上一函，言印刷版画事，想已达。

现在想奉托先生一件事，良友公司想必自有摄影室，可否即摄版画中之No 87，《Dneprostroy at Night》，by A. Kravchenko寄下，大六寸，价乞示及，当偿还，因须用于一篇文章中，作为插画，所以来不及等候画集的出版了。

此事未知可否，希先见示为幸。

专此布达，即请

撰安。

鲁迅　四月十二日

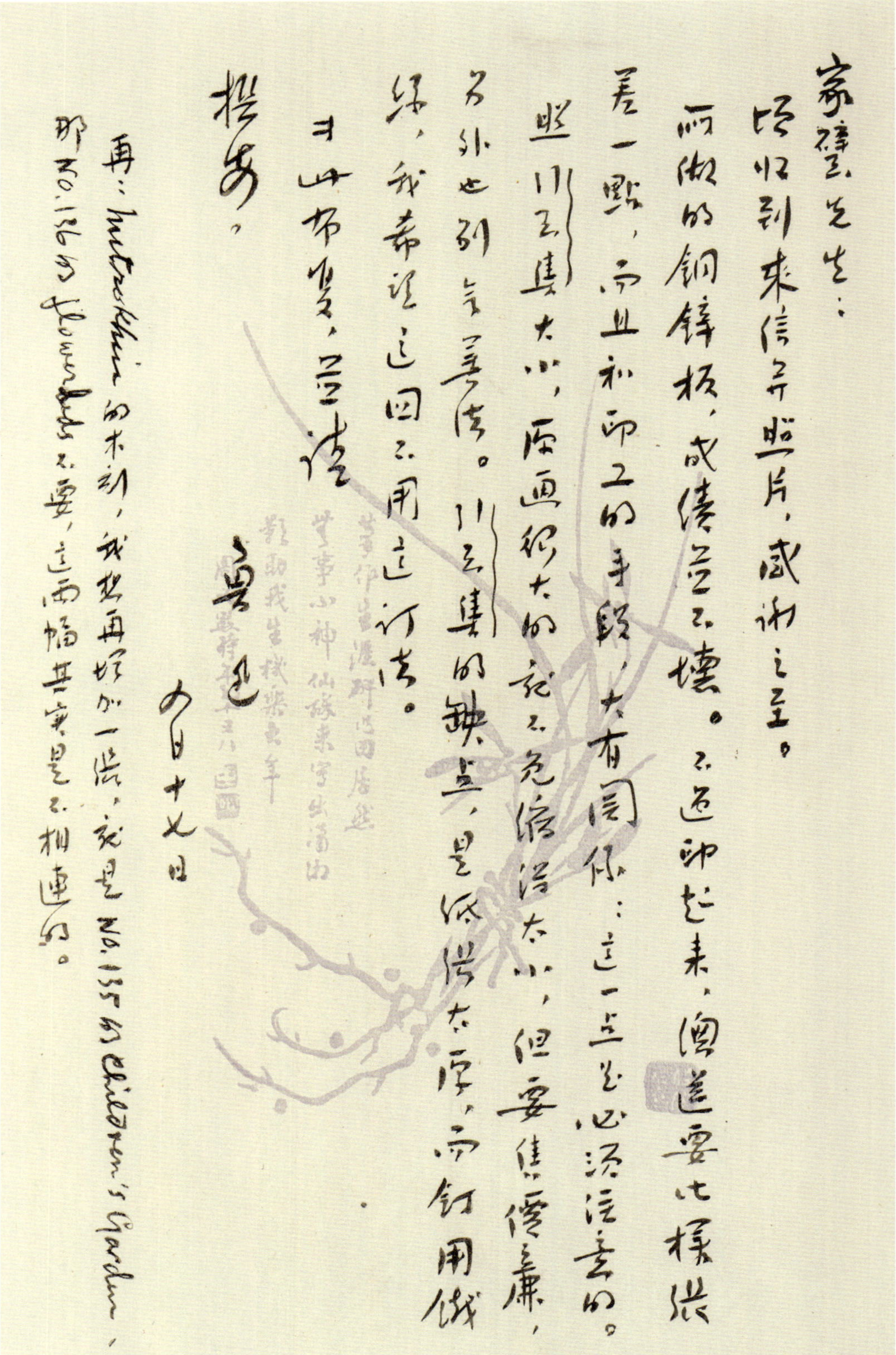

家璧先生：

顷收到来信并照片，感谢之至。

所做的铜锌板，成绩并不坏。不过印起来，总还要比样张差一点，而且和印工的手段，大有关系：这一点是必须注意的。

照引玉集大小，原画纸大的就不免缩得太小，但要售价廉，另外也别无善法。引玉集的缺点，是纸张太厚，而钉用铁丝，我希望这回不用这订法。

专此布复，并请

撰安。

鲁迅

四月十七日

再：Kutzschkin的木刻，我想再加一张，就是No.135的Children's Garden，那No.136的Flowerbeds不要，这两幅其实是不相连的。

释文

家璧先生：

顷收到来信并照片，感谢之至。

所做的铜锌板，成绩并不坏。不过印起来，总还要比样张差一点，而且和印工的手段，大有关系：这一点是必须注意的。

照《引玉集》大小，原画很大的就不免缩得太小，但要售价廉，另外也别无善法。《引玉集》的缺点，是纸张太厚，而钉用铁丝，我希望这回不用这钉法。

专此布复，并请

撰安。

鲁迅 四月十七日

再：Mitrokhin 的木刻，我想再增加一张，就是 No.135 的《Children's Garden》。那 No.136 的《Flowerbeds》不要，这两幅其实是不相连的。

家璧先生：

顷得惠函，并书报，谢谢。

黄热退后，又发小热；今日医生始调查热型，那么，可见连什么病也还未断定。何时能好，此刻更无从说起了。

版画如不久即成，那么，在做序之前，只好送给书店，再邮给我看一看，假使那时我还做不了序，序也还是要做的。

专此布复，即请

撰安。

鲁迅　五月廿三

释文

家璧先生：

顷得惠函，并书报，谢谢。

发热已近十日，不能外出；今日医生始调查热型，那么，可见连什么病也还未能断定。何时能好，此刻更无从说起了。

《版画》如不久印成，那么，在做序之前，只好送给书店，再转给我看一看。假使那时我还能写字，序也还是做的。

专此布复，即请

撰安。

鲁迅 五月廿三日

七月七日

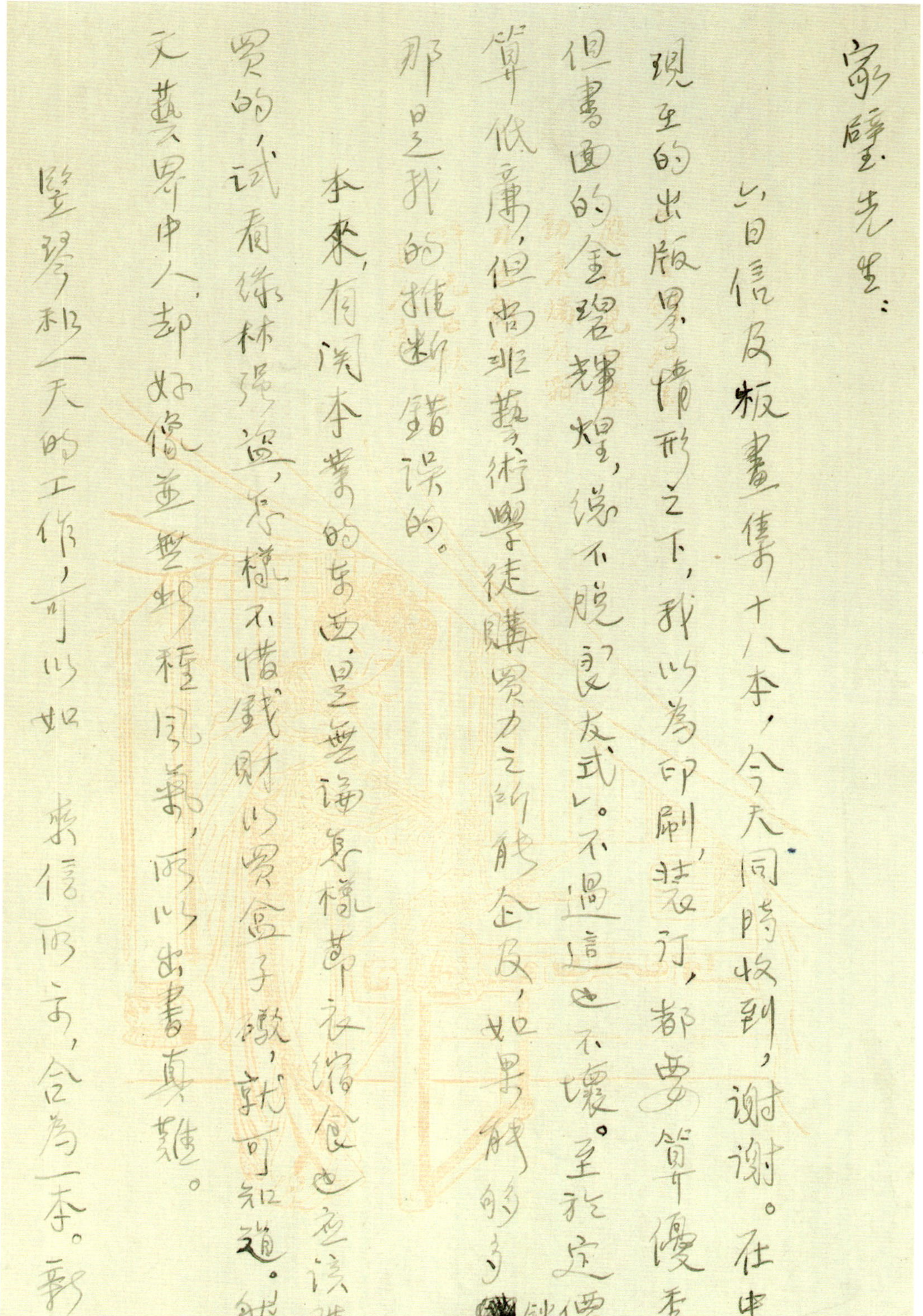

家璧先生：

六日信及版畫集十八本，今天同時收到，謝謝。在中國現在的出版界情形之下，我以為印刷裝訂，都要算優秀的。但書面的金碧輝煌，總不脫「良友式」。不過這也不壞。至於定價，却算低廉，但尚非藝術學徒購買力之所能企及，如果能够多銷，那是我的推斷錯誤的。

本來，有關本業的東西，是無論怎樣節衣縮食也應該購買的，試看綠林強盜，怎樣不惜錢財以買盒子炮，就可知道。然而文藝界中人，却好像並無此種風氣，所以出書真難。

望琴和一天的工作，可以如 來信所示，合為一本。新的

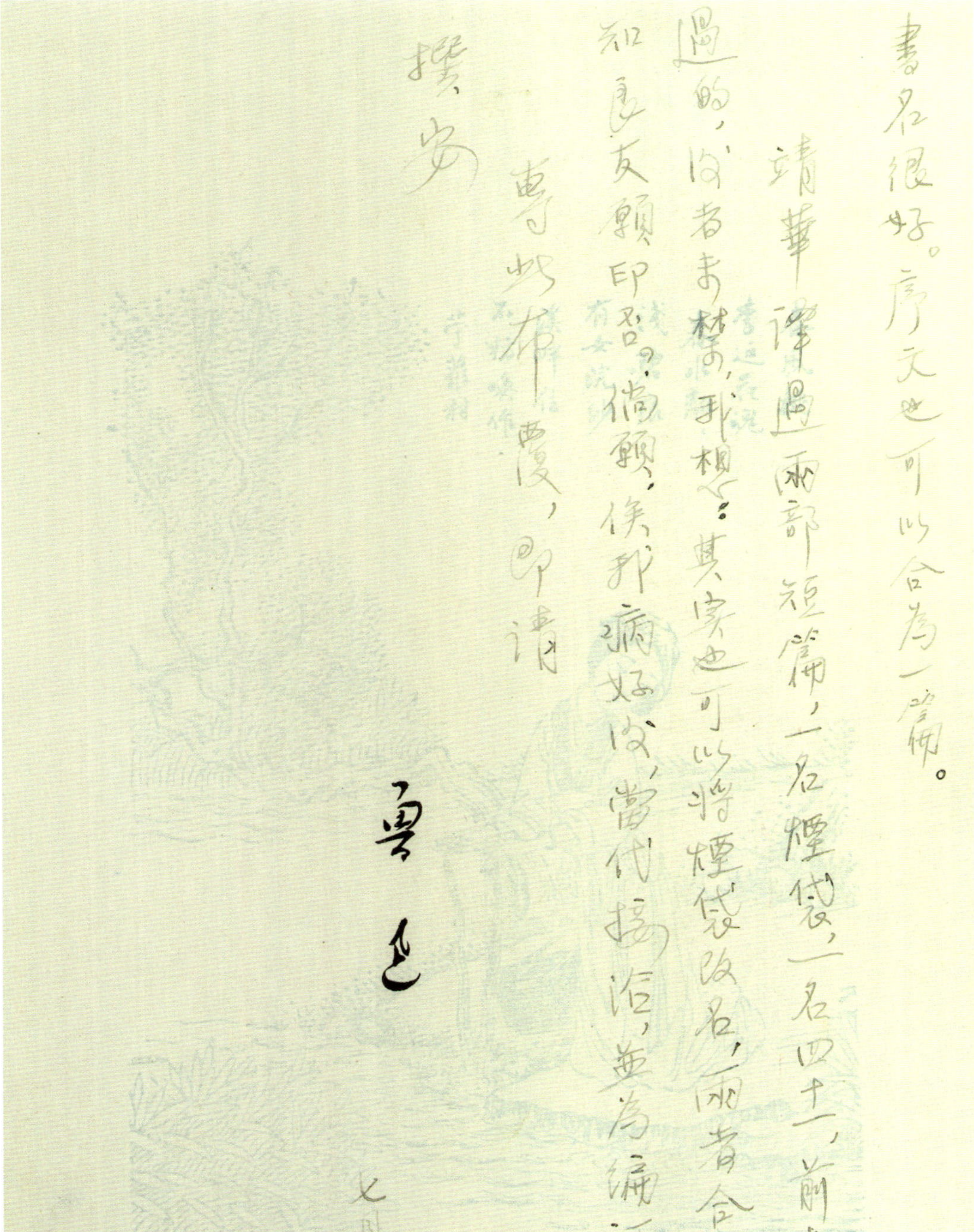

書名很好。序文也可以合為一篇。

靖華譯過兩部短篇，一名《煙袋》，一名《四十一》，前者好像是禁過的，後者未禁，我想：其實也可以將《煙袋》改名，兩者合成一本，不知良友願印否？倘願，俟我病好後，當代接洽，並為編訂也。

專此佈覆，即請

撰安

魯迅

七月七日

释文

家璧先生：

六日信及《板画集》十八本，今天同时收到，谢谢。在中国现在的出版界情形之下，我以为印刷，装订，都要算优秀的。但书面的金碧辉煌，总不脱『良友式』。不过这也不坏。至于定价，却算低廉，但尚非艺术学徒购买力之所能企及，如果能够多销，那是我的推断错误的。

本来，有关本业的东西，是无论怎样节衣缩食也应该购买的，试看绿林强盗，怎样不惜钱财以买盒子炮，就可知道。然而文艺界中人，却好像并无此种风气，所以出书真难。

《竖琴》和《一天的工作》，可以如 来信所示，合为一本。新的书名很好。序文也可以合为一篇。

靖华译过两部短篇，一名《烟袋》，一名《四十一》，前者好像是禁过的，后者未禁，我想：其实也可以将《烟袋》改名，两者合成一本，不知良友愿印否？倘愿，俟我病好后，当代接洽，并为编订也。

专此布复，即请

撰安

鲁迅 七月七日

七月十五日

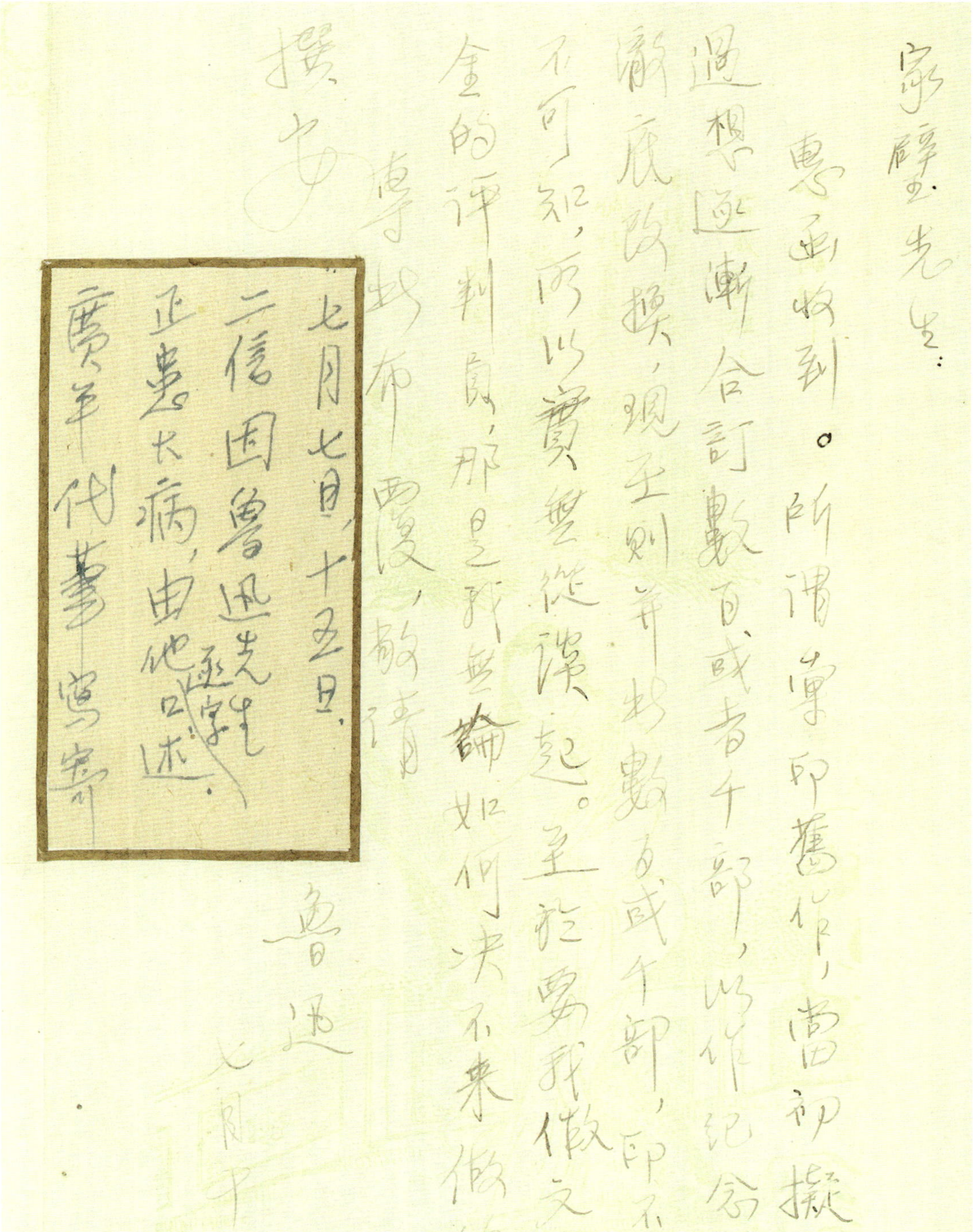
家璧先生：

惠函收到。所謂重印舊作，當初擬議，不過想選輯合訂數百或者千部，以作紀念。并非徹底改撰，現在則并數百或千部，即不印亦可了，所以實無從談起。至於要我做文學獎金的評判員，那是我無論如何決不來做的。專此布覆，敬請

撰安

魯迅

七月十五日

七月七日，十五日，二信因魯迅先生正患大病，由他口述，廣平代筆寫寄

释文

家璧先生：

惠函收到。所谓汇印旧作，当初拟议，不过想逐渐合订数百或者千部，以作纪念。并非彻底改换，现在则并此数百或千部，印不印亦不可知，所以实无从谈起。至于要我做文学奖金的评判员，那是我无论如何决不来做的。

专此布复，敬请

撰安

鲁迅 七月十五日

［七月七日、十五日二信，因鲁迅先生正患大病，由他逐字口述，广平代笔写寄］

家璧先生：

五日信收到。靖华译的小说两本，今寄上。良友如印，我有一点意见以备参考：

印了名为苏联作家七人集。

上卷为「烟斗」（原名「烟袋」，已被禁，其实这是北方话，南方并不如此说，现在正可将题目及文中的名词改过），删去最末一篇「玛丽亚」（这是译者的意思，本有别一篇换入，但今天找了一通，找不到，只好作罢），作者六人。照相可合为二面，每面三人，照样式。

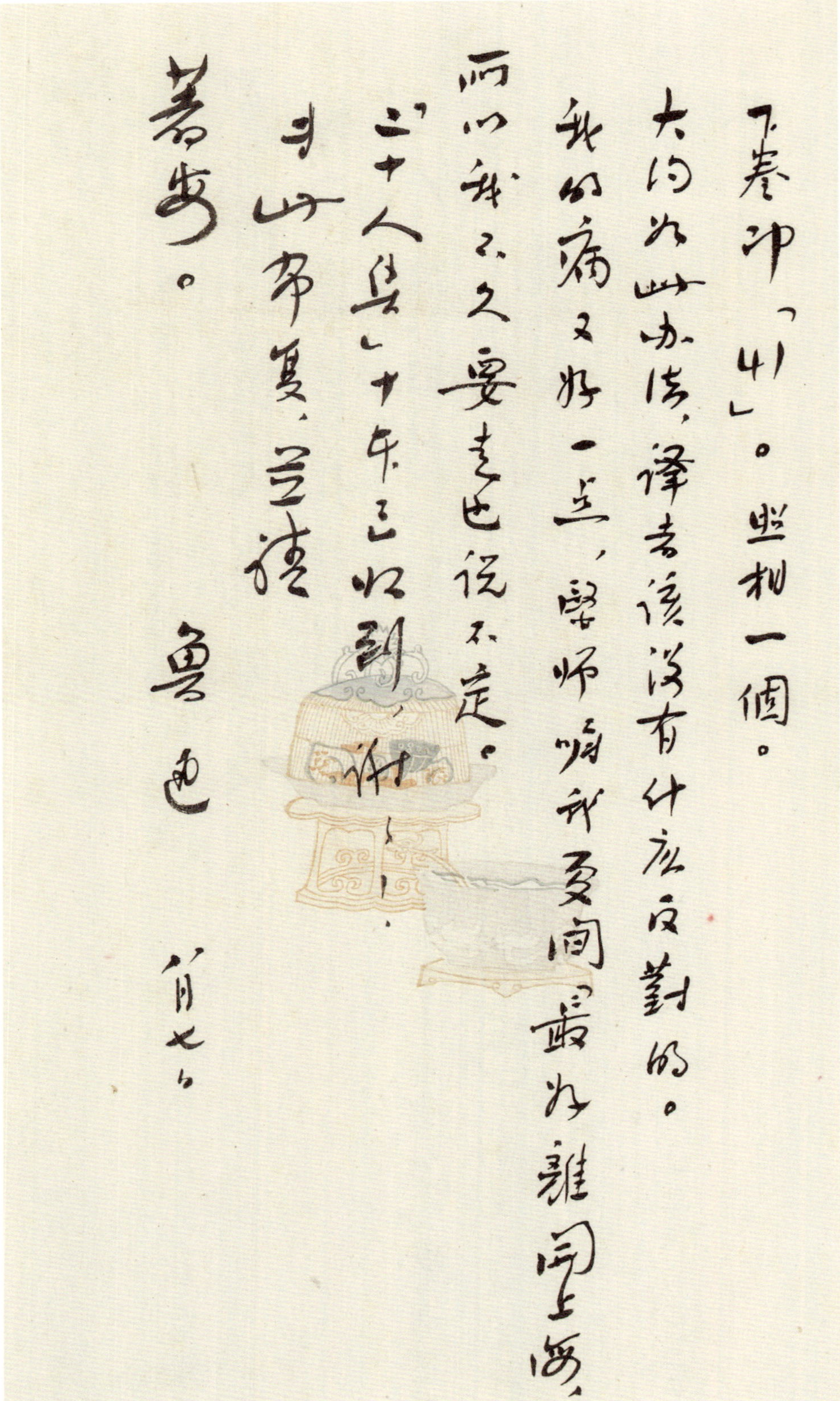
下卷叫「41」。照相一個。
大約如此辦法，譯者該沒有什麼反對的。
我的病又好一點，醫師囑我夏間最好離開上海，
所以我不久要走也說不定。
「二十人集」十本已收到，謝謝。
專此布復，並請
著安。
魯迅
八月七日

释文

家璧先生：

五日信收到。靖华译的小说两本，今寄上。良友如印，我有一点意见以备参考：

即可名为《苏联作家七人集》。

上卷为《烟斗》（此原名《烟袋》，已被禁，其实这是北方话，南方并不如此说，现在正可将题目及文中的名词改过），删去最末一篇《玛丽亚》（这是译者的意思，本有别一篇换入，但今天找了通，找不到，只好作罢），作者六人。照相可合为二面，每面三人，品字式。

下卷即《41》。照相一个。

大约如此办法，译者该没有什么反对的。

我的病又好一点，医师嘱我夏间最好离开上海，所以我不久要走也说不定。

《二十人集》十本已收到，谢谢！

专此布复，并请

著安。

鲁迅　八月七日

家璧先生：

十八日信收到。对于曹译小说的两條，我以为也都不成问題的，现在即可由我负责决定：一，暂抽去"烟袋"；二，立一新名。因为他在旅行，我不知道其住址，一時無從探问，待到去信转辗递到，他寄回信来，我又不在上海了；这样就可以拖半年。所以这也由我决定了好。我想他不至于因此见怪的。

但我想：新名可以用漂亮些的，"爱朋友"，"犯人"之类，实在太平凡。

我想在月底去，十月初回来。

专此布达，並颂

著安。

迅 上

八月廿日

释文

家璧先生：

十八日信收到。对于曹译小说的两条，我以为是都不成问题的，现在即可由我负责决定：一、暂抽去《烟袋》；二、立一新名。

因为他在旅行，我不知道其住址，一时无从探问，待到去信转辗递到，他寄回信来，我又不在上海了：这样就可以拖半年。所以还是由我决定了好。我想他不至于因此见怪的。

但我想：新名可以用漂亮点的，《两个朋友》，《犯人》之类，实在太平凡。

我想在月底走，十月初回来。

专此布达，并颂

著安。

迅 上 八月廿日

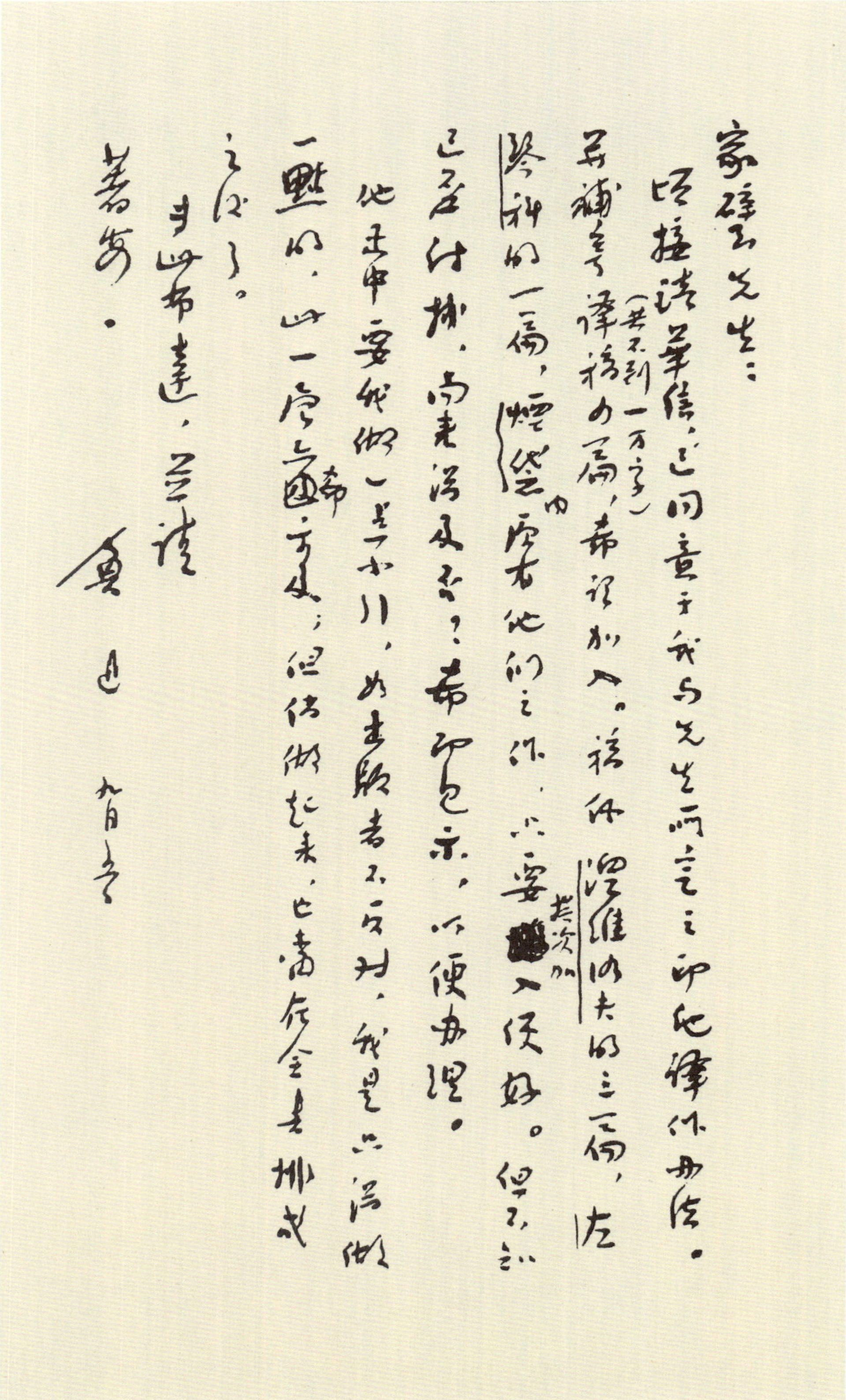
家璧先生：

昨接读华笺，已同意于我与先生两方之印他译作办法。若补充之译稿为篇（共不到一万字），亦可加入。稿件涅维他夫的三篇，左琴科的一篇，"烟袋"内原有他们之作，只要[共次加]入便好。但不知已否付排，尚来得及否？希即见示，以便办理。

他来函要我做一篇小引，如出版者不反对，我是只得做一点的，此一层应商定方是；但倘做起来，也当在全书排成之后了。

专此布达，并请

著安。

鲁迅 九月五日

释文

家璧先生：

顷接靖华信，已同意于我与先生所定之印他译作办法。并补寄译稿四篇（共不到一万字），希望加入。稿系涅维洛夫的三篇，左琴科的一篇，《烟袋》内原有他们之作，只要挨次加入便好。但不知已否付排，尚来得及否？希即见示，以便办理。

他函中要我做一点小引，如出版者不反对，我是只得做一点的，此一层亦希示及；但倘做起来，也当在全书排成之后了。

专此布达，并请

著安。

鲁迅 九月五日

注：此信原件未见，曾影印刊于《良友》画报1936年10月号。

九月九日

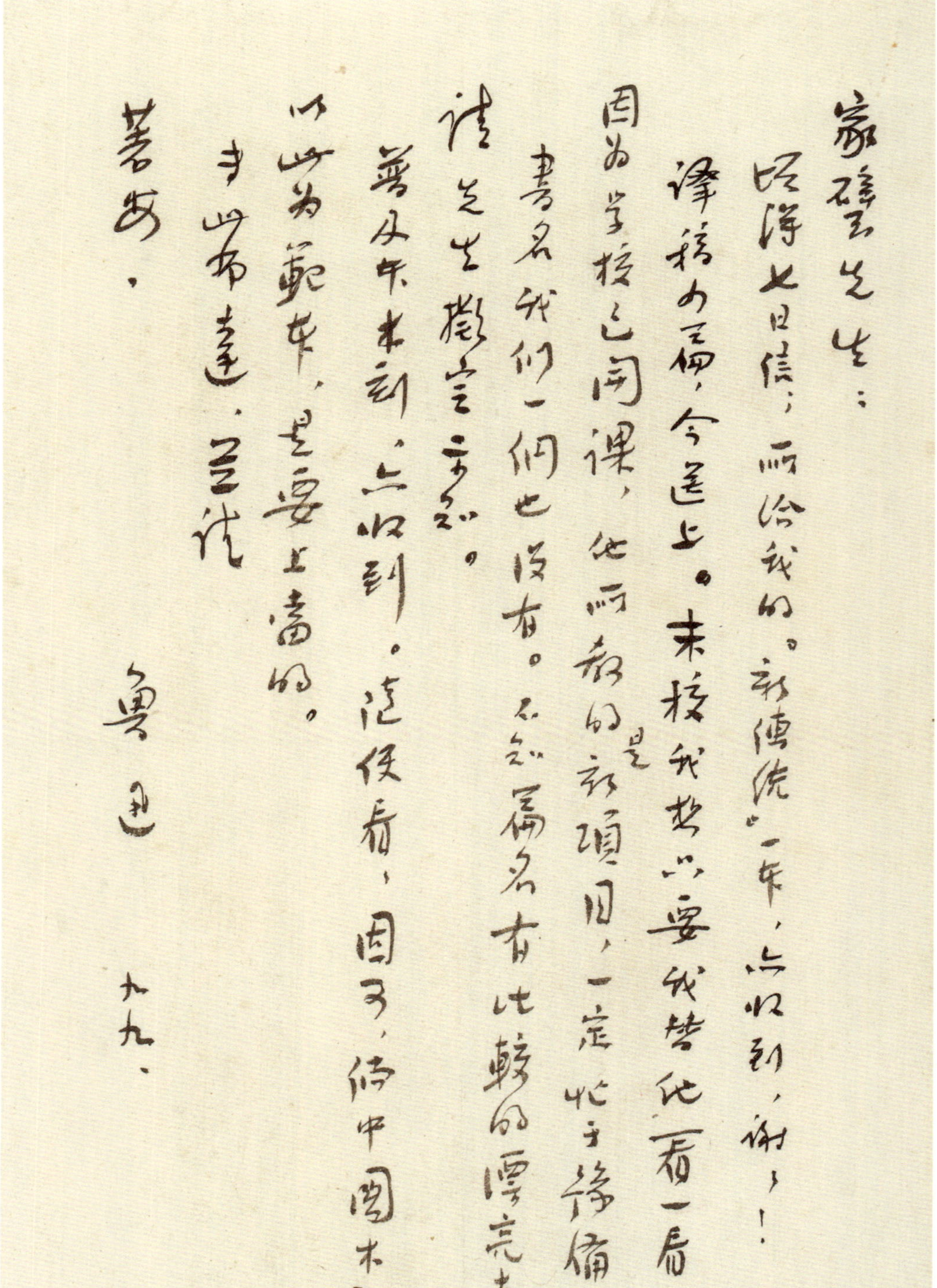

家璧先生：

昨得七日信；所给我的《新传统》一本，亦收到，谢谢！

译稿的三篇，今送上。末校我想只要我替他看一看就好，因为学校已开课，他所教的是新项目，一定忙于准备。

书名我们一个也没有。不知篇名有比较的漂亮者否呢？请先生斟酌示知。

《苏联木刻》，亦收到。这便看，因为，倘中国木刻者以此为范本，是要上当的。

专此布达，并请

著安。

鲁迅　九九。

释文

家璧先生：

顷得七日信；所给我的《新传统》一本，亦收到，谢谢！译稿四篇，今送上。末校我想只要我替他看一看就好，因为学校已开课，他所教的是新项目，一定忙于豫备。

书名我们一个也没有。不知篇名有比较的漂亮者否？请先生拟定示知。

普及本木刻，亦收到。随便看看固可，倘中国木刻者以此为范本，是要上当的。

专此布达，并请

著安。

鲁迅 九九。

十月十二日

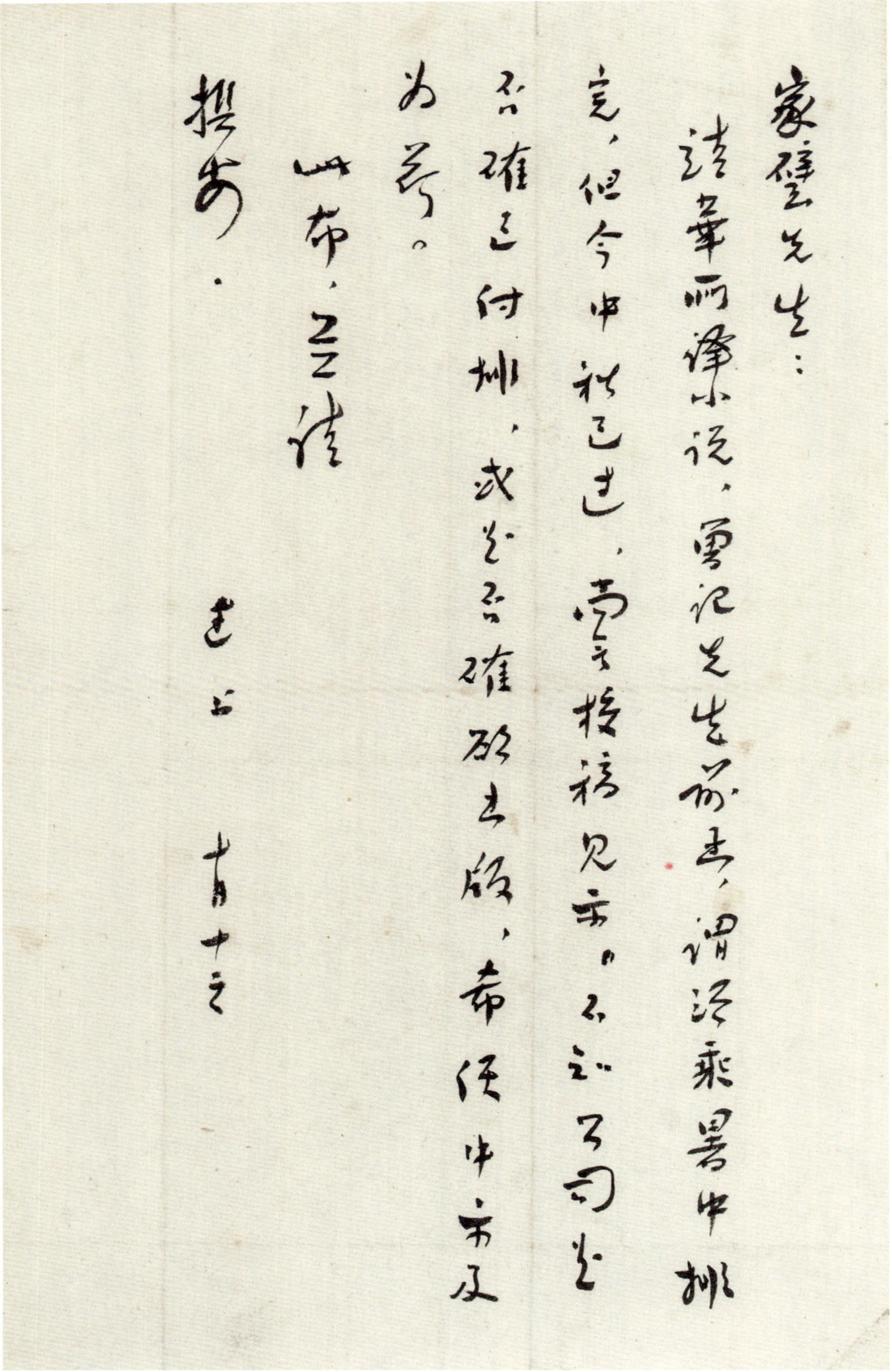

家璧先生：

靖华所译小说，曹先生前来，谓须乘暑中排完，但今中秋已过，尚未校稿见示，不知可否确已付排，或是否确能出版，希便中示及为荷。

此布，即请

撰安。

迅 上

十月十二

释文

家璧先生：

靖华所译小说，曾记先生前函，谓须乘暑中排完，但今中秋已过，尚无校稿见示。不知公司是否确已付排，或是否确欲出版，希便中示及为荷。

此布，并请

撰安。

迅上 十月十二日

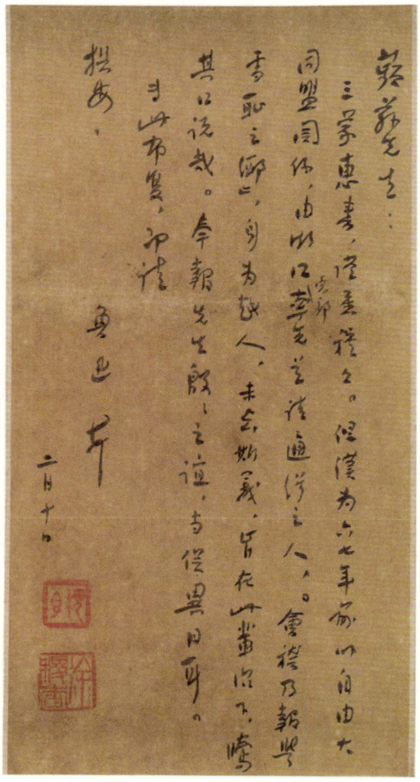

蘋蓀先生：

三蒙惠書，謹悉種種。但僕為六七年前以自由大同盟關係，由浙江省黨部率先呈請通緝之人，會稽乃報仇雪恥之鄉，身為越人，未忘斯義，肯在此輩治下，騰其口說哉。奉報先生殷殷之誼，當俟異日耳。專此布復，即請

撰安。

魯迅 啟

二月十日

附录

上海鲁迅纪念馆所藏鲁迅书信鉴赏

说明：

上海鲁迅纪念馆所藏鲁迅书信，以致赵家璧信为主体。此外有四十封寄许寿裳等人信，这些信的手稿曾刊于《鲁迅手稿全集》等手稿专书。今再集于此以供同好鉴赏。

【致顾颉刚[二]（一九二七年七月三十一日）】

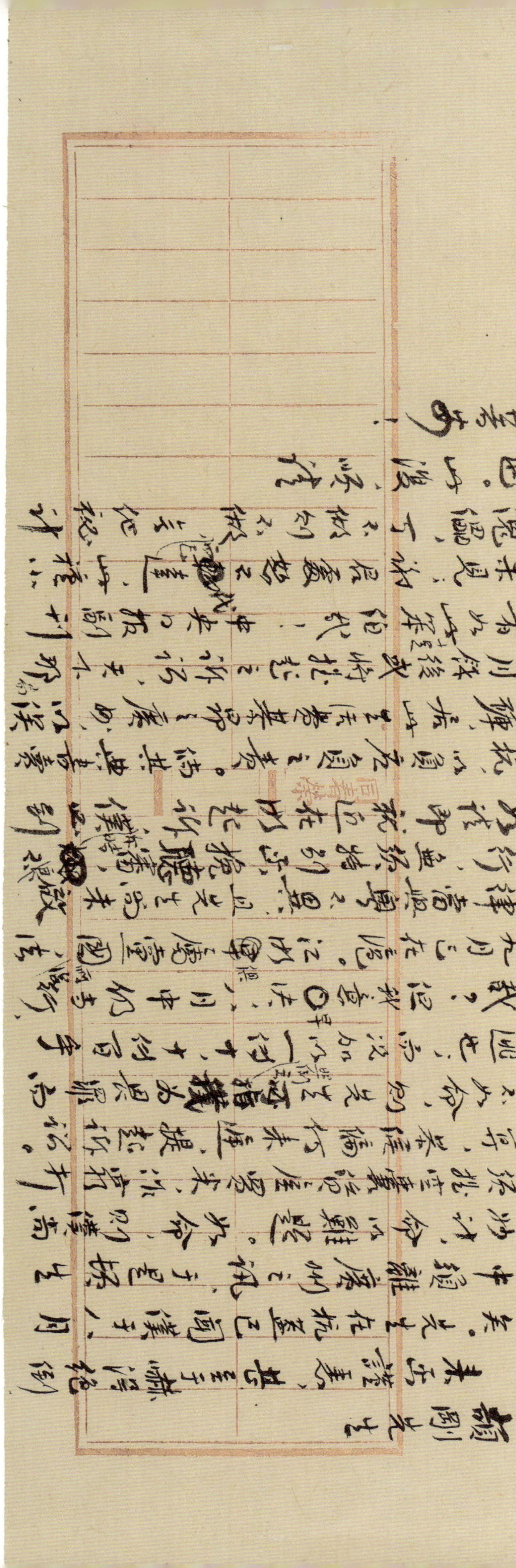

释文

颉刚先生：

来函谨悉，甚至于吓得绝倒矣。先生在杭盖已闻仆于八月中须离广州之讯，于是顿生妙计，命以难题。如命，则仆尚须提空囊赁屋买米，作穷打算，恭候偏何来迟，提起诉讼。不如命，则先生可指我为畏罪而逃也；而况加以照例之一传十，十传百乎哉？但我意早决，八月中仍当行，九月已在沪。江浙俱属党国所治，法律当与粤不异，且先生尚未启行，无须特别函挽听审，良不如请即就近在浙起诉，尔时仆必到杭，以负应负之责。倘其典书卖裤，居此生活费綦昂之广州，以俟月余后或将提起之诉讼，天下那易有如此十足笨伯哉！《中央日报副刊》未见；谢君处恕不代达，此种小傀儡，可不做则不做而已，无他秘计也。此复，顺请

著安！

［一］据 1927 年 7 月 31 日鲁迅致章廷谦信，言：『鼻在杭盖已探得我八月中当离粤，今日得其来信，阅之不禁失笑，即作一复，给他小开玩笑。今俱录奉，以作笑资。』本函收录于《三闲集·辞顾颉刚教授令『候审』》一文中。又，《鲁迅日记》1927 年 8 月 1 日记：『午后复顾颉刚信』。

致钱君匋（一九二八年七月十七日）

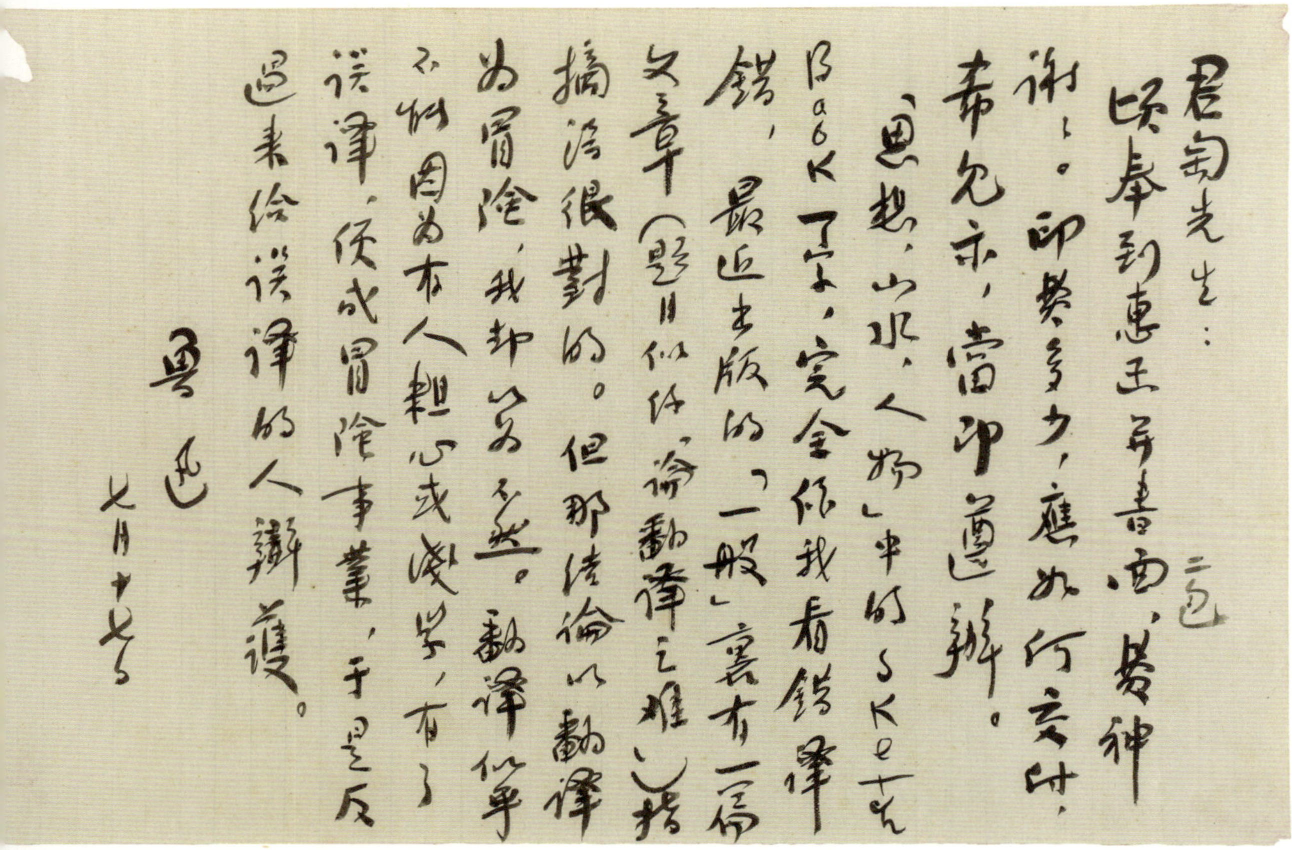

君匋先生：

顷奉到惠函書面二包，費神謝謝。印費多少，應如何交付，希見示，當即照辦。

《思想·山水·人物》中的Sketch Book一字，完全係我看錯譯錯，最近出版的《一般》裏有一篇文章（題目似係《論翻譯之難》）指摘得很對的。但那結論以翻譯為冒險，我却不以為然。翻譯似乎不能因為有人粗心或淺學，有了誤譯，便成冒險事業，于是反過來給誤譯的人辯護。

魯迅　七月十七日

释文

君匋先生：

顷奉到惠函并书面二包，费神谢谢。印费多少，应如何交付，希见示，当即遵办。

《思想，山水，人物》中的 Sketch Book 一字，完全系我看错译错，最近出版的《一般》里有一篇文章（题目似系《论翻译之难》）指摘得很对的。但那结论以翻译为冒险，我却以为不然。翻译似乎不能因为有人粗心或浅学，有了误译，便成冒险事业，于是反过来给误译的人辩护。

鲁迅 七月十七日

致赵景深（一九二八年十月三十一日）

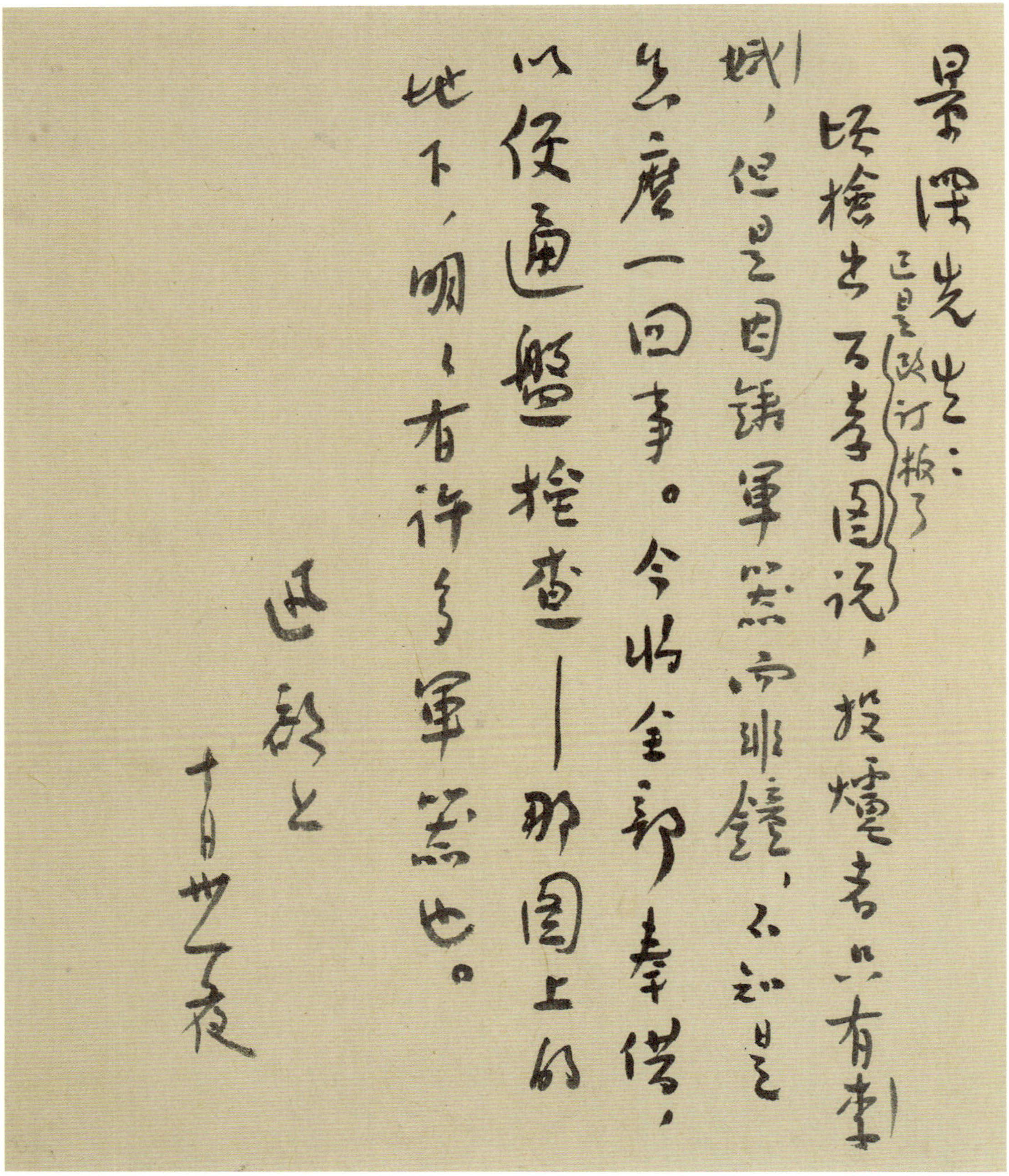

景深先生：

顷检出百孝图说，投炉者只有刘赋（已是改订板了），但是因铸军器而非铸钱，不知是怎么一回事。今将全部奉借，以便通盘检查——那图上的地下，明明有许多军器也。

迅　启上

十月卅夜

释　文

景深先生：

顷检出《百孝图说》已是改订板了，投炉者只有李娥，但是因铸军器而非钟，不知是怎么一回事。今将全部奉借，以便通盘检查——那图上的地下，明明有许多军器也。

迅　启上　十月卅一夜

致罗皑岚（一九二八年十一月四日）

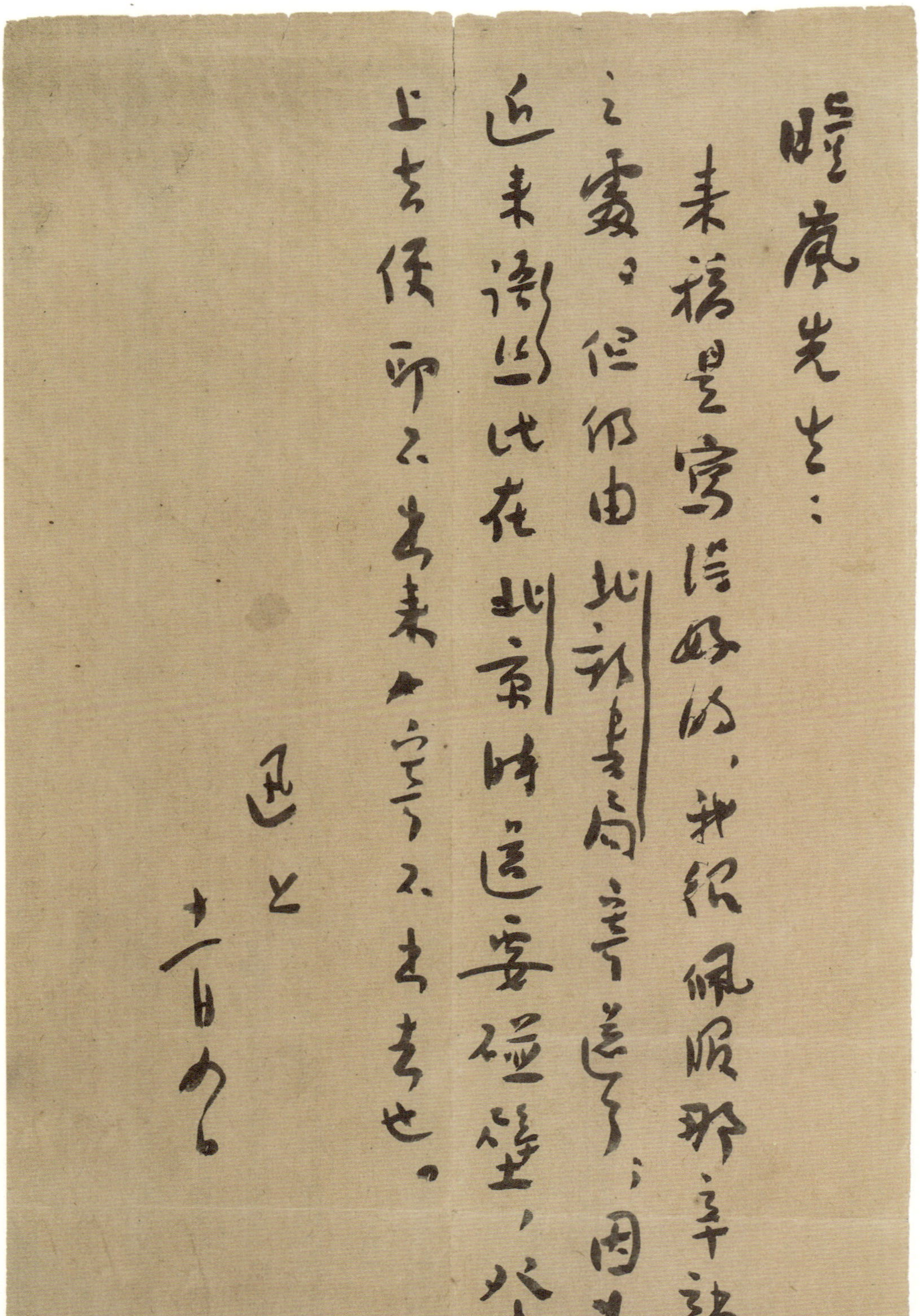

皑岚先生：

来稿是写得好的，我很佩服那辛辣之处。但仍由北新书局寄还了；因为近来语丝比在北京时还要碰壁，外上去便即不出来，或竟不出去也。

迅上

十一月四日

释文

皑［皑］岚先生：

来稿是写得好的，我很佩服那辛辣之处。但仍由北新书局寄还了；因为近来《语丝》比在北京时还要碰壁，登上去便印不出来，寄不出去也。

迅 上 十一月四日

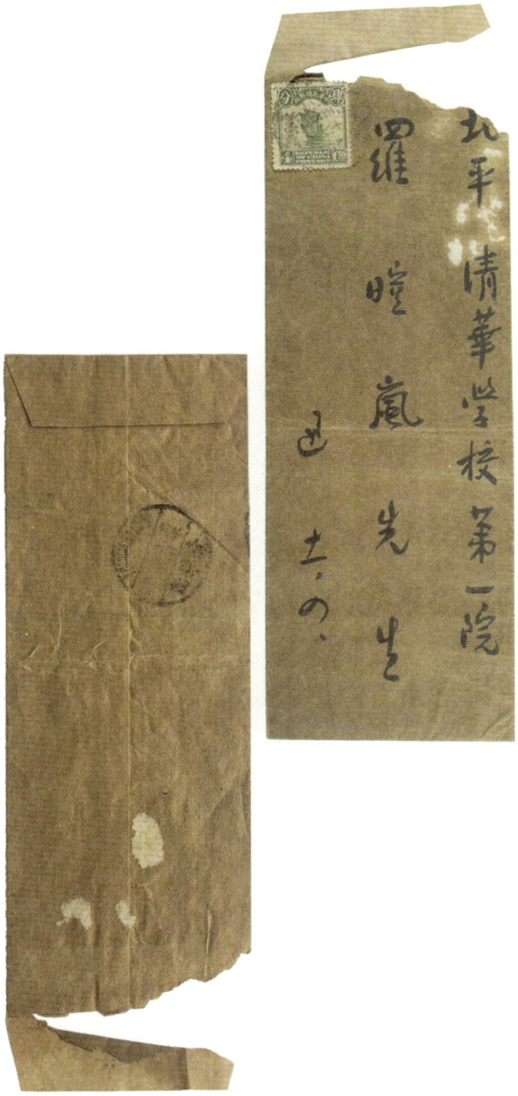

致陈浚（一九二八年十二月三十日）

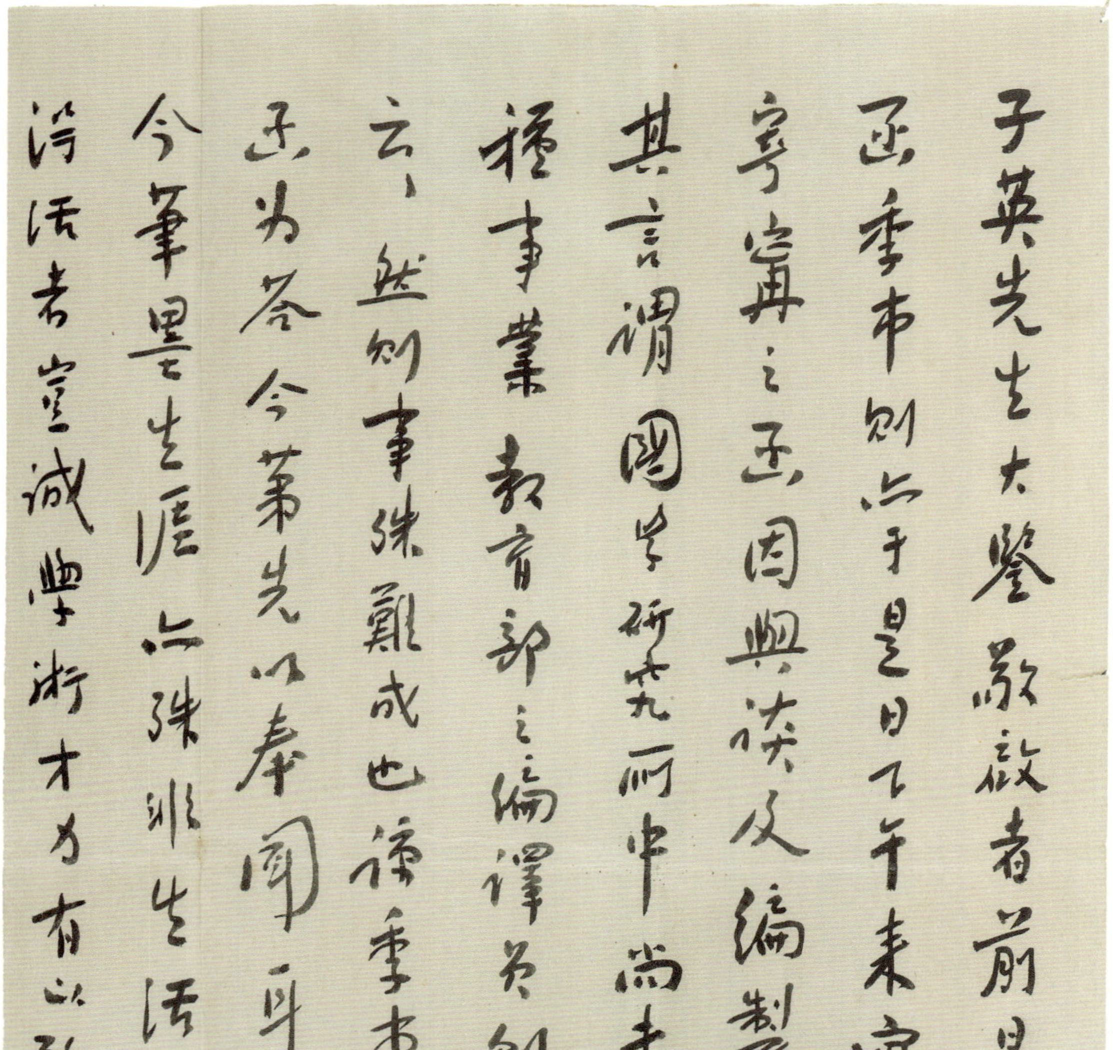
子英先生大鉴：敬启者，前日奉到惠函，季市则亦于是日下午来寓，尚未见寄弟之函，因与谈及编制字典事，其言谓国学研究所中尚未撤销此种事业，教育部之编译处则已经裁此云云，然则事殊难成也。据季市言亦有函为荐，今弟先以奉闻耳。其实在今笔墨生涯亦殊非生活之道，以此谋活者宜识学术，方有以致之。敬礼。

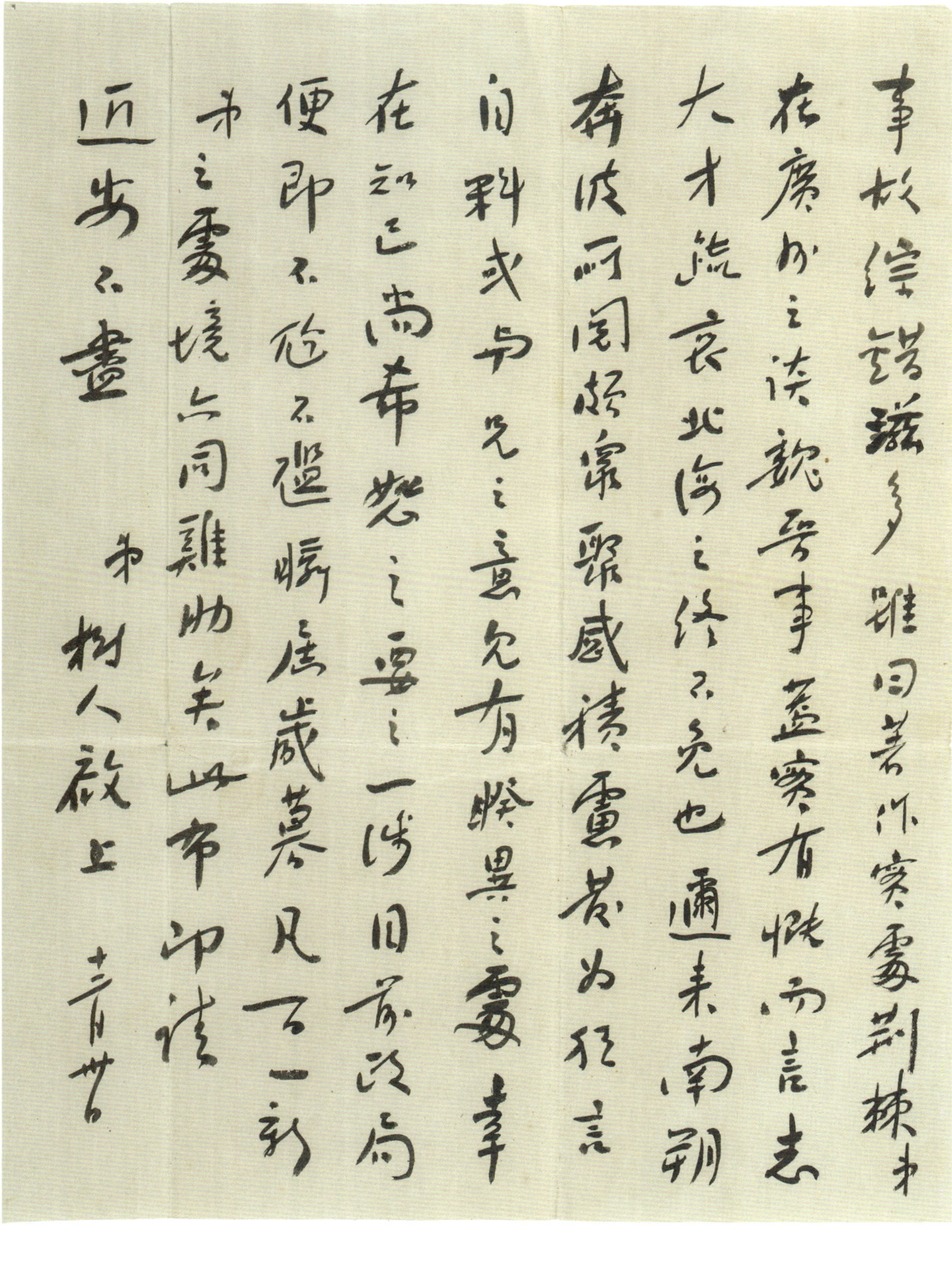

事故綜錯繇多，雖因著作實處荊棘中，在廣州之談話，蓋實有慨而言，志大才疏，哀北海之終不免也。邇來南朔奔波，所聞頗衆，聚感積壓，甚為狂言，自料或與兄之意見有蹊異之處，幸在知己，尚希恕之。要之，一涉目前政局，便即不能不遑悵，居歲暮，凡百一新，弟之處境亦同，雖助莫此，亦即請

近安，不盡。

弟 樹人 啟上 十二月廿日

释文

子英先生大鉴：敬启者，前日奉到惠函，季市则亦于是日下午来寓，尚未见寄宁之函。因与谈及编制字典事，其言谓：国学研究所中尚未拟办此种事业，教育部之编译员则已经截止，云云。然则事殊难成也。谅季市当亦有函为答，今第先以奉闻耳。其实在今笔墨生涯，亦殊非生活之道，以此得活者，岂诚学术才力有以致之欤？种种事故，综错滋多，虽曰著作，实处荆棘。弟在广州之谈魏晋事，盖实有慨而言。『志大才疏』，哀北海之终不免也。迩来南朔奔波，所阅颇众，聚感积虑，发为狂言。自料或与 兄之意见有睽异之处，幸在知己，尚希 恕之。要之一涉目前政局，便即不尬不尴。瞬届岁暮，凡百一新，弟之处境，亦同鸡肋矣。此布，即请

近安不尽。

弟树人 启上 十二月卅日

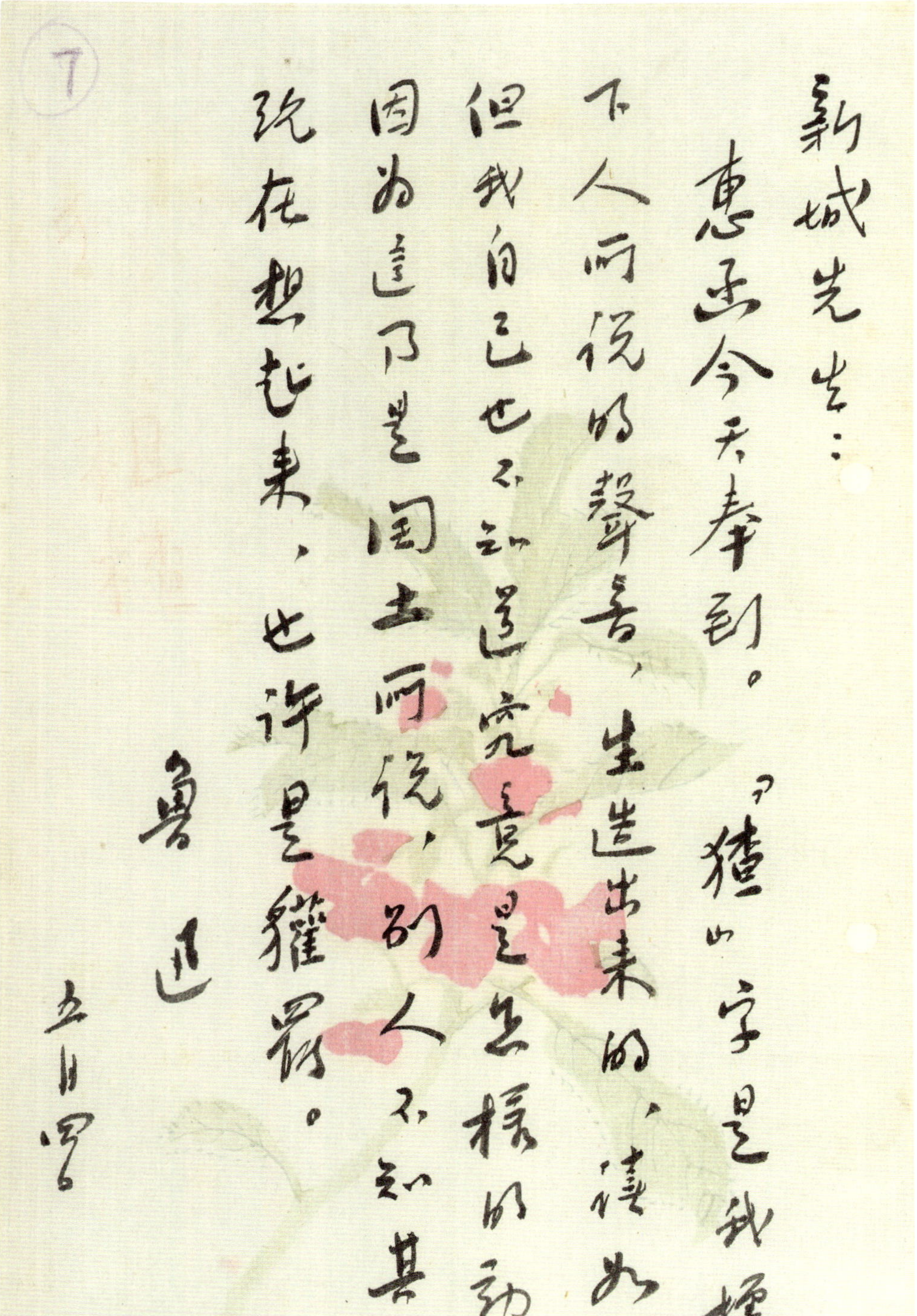

新城先生：

惠函今天奉到。"猹"字是我據鄉下人所說的聲音，生造出來的，讀如"查"。但我自己也不知道究竟是怎樣的動物，因為這乃是閏土所說，別人不知其詳。現在想起來，也許是獾罷。

魯迅

五月四日

释文

新城先生：

惠函今天奉到。『猹』字是我据乡下人所说的声音，生造出来的，读如『查』。但我自己也不知道究竟是怎样的动物，因为这乃是闰土所说，别人不知其详。现在想起来，也许是獾罢。

鲁迅 五月四日

高良先生几下　謹啓者　前月　内山君
到上海送来
先生惠寄之唐宋元名畫大觀
一部如此厚贈實深惶悚但
来從遠道卻之不恭因即
拜領翻閲一遍獲益甚多

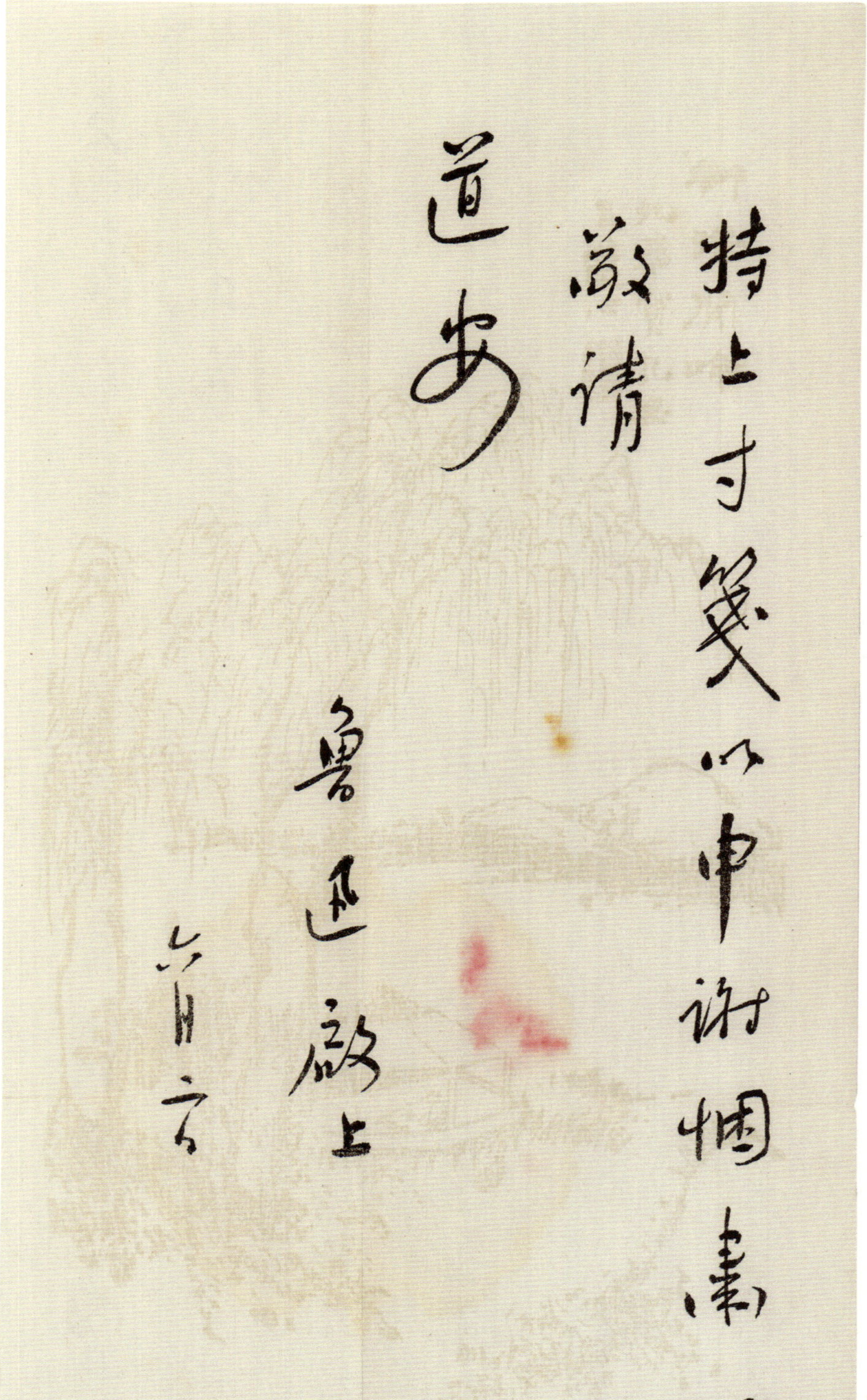

特上寸笺，以申谢悃，肃此
敬请
道安
鲁迅启上
六月六

释文

高良先生几下，谨启者，前月　内山君到上海，送来

先生惠寄之《唐宋元名画大观》一部。如此厚赠，实深惶悚，但来从远道，却之不恭，因即拜领。翻阅一过，获益甚多，特上寸笺，以申谢悃。

肃此，敬请

道安

鲁迅　启上　六月二日

致郑伯奇（一九三二年九月二十日）

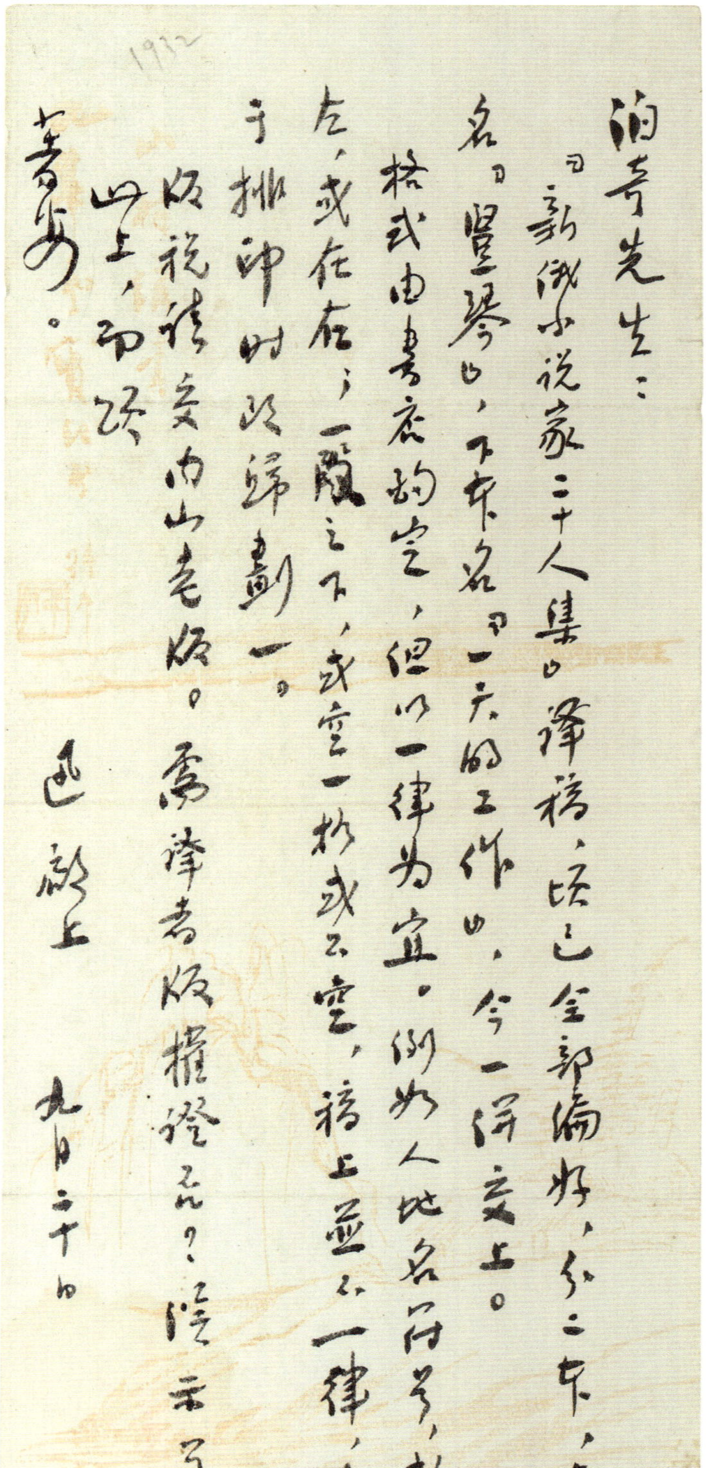

1932

伯奇先生：

《新俄小说家二十人集》译稿，顷已全部编好，分二本，上本名《竖琴》，下本名《一天的工作》，今一并交上。格式由书店酌定，但以一律为宜。例如人地名符号，或在右，或在左；一段之下，或空一格或不空，稿上并不一律，希于排印时改归划一。

版税稿费交内山老版。需译者版权证否？请示，当遵办。

此上，即颂

著安。

迅 启上 九月二十日

释文

伯奇先生：

《新俄小说家二十人集》译稿，顷已全部编好，分二本，上本名《竖琴》，下本名《一天的工作》，今一并交上。

格式由书店酌定，但以一律为宜。例如人地名符号，或在左，或在右；一段之下，或空一格或不空，稿上并不一律，希于排印时改归划一。

版税请交内山老版。需译者版权证否？候示遵办。

此上，即颂

著安。

迅　启上　九月二十日

致许寿裳（一九三二年十月二十五日）

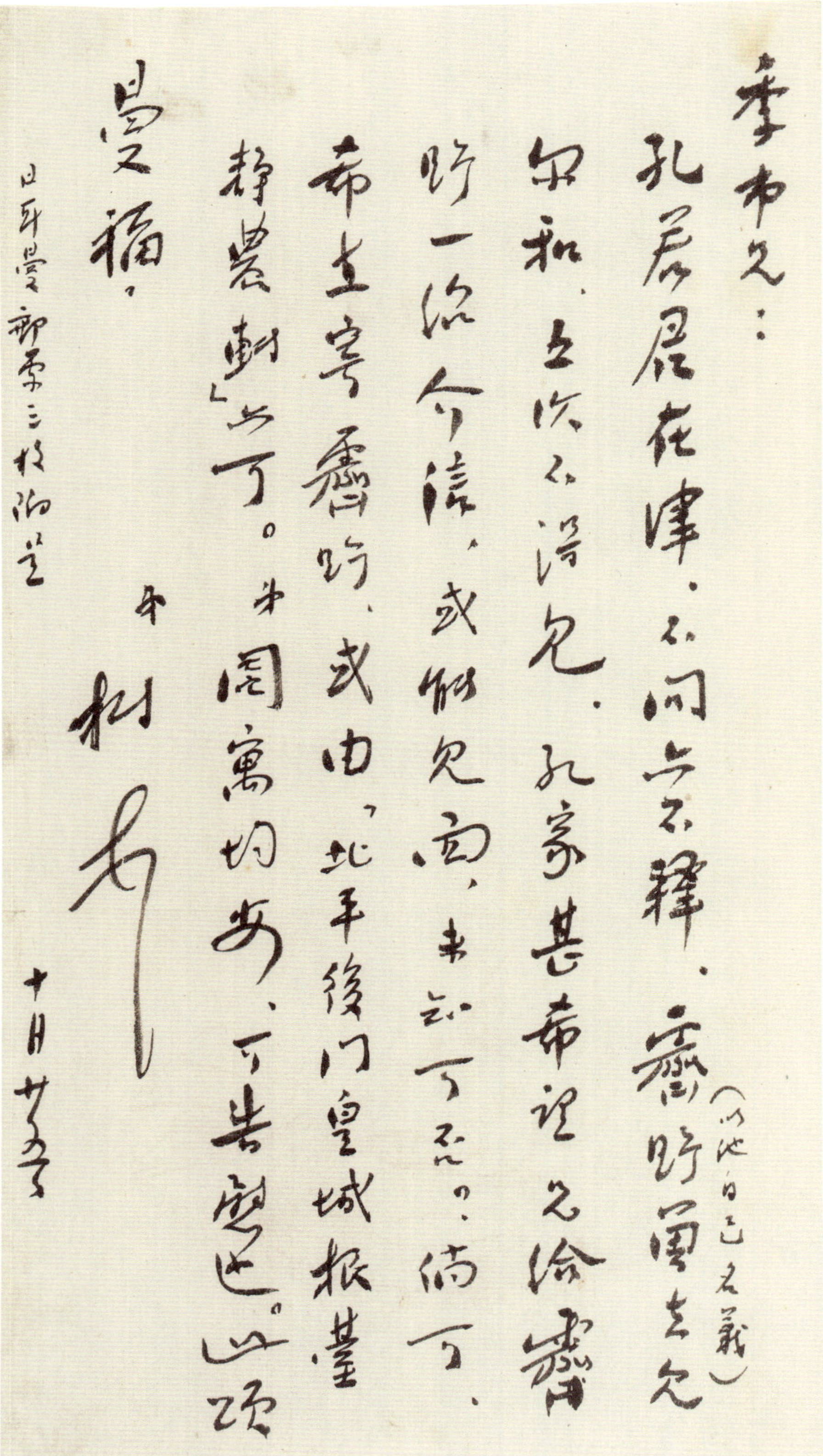

季市兄：

孔若君在津，不问亦不释，齊峙曾去见（以他自己名義）知和，去次不得见。孔家甚希望兄给齊峙一信介紹，或能见面，来京一下亦可。倘可，希直寄齊峙，或由「北平後门皇城根臺静農轉」亦可。此间寓中均安，可告慰也。此頌

曼福。

弟樹 頓首

十月廿五日

旦平曼 郭宗三校閱竟

释文

季市兄：

孔若君在津，不问亦不释，霁野（以他自己名义）曾去见尔和，五次不得见，孔家甚希望兄给霁野一绍介信，或能见面，未知可否？倘可，希直寄霁野，或由『北平后门皇城根台静农转』亦可。弟阖寓均安，可告慰也。此颂

曼福。

弟树　顿首　十月廿五日

日耳曼邮票三枚附呈。

致郑伯奇（一九三二年十一月六日）

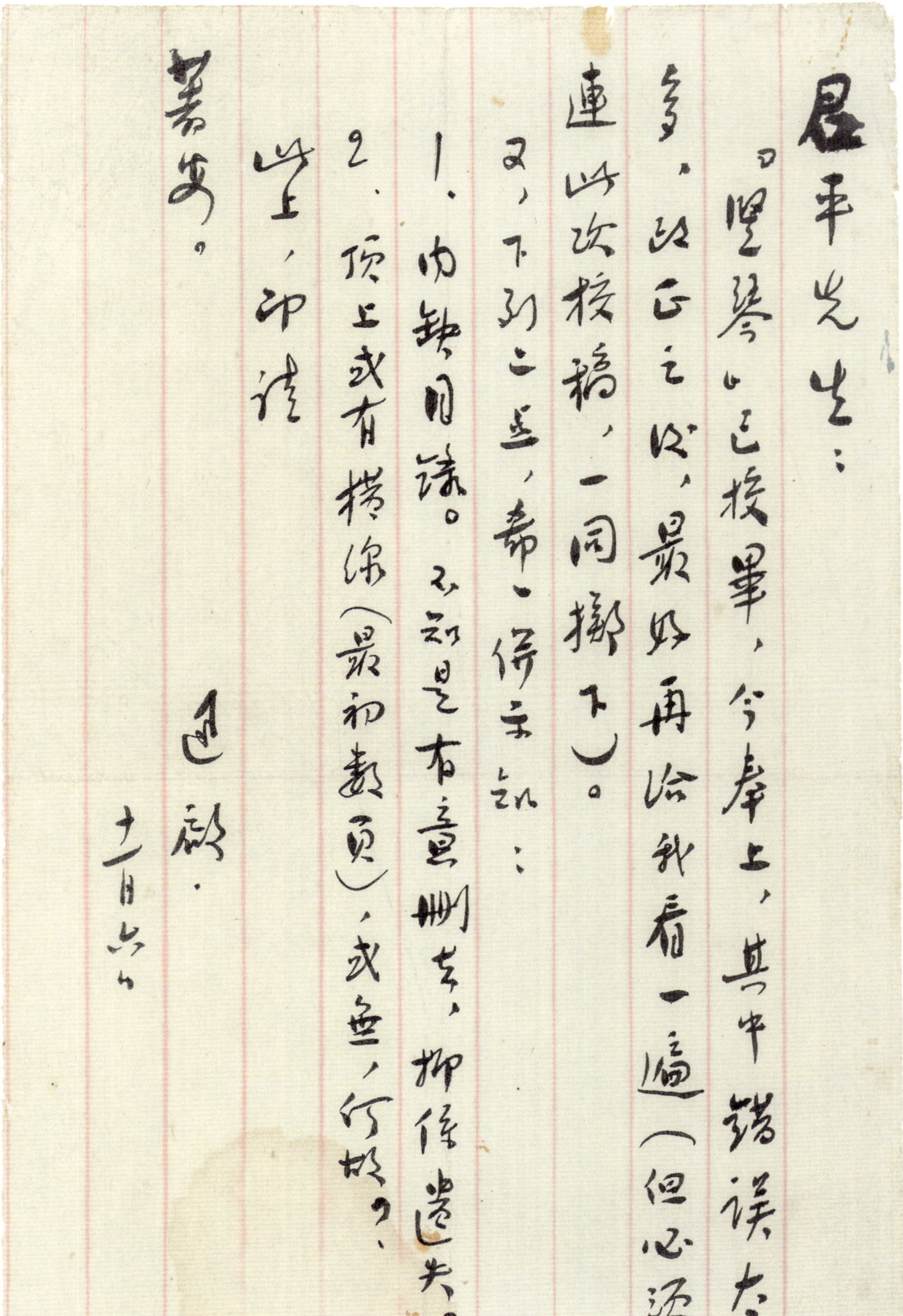
君平先生：

『豎琴』已校畢，今奉上，其中錯誤太多，改正之後，最好再給我看一遍（但必須連此次校稿，一同擲下）。

又，下列之點，希一併示知：

1、內缺目錄。不知是有意刪去，抑係遺失？

2、頂上或有橫線（最初數頁），或無，何故？

此上，即請

著安。

迅啟。

十一月六日

释文

君平先生：

《竖琴》已校毕，今奉上，其中错误太多，改正之后，最好再给我看一遍（但必须连此次校稿，一同掷下）。

又，下列二点，希一并示知：

1. 内缺目录。不知是有意删去，抑系遗失？

2. 顶上或有横线（最初数页），或无，何故？

此上，即请

著安。

迅启 十一月六日

致郑振铎（一九三三年二月五日）

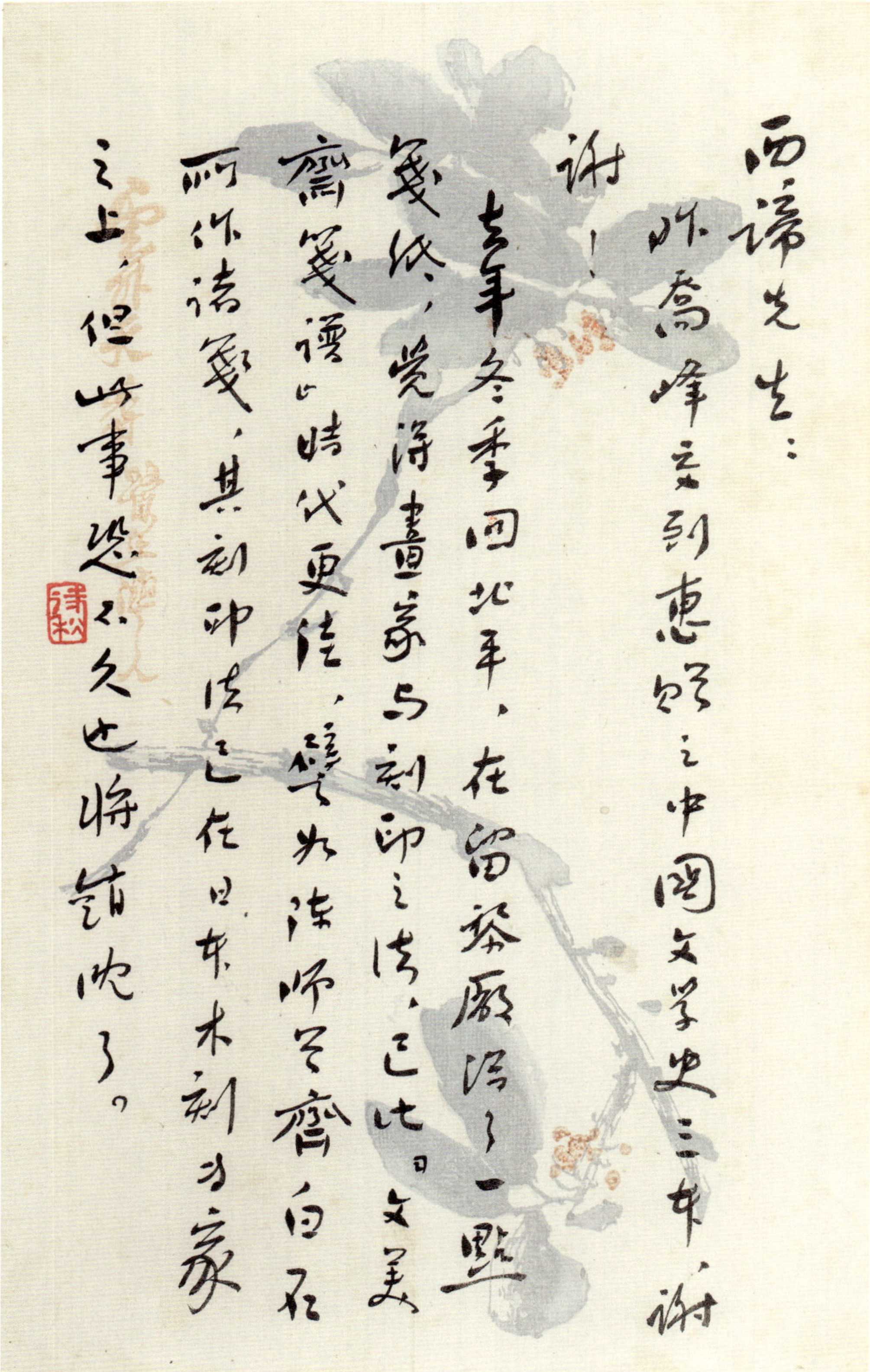
西谛先生：

昨蒙交到惠赠之中国文学史三本，谢谢！

去年冬季回北平，在留黎厂得了一点笺纸，觉得画家与刻印之法，已比『文美斋笺谱』时代更佳，譬如陈师曾齐白石所作诸笺，其刻印法已在日本木刻专家之上，但此事恐不久也将销沉了。

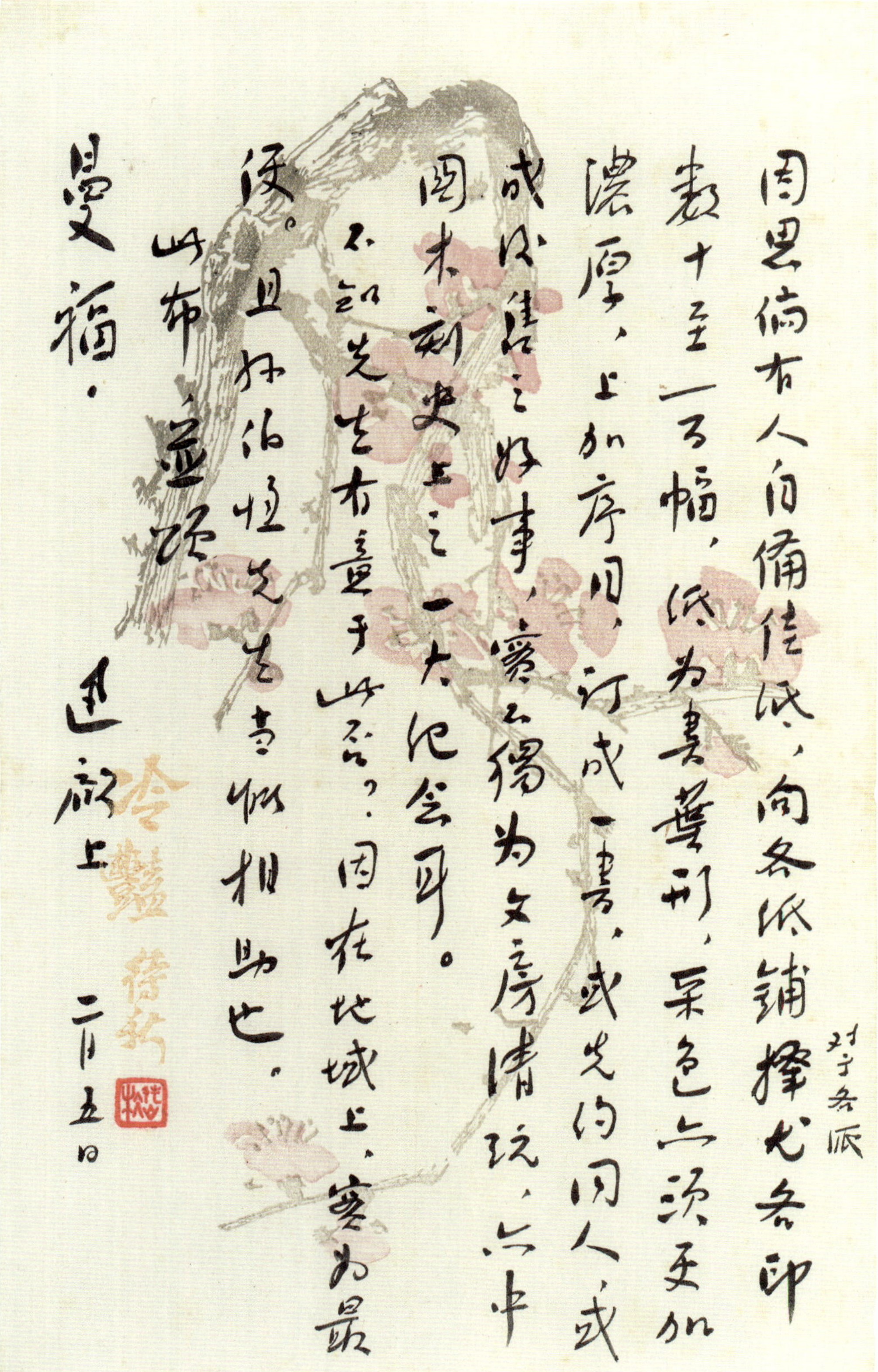
因思倘有人自備佳紙，向各紙鋪擇尤（对于各派）各印數十至一百幅，紙為書葉形，采色亦須更加濃厚，上加序目，訂成一書，或先約同人，或成以售之好事，資不獨為文房清玩，亦中國木刻史上之一大紀念耳。不知先生有意于此否？因在北城上，寔為最便。且孫伯恒先生當能相助也。

此布，並頌

曼福。

迅 啟上

二月五日

释文

西谛先生：

昨乔峰交到惠赠之《中国文学史》三本，谢谢！

去年冬季回北平，在留黎厂得了一点笺纸，觉得画家与刻印之法，已比《文美斋笺谱》时代更佳，譬如陈师曾齐白石所作诸笺，其刻印法已在日本木刻专家之上，但此事恐不久也将销沈了。

因思倘有人自备佳纸，向各纸铺择尤对于各派各印数十至一百幅，纸为书叶形，采色亦须更加浓厚，上加序目，订成一书，或先约同人，或成后售之好事，实不独为文房清玩，亦中国木刻史上之一大纪念耳。

不知先生有意于此否？因在地域上，实为最便。且孙伯恒先生当能相助也。

此布，并颂

曼福。

迅 启上 二月五日

致施蛰存（一九三三年七月十八日）

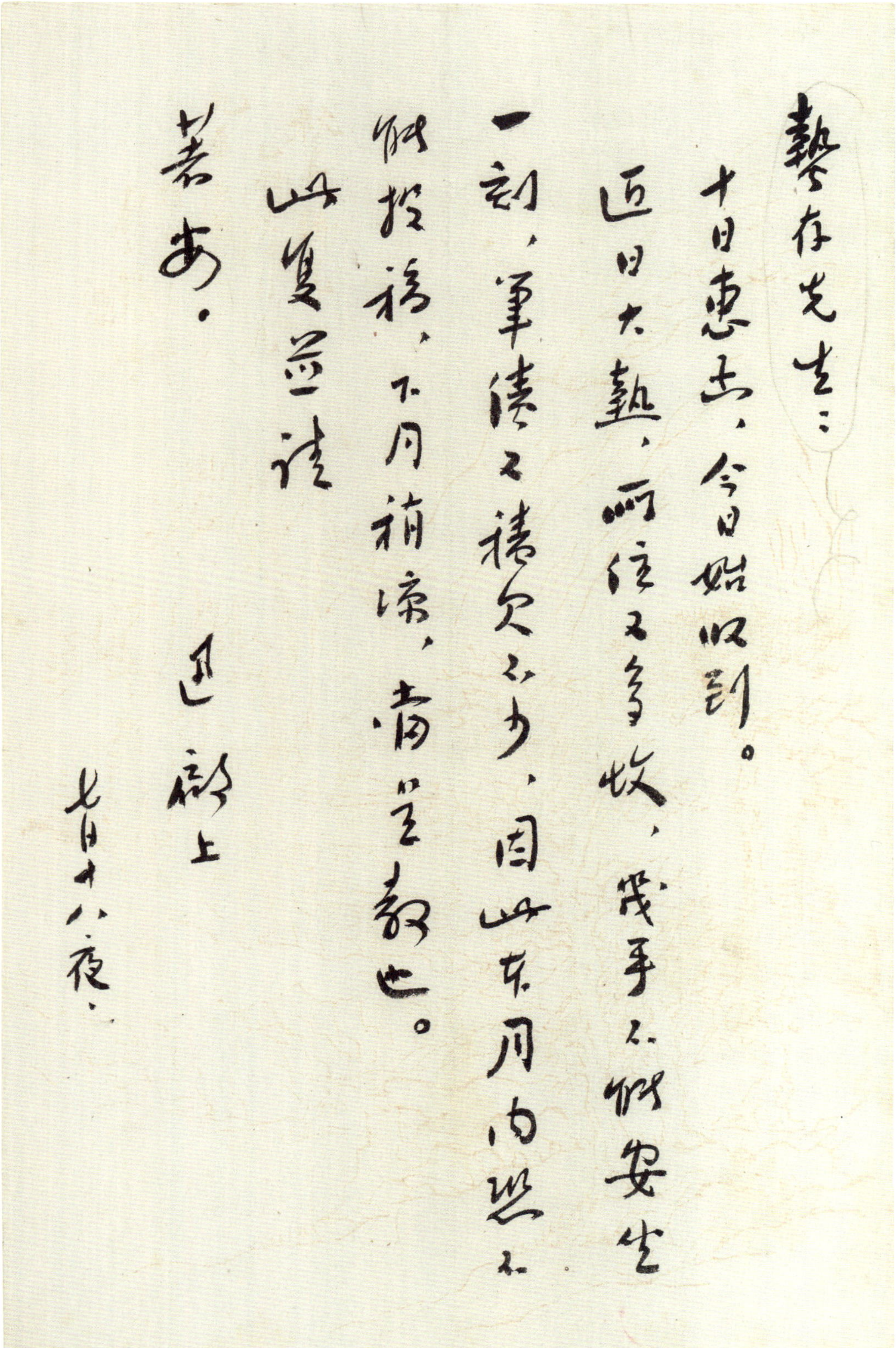

蛰存先生：

十日惠函，今日始收到。近日大热，所住又多蚊，几乎不能安坐一刻，笔债又积欠不少，因此本月内恐不能投稿，下月稍凉，当呈教也。此复，并请

著安。

迅 启上

七月十八夜。

释文

蛰存先生：

十日惠函，今日始收到。近日大热，所住又多蚊，几乎不能安坐一刻，笔债又积欠不少，因此本月内恐不能投稿，下月稍凉，当呈教也。

此复并请

著安。

迅 启上 七月十八夜。

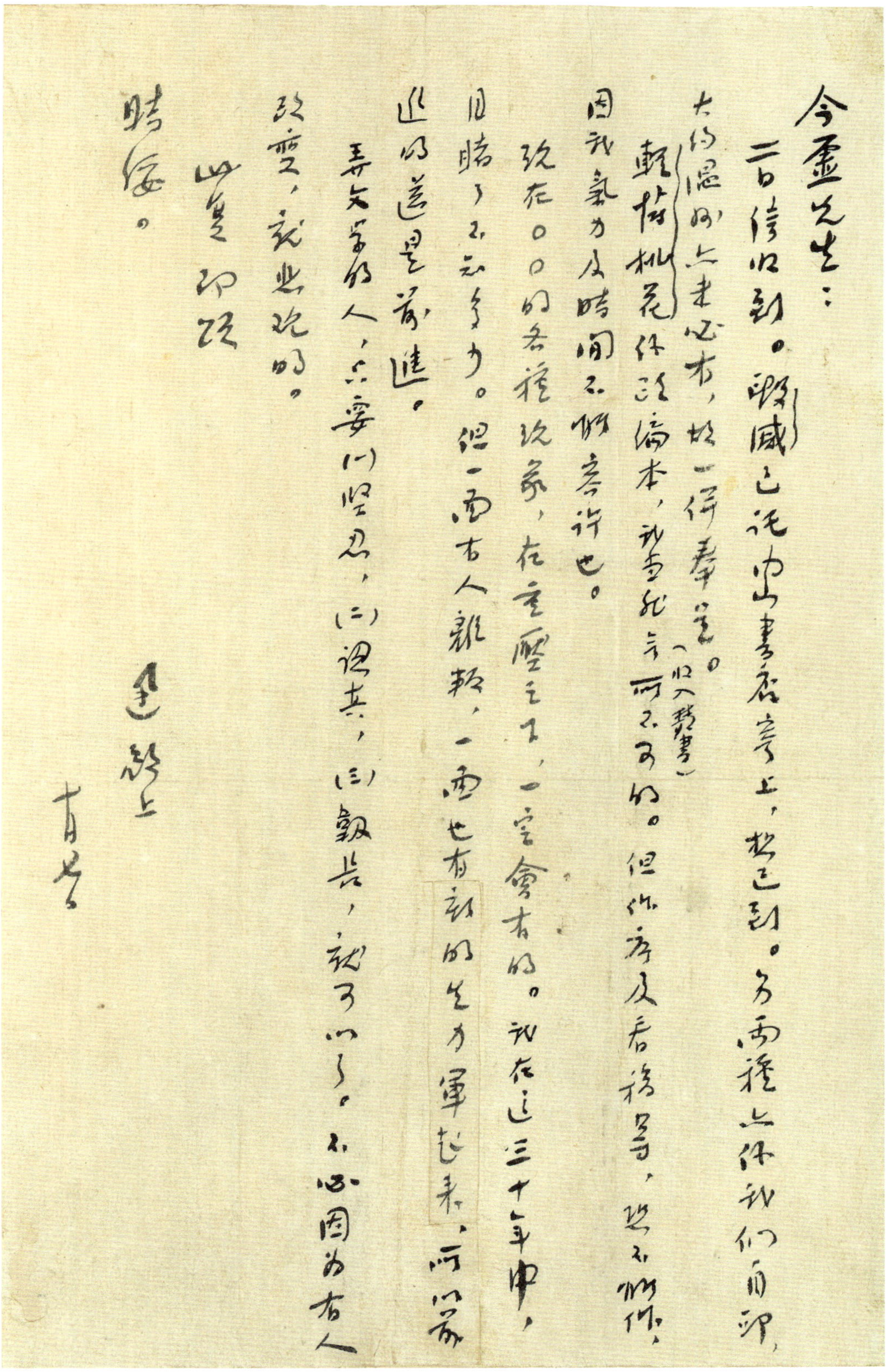

今虚先生：

二日信收到。《毁灭》已托内山书店寄上，想已到。另两种亦系我们自印，大约得的亦未必有，故一併奉呈。《轻薄桃花》作法编本，我看就是不可的。（只入禁书）但作序及看稿等，恐不能作，因我气力及时间不能容许也。

现在〇〇的各种现象，在重压之下，一定会有的。我在这三十年中，目睹了不知多少。但一面有人离叛，一面也有新的生力军起来，所以前进的总是前进。

弄文学的人，只要（一）坚忍，（二）认真，（三）韧长，就可以了。不必因为有人改变，就此悲观的。

此复，即颂

时绥。

迅 顿上

十月七夜

释文

今虚先生：

二日信收到。《毁灭》已托内山书店寄上，想已到。另两种亦系我们自印，大约温州亦未必有，故一并奉呈。《轻薄桃花》系改编本，我当然无所不可的（收入丛书）。但作序及看稿等，恐不能作，因我气力及时间不能容许也。

现在〇〇的各种现象，在重压之下，一定会有的。我在这三十年中，目睹了不知多少。但一面有人离叛，一面也有新的生力军起来，所以前进的还是前进。

弄文学的人，只要（一）坚忍，（二）认真，（三）韧长，就可以了。不必因为有人改变，就悲观的。

此复即颂

时绥。

迅 启上 十月七日

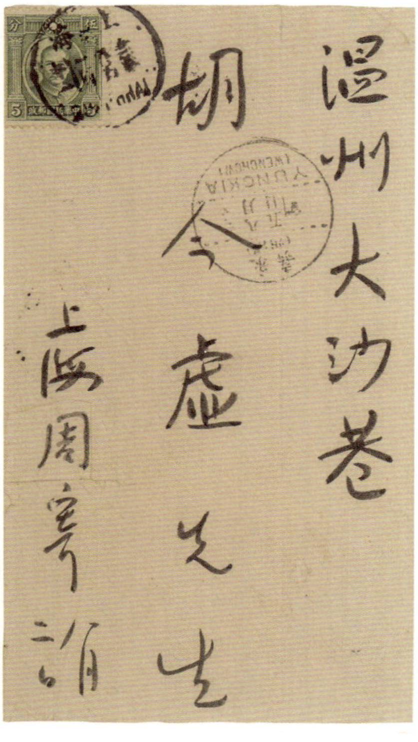

致内山完造（一九三三年十二月）

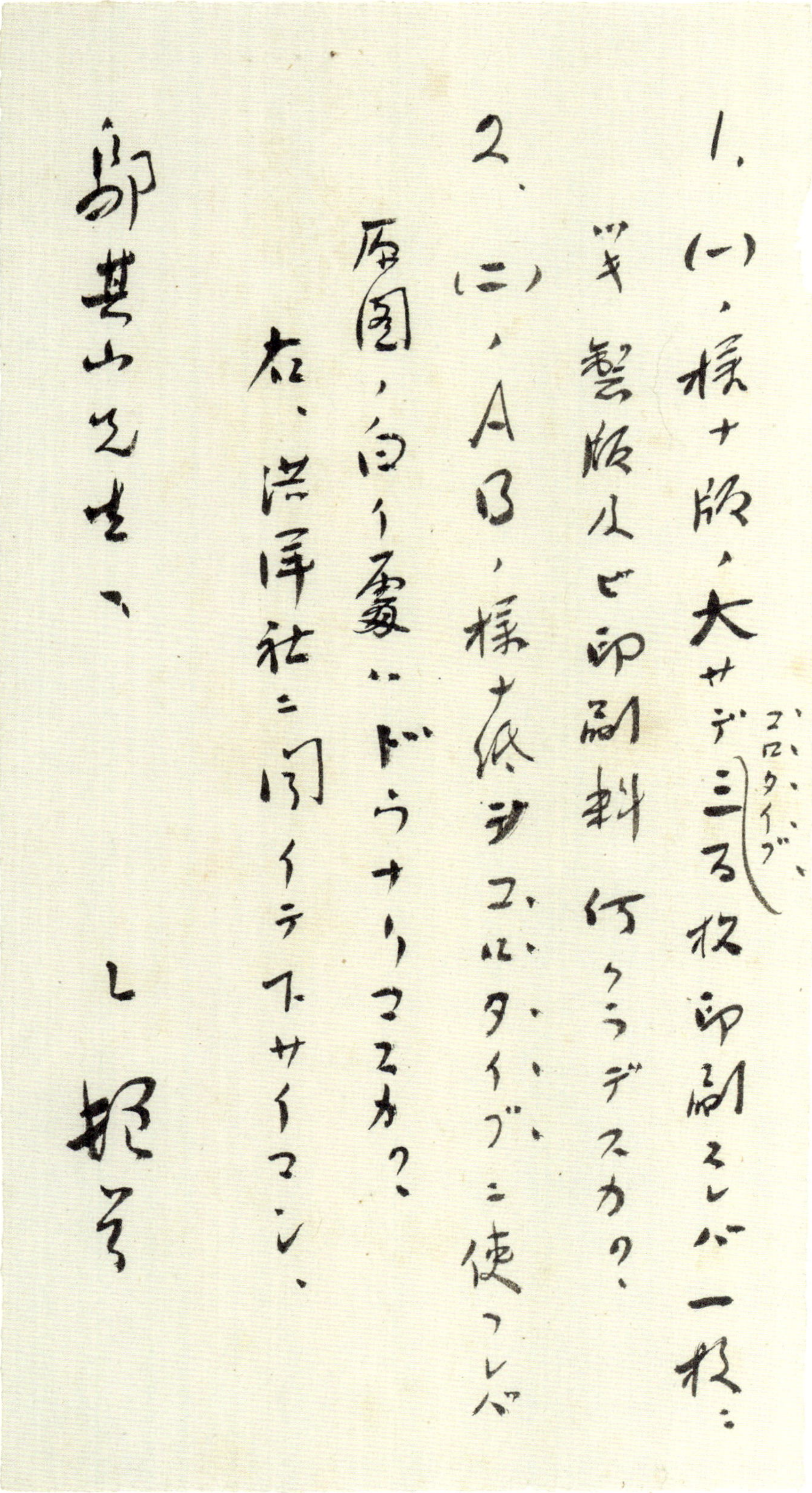

1.（一）ノ様ナ版ノ大サデ三百枚（コロタイプ、）印刷スレバ一枚ニ
ツキ製版及ビ印刷料何クラデスカ？
2、（二）ノＡＢノ様ナ紙ヲコロタイプニ使ヘバ
原図ノ白イ處ハドウナリマスカ？
右、洪洋社ニ聞イテ下サイマセ、

L 拝

鄔其山先生へ

译文

1. 如按照（一）的版面大小，印珂罗版三百张，每张的制版及印刷费是多少钱？

2. 如用（二）的 AB 样张的纸，印珂罗版，原图空白处会印成什么样子？

以上，请询洪洋社。

L 顿首

邬其山先生

亢德先生：

有一個相識者持一卷文稿來，要我尋一發表之地，我覺得「人間世」或者相宜，所以託書店直接寄去。究竟可用与否，自然是說不定的。倘可用，那就沒有什麼。如不合用，則對于先生，有一件特别的請託，就是從速寄還我，以便交代，費神之處，至感。那文稿名「泥沙雜拾」，作者署「閑齋」。

此布，即頌

時安。

迅 上

四月十六日

释文

亢德先生：

有一个相识者持一卷文稿来，要我寻一发表之地，我觉得《人间世》或者相宜，顷已托书店直接寄去。究竟可用与否，自然是说不定的。倘可用，那就没有什么。如不合用，则对于先生，有一件特别的请托，就是从速寄还我，以便交代。费神之处，至感。那文稿名《泥沙杂拾》，作者署『闲斋』。

此布，即颂

时绥。

迅 顿首 四月十六日

致陶亢德（一九三四年五月二十五日）

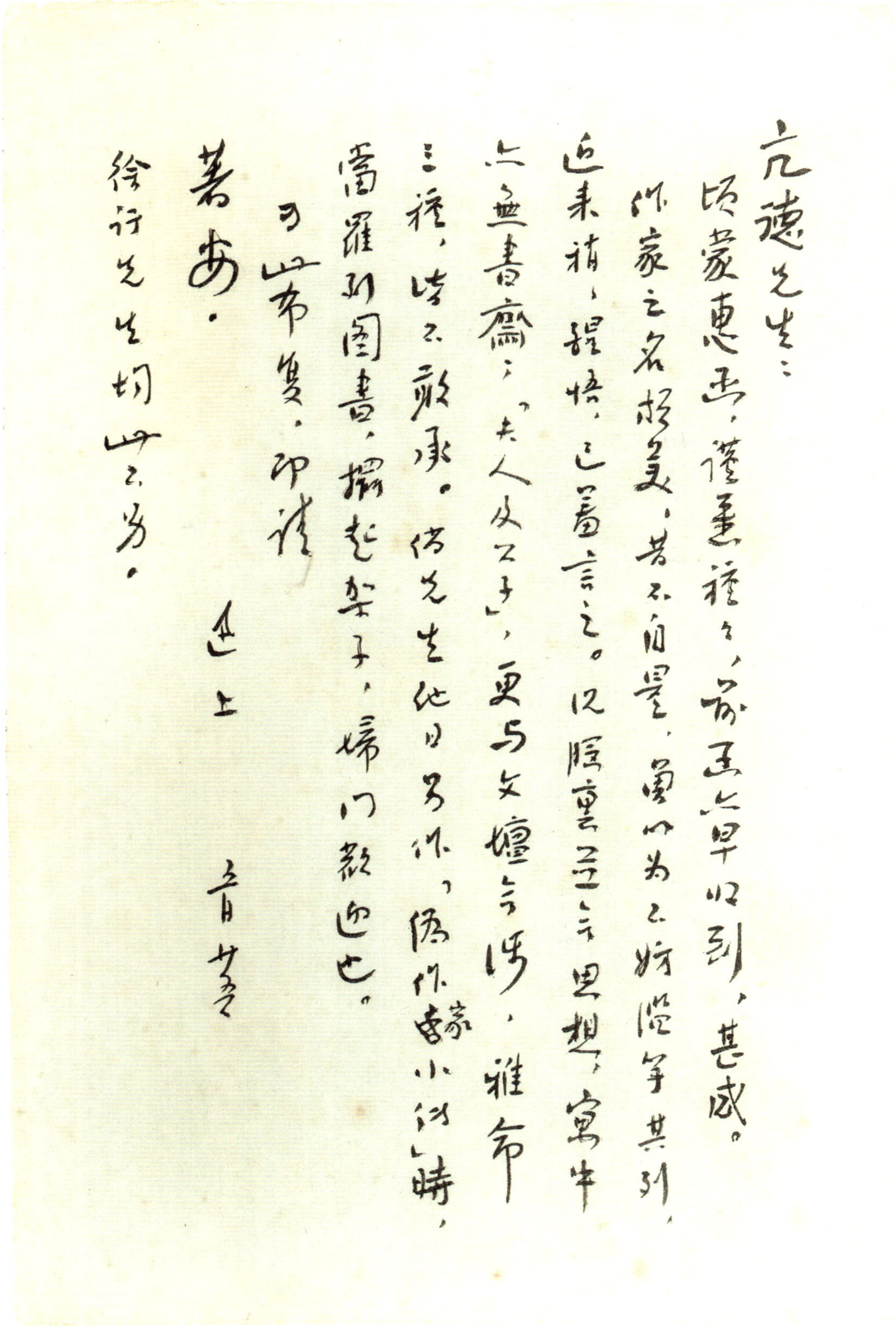
亢德先生：
顷蒙惠函，谨悉种种，前函亦早收到，甚感。作家之名颇美，昔不自量，曾以为不妨滥竽其列，近来稍稍醒悟，已羞言之。以脑里空无思想，寓中亦无书斋，“夫人及公子”，更与文坛无涉，雅命三种，皆不敢承。倘先生他日另作，“伟作家的小说”时，当罗列图书，摆起架子，扫门欢迎也。专此布复，即请
著安。
迅 上 五月廿五
徐讦先生均此不另。

释文

亢德先生：

　　顷蒙惠函，谨悉种种，前函亦早收到，甚感。作家之名颇美，昔不自量，曾以为不妨滥竽其列，近来稍稍醒悟，已羞言之。况脑里并无思想，寓中亦无书斋；『夫人及公子』，更与文坛无涉，雅命三种，皆不敢承。倘先生他日另作『伪作家小传』时，当罗列图书，摆起架子，扫门欢迎也。

　　专此布复，即请

著安。

迅 上 五月廿五日

徐讦先生均此不另。

致陶亢德（一九三四年七月三十一日）

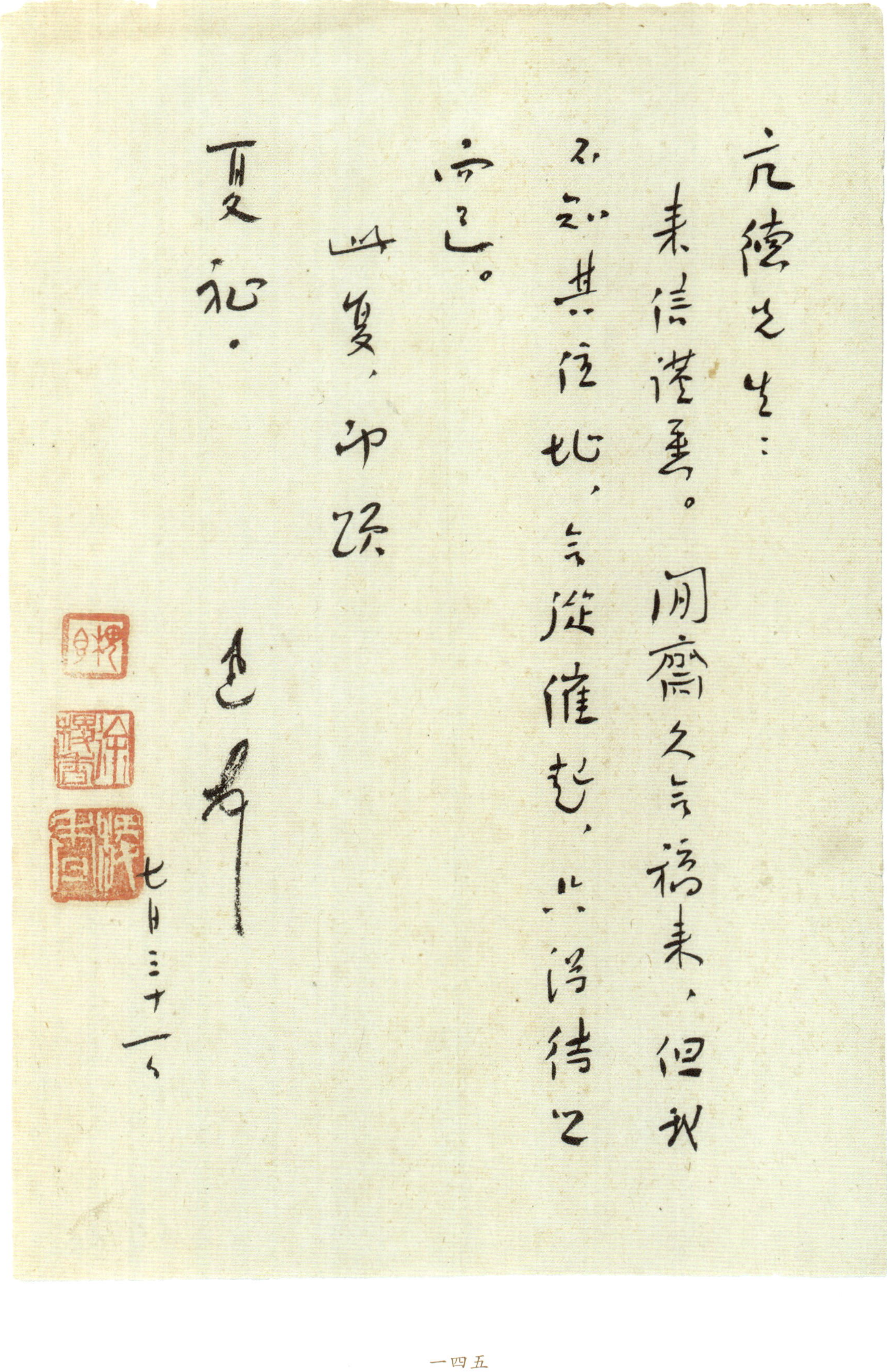
亢德先生：

来信谨悉。间斋久无稿来，但我不知其住址，无从催起，只得待之。

此复，即颂

夏祉。

迅上

七月三十一

释文

亢德先生：

来信谨悉。闲斋久无稿来，但我不知其住址，无从催起，只得待之而已。

此复，即颂

夏祉。

迅 顿首 七月三十一日

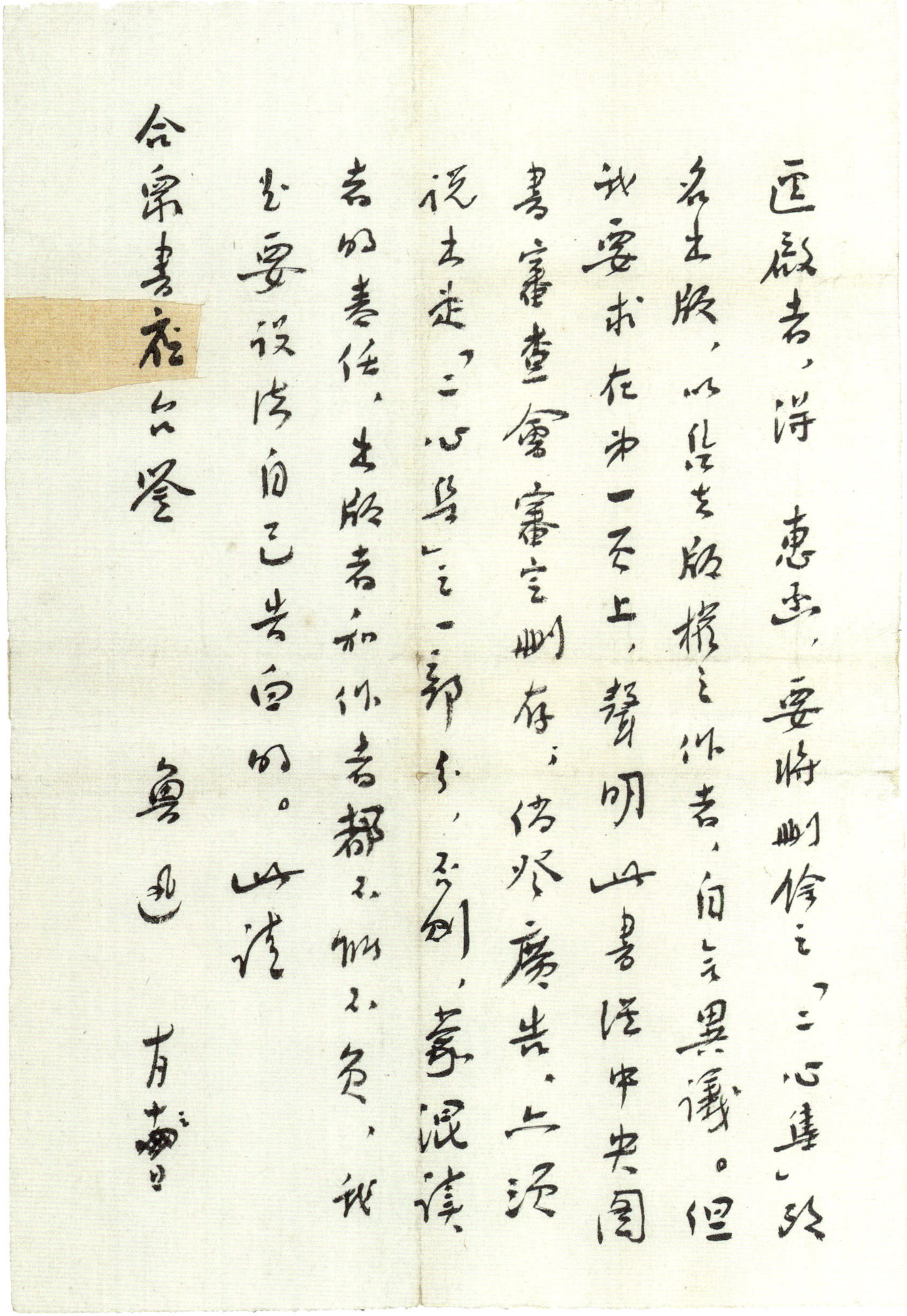
迳启者，得惠函，要将删馀之「二心集」改名出版，以售去版权之作者，自无异议。但我要求在第一页上，声明此书经中央图书审查会审定删存；倘登广告，亦须说明是「二心集」之一部分，否则，蒙混读者的责任，出版者和作者都不能不负，我是要设法自己告白的。此请

合众书店台鉴

鲁迅　十月十三日

释文

径启者，得 惠函，要将删余之《二心集》改名出版，以售去版权之作者，自无异议。但我要求在第一页上，声明此书经中央图书审查会审定删存；倘登广告，亦须说出是《二心集》之一部分，否则，蒙混读者的责任，出版者和作者都不能不负，我是要设法自己告白的。此请

合众书店台鉴

鲁迅 十月十三日

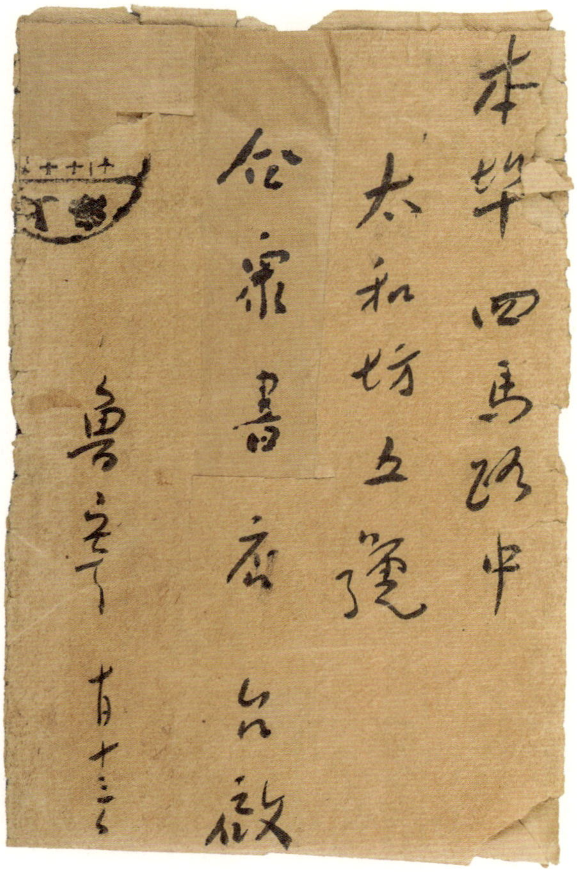

致内山完造（一九三四年十一月十一日）

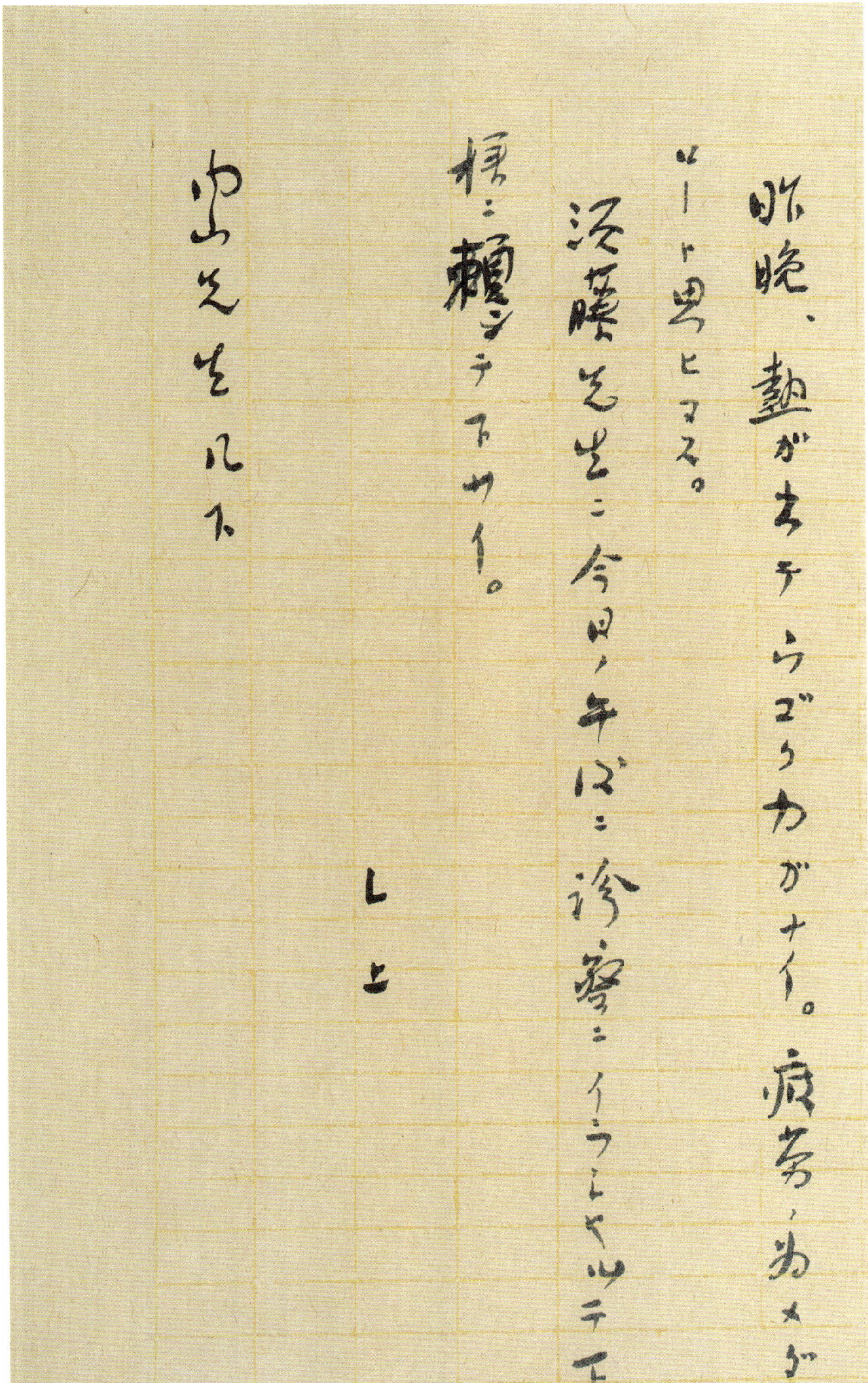
昨晩、熱が出テスゴク力ガナイ。疲労ノ為メダ
ロート思ヒマス。
須藤先生ニ今日ノ午后ニ診察ニイラシヤッテ下サル
様ニ頼ンデ下サイ。
L上
内山先生几下

译文

昨晚发烧，不能行动。想系疲劳所致。拜托你请须藤先生于今日午后来为诊视。

L上（十一月十二日）

内山先生几下

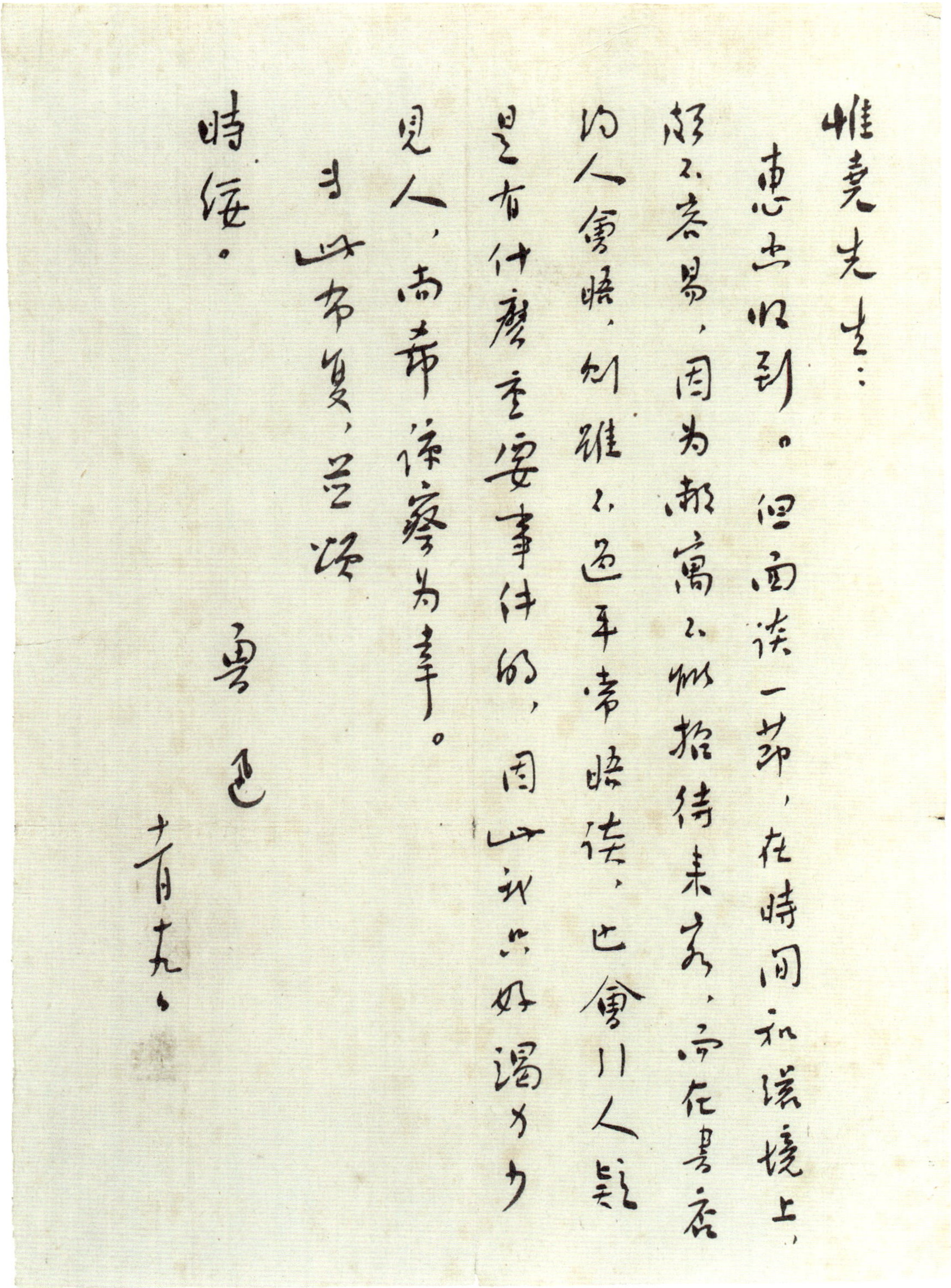

惟尧先生：

惠函收到。面谈一节，在時間和環境上，都不容易，因为敝寓不能招待來客，而在書店約人會晤，則雖不過平常晤談，也會引人疑是有什麼重要事件的，因此我只好竭力少見人，尚希諒察为幸。

專此布復，並頌

時綏。

魯迅

十一月十九日

释文

惟[性]尧先生：

惠函收到。但面谈一节，在时间和环境上，颇不容易，因为敝寓不能招待来客，而在书店约人会晤，则虽不过平常晤谈，也会引人疑是有什么重要事件的，因此我只好竭力少见人，尚希谅察为幸。

专此布复，并颂

时绥。

鲁迅 十一月十九日

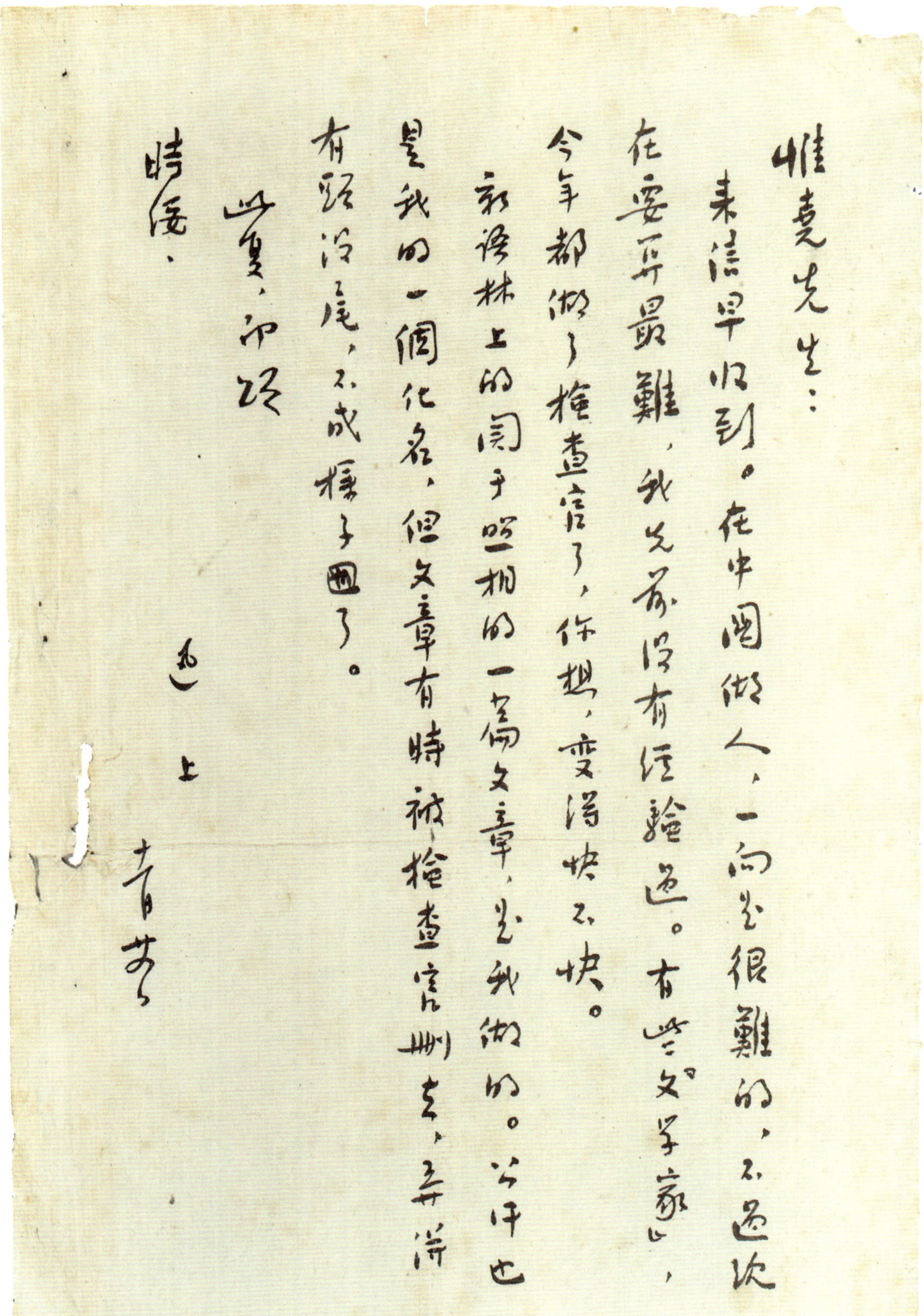

惟尧先生：

来信早收到。在中国做人，一向是很难的，不过此次在要算最难，我先前没有经验过。有些文学家，今年都做了检查官了，你想，变得快不快。新语林上的关于照相的一篇文章，是我做的。那件也是我的一个化名，但文章有时被检查官删去，弄得有头没尾，不成样子罢了。

此复，即颂

时绥。

迅 上

十一月廿四

释文

惟［性］尧先生：

来信早收到。在中国做人，一向是很难的，不过现在要算最难，我先前没有经验过。有些『文学家』，今年都做了检查官了，你想，变得快不快。

《新语林》上的关于照相的一篇文章，是我做的。公汗也是我的一个化名，但文章有时被检查官删去，弄得有头没尾，不成样子了。

此复，即颂

时绥。

迅　上　十一月廿四日

致金性尧（一九三四年十一月二十八日）

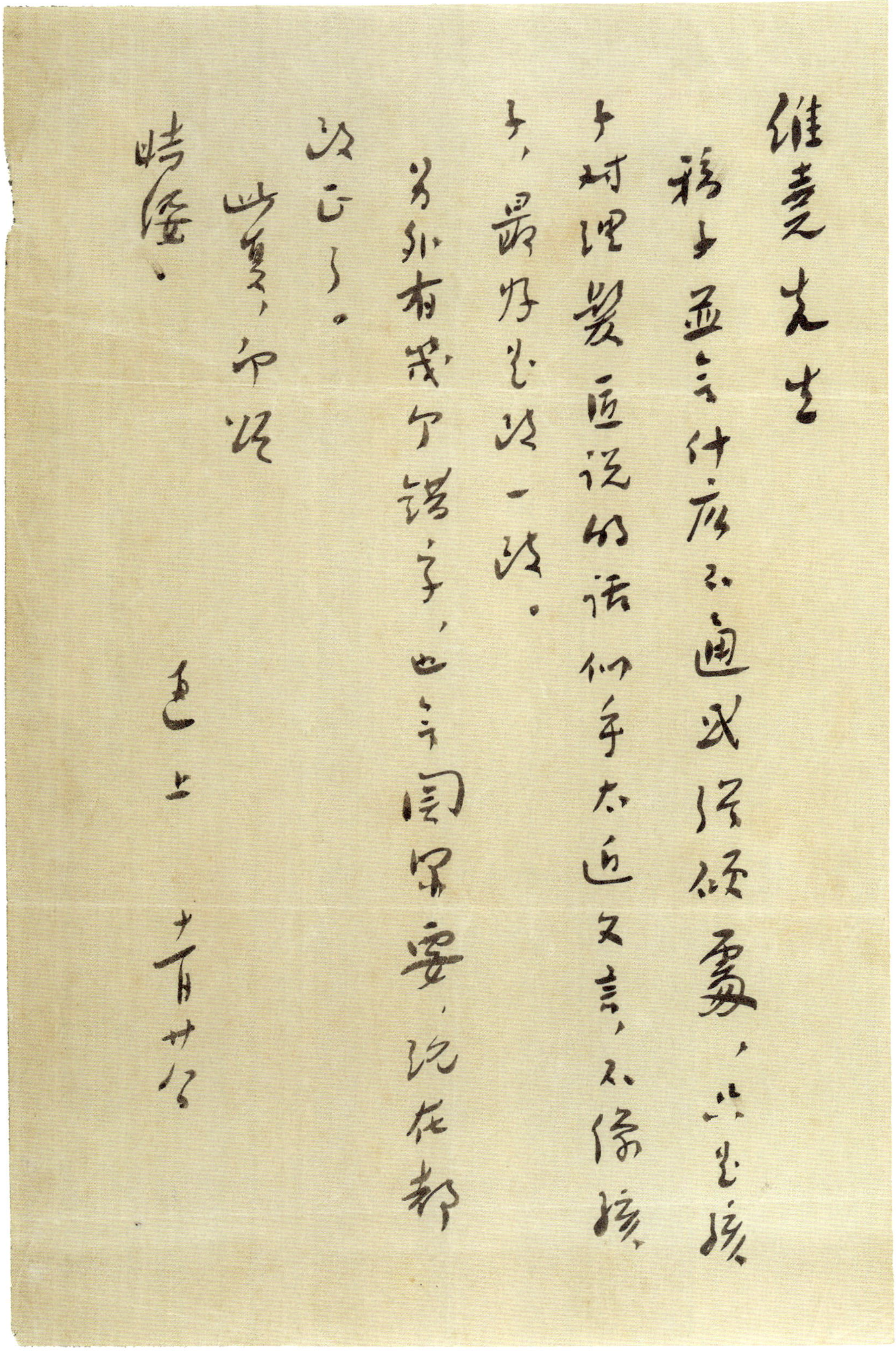
维尧先生：
稿子并无什么不通或很坏处，只是孩子对理发匠说的话似乎太近文言，不像孩子，最好是改一改。
另外有几个错字，也无关紧要，现在都改正了。
此复，即颂
时绥。
迅 上 十一月廿八

释文

维［性］尧先生：

稿子并无什么不通或强硬处，只是孩子对理发匠说的话似乎太近文言，不像孩子，最好是改一改。

另外有几个错字，也无关紧要，现在都改正了。

此复，即颂

时绥。

迅 上 十一月廿八日

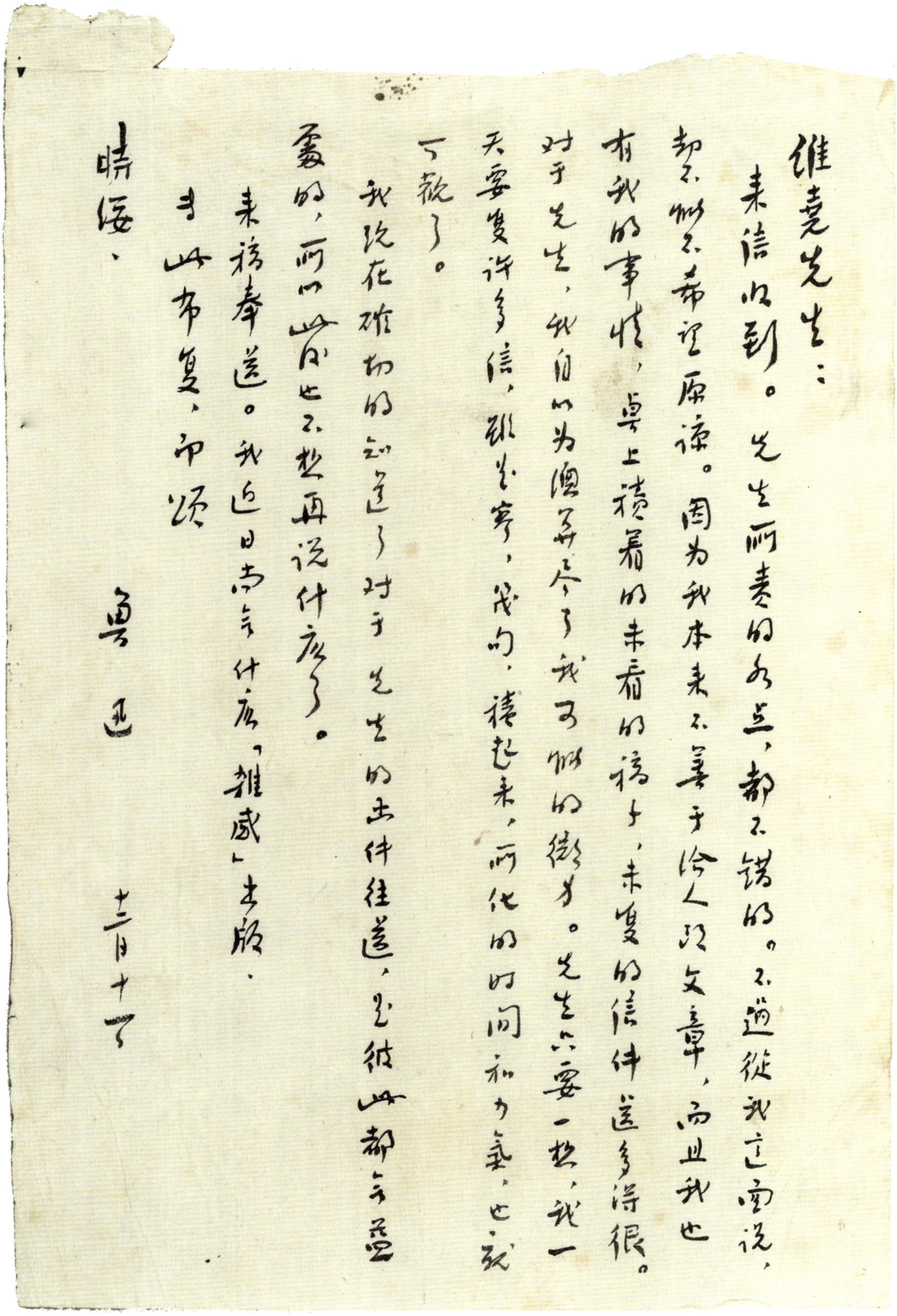

维尧先生：

来信收到。先生所责的各点，都不错的。不过从我这面说，却不能不希望原谅。因为我本来不善于给人改文章，而且我也有我的事情，桌上积着的未看的稿子，未复的信件还多得很。对于先生，我自以为总算尽了我可能的微力。先生只要一想，我一天要复许多信，跑书寄，代购，积起来，所化的时间和力气，也就不少了。

我现在确切的知道了对于先生的函件往还，是彼此都无益处的，所以此后也不想再说什么了。

来稿奉还。我近日也无什么「杂感」出版。

专此布复，即颂

时绥。

鲁迅　十二月十一

释文

维［性］尧先生：

来信收到。先生所责的各点，都不错的。不过从我这面说，却不能不希望原谅。因为我本来不善于给人改文章，而且我也有我的事情，桌上积着的未看的稿子，未复的信件还多得很。对于先生，我自以为总算尽了我可能的微力。先生只要一想，我一天要复许多信，虽是寥寥几句，积起来，所化的时间和力气，也就可观了。

我现在确切的知道了对于先生的函件往还，是彼此都无益处的，所以此后也不想再说什么了。

来稿奉还。我近日尚无什么『杂感』出版。

专此布复，即颂

时绥。

鲁迅 十二月十一日

致许寿裳（一九三四年十二月二十六日）

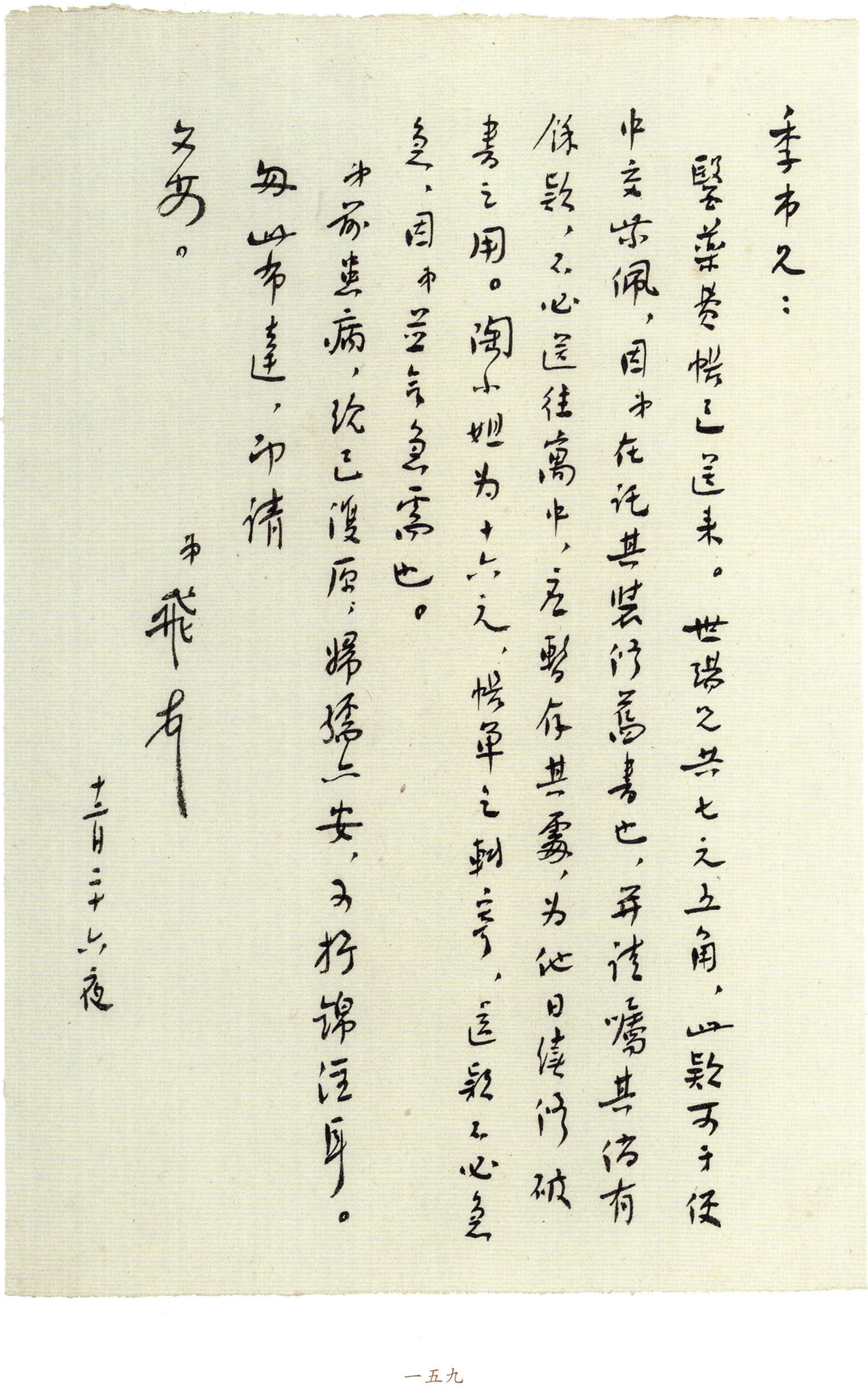

季市兄：

醫藥費帳已送來。世瑛之共七元五角，此款可於便中交紫佩，因弟在托其裝修舊書也，並請囑其倘有餘款，不必送往寓中，應暫存其處，為他日續修破書之用。陶小姐為十六元，帳單亦封寄，送款不必急急，因弟並無急需也。

弟前患病，現已復原，婦孺亦安，可抒錦注耳。

此布達，即請

文安。

弟 飛 頓首

十二月二十六夜

释文

季市兄：

医药费帐已送来。世玚兄共七元五角，此款可于便中交紫佩，因弟在托其装修旧书也，并请嘱其倘有余款，不必送往寓中，应暂存其处，为他日续修破书之用。陶小姐为十六元，帐单乞转寄，还款不必急急，因弟并无急需也。

弟前患病，现已复原；妇孺亦安，可抒锦注耳。

匆此布达，即请

文安。

弟飞　顿首　十二月二十六夜

季巿兄：

去年寄奉一函並醫院帳目，想早達覽。近聞鄭君振鐸，頗有不欲久居燕大之意，此君熱心好學，世所聞知，倘其投閒，至爲可惜。因思今夫秋起，學院中不知可請其教授文學否？渠無色采，又不詭隨，在諸生間，當無反對者。以上不揣冒昧，貢其愚忱，倘其有當，尚希採擇，將來或直接接洽，或由弟居中紹介，均無不可。如何之處，且希示復也。專此布達，並請

教安。

弟 飛 頓首

一月九夜。

释文

季市兄：

去年寄奉一函并医院帐目，想早达览。近闻郑君振铎，颇有不欲久居燕大之意，此君热心好学，世所闻知，倘其投闲，至为可惜。因思今天［年］秋起，学院中不知可请其教授文学否？既无色采，又不诡随，在诸生间，当无反对者。以是不揣冒昧，贡其愚忱，倘其有当，尚希采择，将来或直接接洽，或由弟居中绍介，均无不可。如何之处，且希示复也。专此布达，并请

教安。

弟飞　顿首　一月九夜。

季巿兄：

從曹君來信，知兄患肋膜炎入院，以已痊愈，頃又知兄已于二星期寄函，但此函竟未收到，必已失落矣。

弟等均如常，但敷衍孩子，譯作，看稿，忙亦無聊，在自己這方面，我于毫無生趣耳。

蔡先生又在忙筆會；語堂為提倡語錄體，在此我成衆矢之的，然此公亦誠太淺陋也。

專此布達，並頌

春祺。

弟 飛 頓首

三月二十三日

24年

释文

季市兄：

从曹君来信，知兄患肺膜炎入院，后已痊愈，顷又知兄曾于二星期前赐函，但此函竟未收到，必已失落矣。

弟等均如常，但敷衍孩子，译作，看稿，忙而无聊，在自己这方面，几于毫无生趣耳。

蔡先生又在忙笔会；语堂为提倡语录体，在此几成众矢之的，然此公亦诚太浅陋也。

专此布达，并颂

春绥。

弟飞 顿首 三月二十三日

季市兄：

顷奉到三月三十日手示，知两星期前并无信，盖书〔居〕误听耳。上月一日函及月底一信，均已收到无误，似尔时忙于译书，遂未奉复。近亦仍忙，颇苦于事多而读少，长此以往，必将空疏。但我果尔小说，则因出版者并未催促，遂又中止，亦未知何时得完也。

专此布复，并颂

春绥。

弟 飞 树

四月二日

24年

释文

季市兄：

顷奉到三月三十日手示，知两星期前并无信，盖曹君误听耳。五［三］月一日函及月底一信，均已收到无误，似尔时忙于译书，遂未奉复。近亦仍忙，颇苦于写多而读少，长此以往，必将空疏。但果戈尔小说，则因出版者并未催促，遂又中止，正未知何时得完也。

专此布复，敬颂

春绥。

弟飞　顿首　四月二日

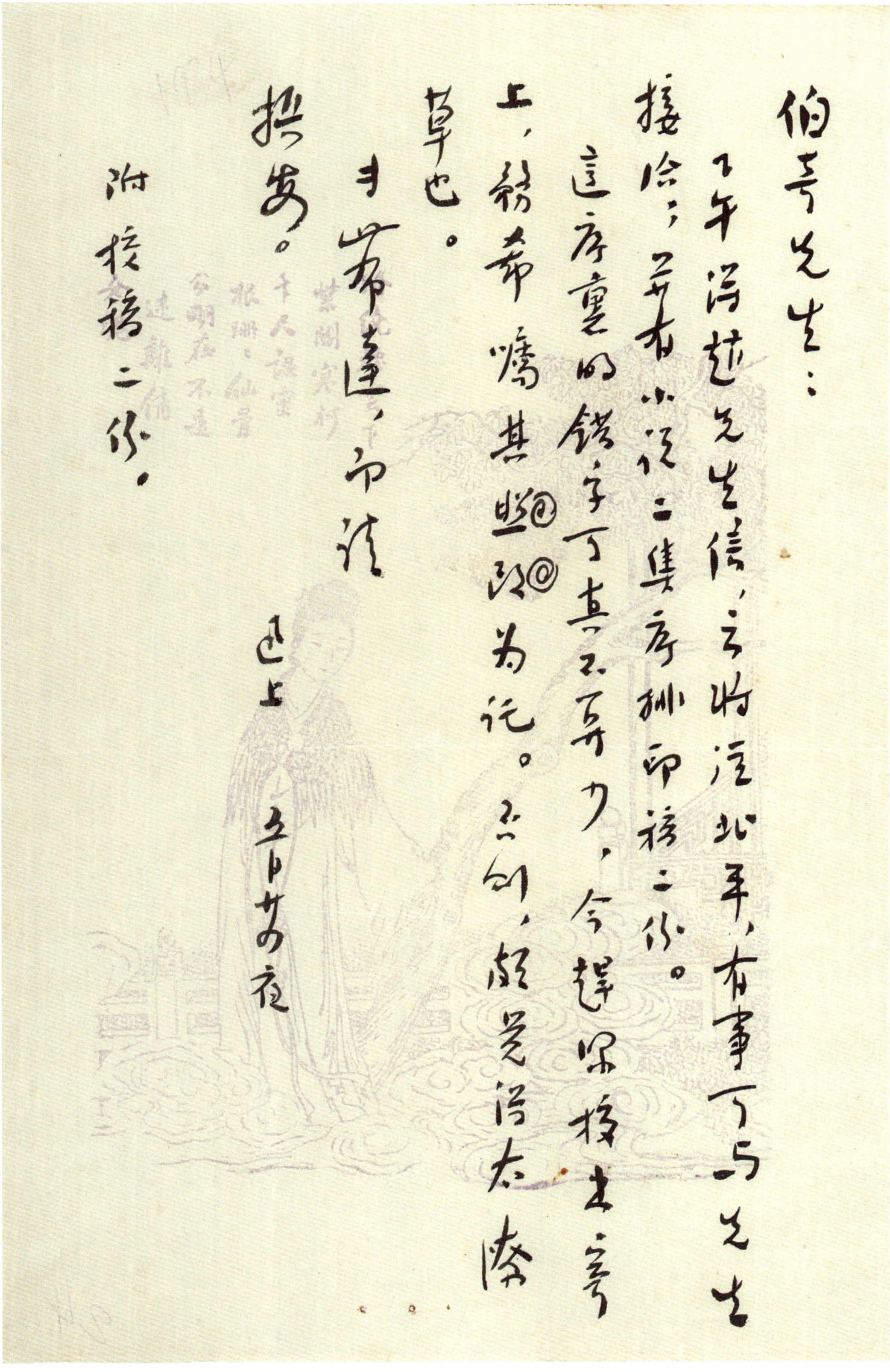
伯奇先生：

下午得趙先生信，言將往北平，有事可與先生接洽，並有小說二集序排印稿二份。這序裏的錯字可真不算少，今將原校本寄上，務希囑其照改為託。又例，頗覺得太潦草也。

專此布達，即請

撰安。

迅上　五月廿四夜

附校稿二份。

释文

伯奇先生：

下午得赵先生信，云将往北平，有事可与先生接洽；并有《小说二集序》排印稿二份。

这序里的错字可真不算少，今赶紧校出寄上，务希嘱其照改为托。否则，颇觉得太潦草也。

专此布达，即请

撰安。

迅上 五月廿四夜

附校稿二份。

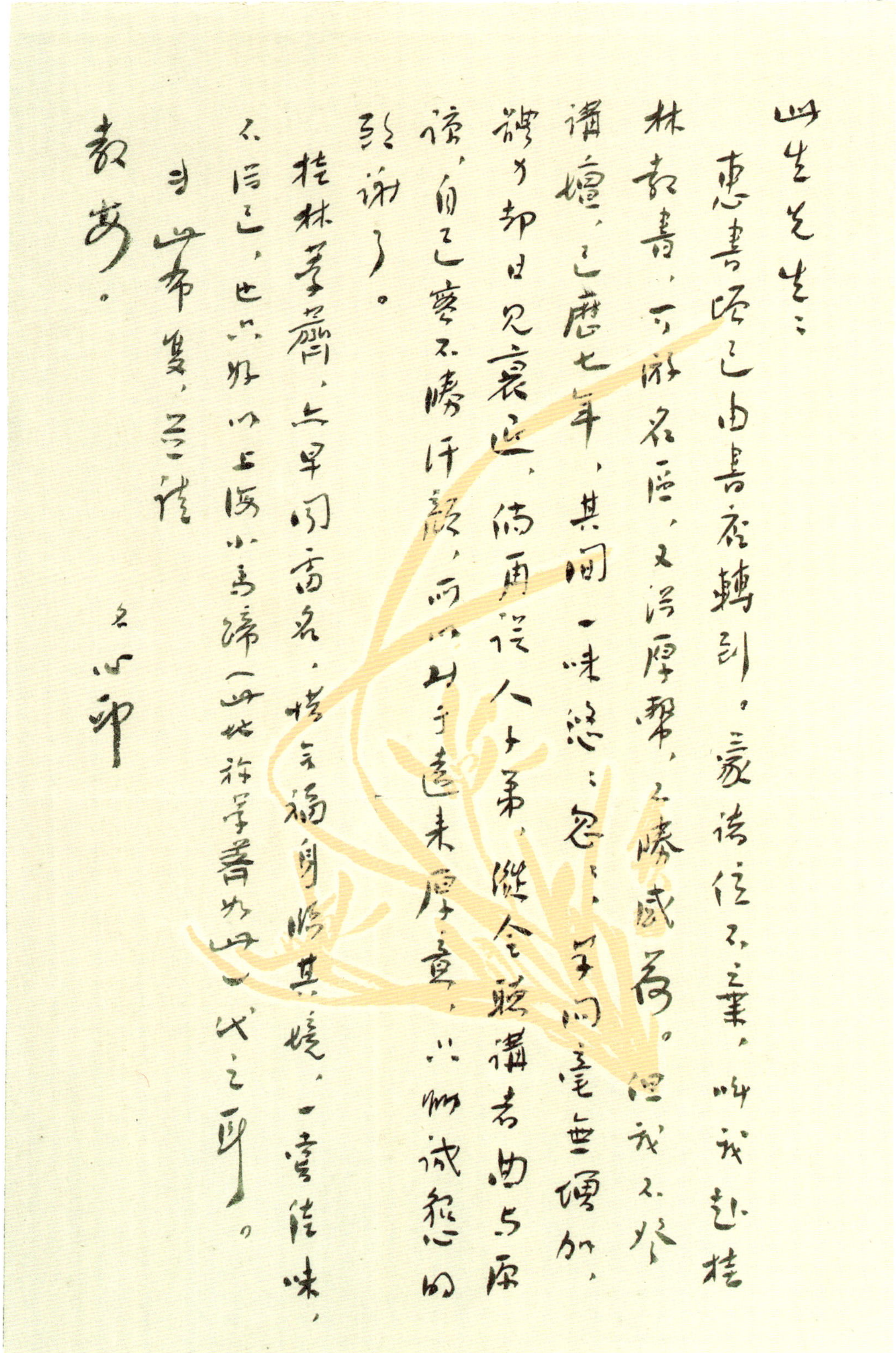

此生先生：

惠书顷已由书店转到。蒙诸位不弃，嘱我赴桂林教书，可游名区，又得厚币，不胜感荷。但我不登讲坛，已历七年，其间一味悠悠忽忽，学问毫无增加，讲授却日见衰退，倘再误人子弟，纵令听讲者曲予原谅，自己总不胜汗颜，所以对于远来厚意，只好诚恳的致谢了。

桂林荸荠，亦早闻雷名，惜无福身临其境，一尝佳味，不得已，也只好以上海小马蹄（一名地栗又名荸荠）代之耳。

专此布复，并请

教安。

名心印

释文

此生先生：

惠书顷已由书店转到。蒙诸位不弃，叫我赴桂林教书，可游名区，又得厚币，不胜感荷。但我不登讲坛，已历七年，其间一味悠悠忽忽，学问毫无增加，体力却日见衰退。倘再误人子弟，纵令听讲者曲与原谅，自己实不胜汗颜，所以对于远来厚意，只能诚恳的致谢了。

桂林荸荠，亦早闻雷名，惜无福身临其境，一尝佳味，不得已，也只好以上海小马蹄（此地称荸荠如此）代之耳。

专此布复，并请

教安。

名心印（六月十七日）

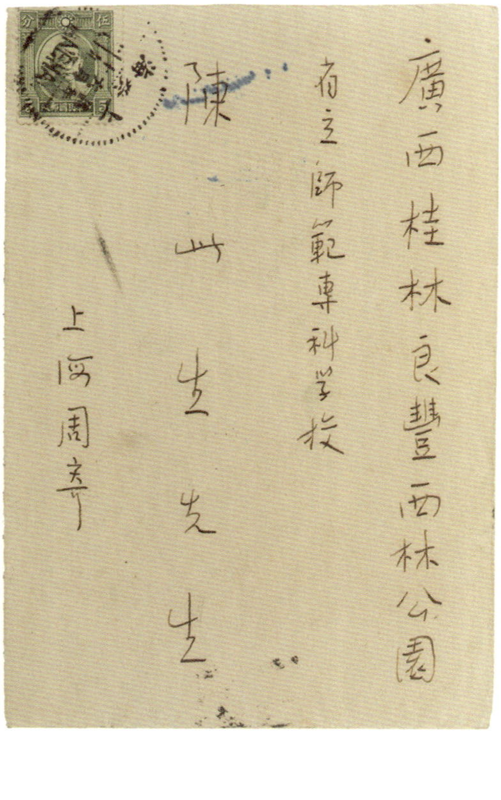

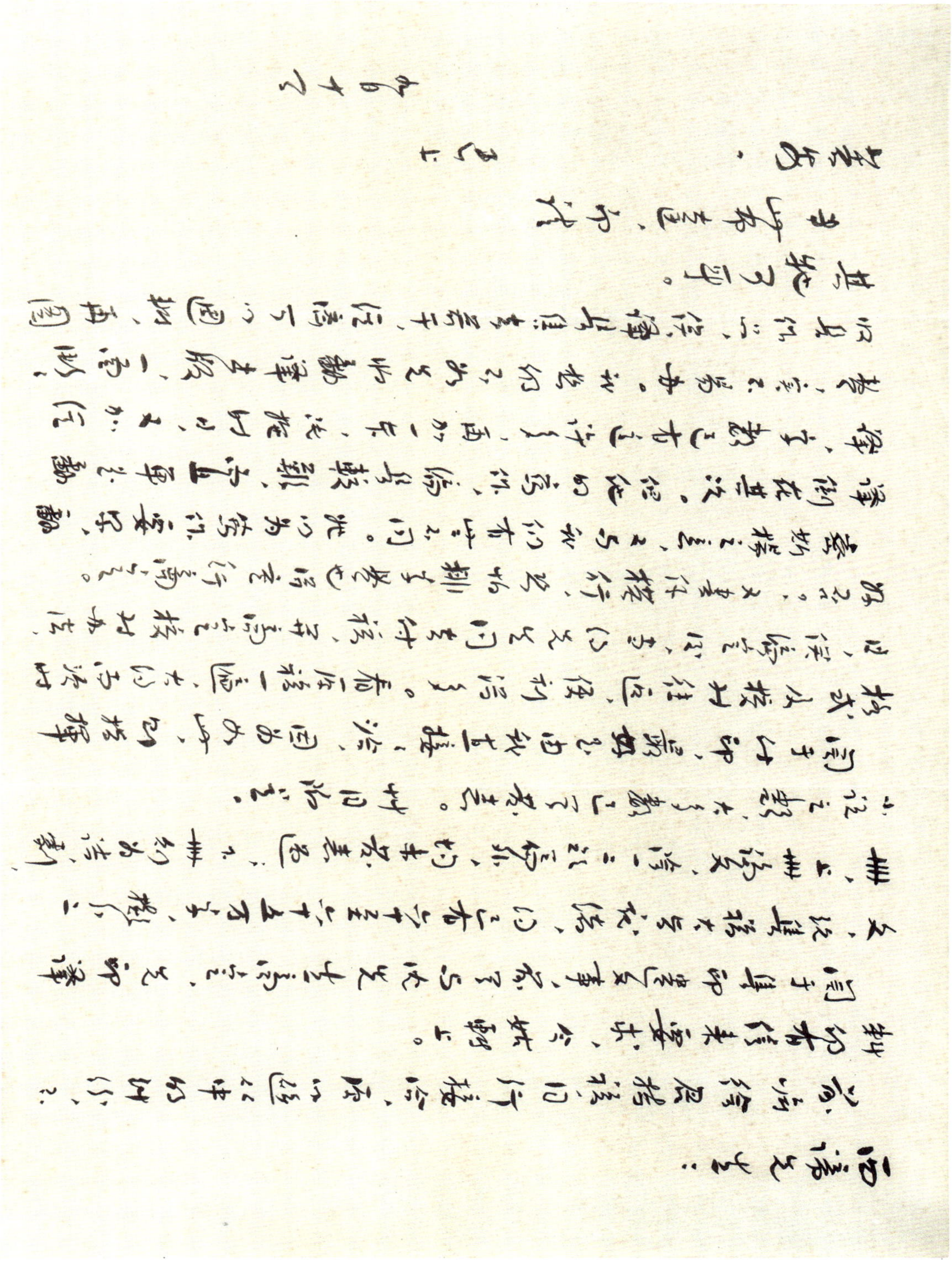
西谛先生：

前嘱给屈君转稿，日行接洽，顷以继以中的刊行，已料印有信来要求，今姑转上。

关于集印遗文事，前曾与沈先生商定，先印译文，次集稿大约已就绪，约已有六十至六十五万字，拟分二册，上册论文，除一二篇外，均未发表过；下册为诗，剧，小说之类，大多数已经发表。卅日始毕。

关于付印，最好是由我直接接洽，因为如此，则指挥格式及校对往返，便利得多。看原稿一遍，大约尚须时日，俟编定后，当约先生同去付稿，并商定校对办法，好否？又书係横行，恐怕排字费也得重行商定。

密斯杨之意，又与我们有些不同。他以为写作要紧，翻译倒在其次。但他的写作，篇幅较短，而且单是翻译，字数已有这许多，再加一本，决非短时日，又加经费，实不易办。我想仍不如先将翻译出版，一面收集作品，俟译集出若干，经济可以周转，再图其他可乎。

专此布达，即请

著安。

迅上

九月十一日

上册：

1. 现实（现实主义文学论）
2. 论Tolstoi（Lenin）
3. M. Gorky 论文选集
4. 〃 拾遗
5. 译文杂拾

—

下册：

1. 市侩颂（M. Gorky）
2. 没工夫唾骂（D. Bedniy）
3. 解放了的Don Quixote（A. Lunacharsky）
4. M. Gorky 早期小说二篇
5. 〃 社会小说选集
6. 〃 四十年（残稿）
7. 第十三篇小说（P. Pavlenko）

释文

西谛先生：

前嘱徐君持稿自行接洽，原以避从中的纠纷，不料仍有信来要求，今姑转上。

关于集印遗文事，前曾与沈先生商定，先印译文。现集稿大旨就绪，约已有六十至六十五万字，拟分二册，上册论文，除一二短篇外，均未发表过；下册则为诗，剧，小说之类，大多数已曾发表。草目附呈。

关于付印，最好是由我直接接洽，因为如此，则指挥格式及校对往返，便利得多。看原稿一遍，大约尚须时日，俟编定后，当约先生同去付稿，并商定校对办法，好否？又书系横行，恐怕排字费也得重行商定。

密斯杨之意，又与我们有些不同。她以为写作要紧，翻译倒在其次。但他的写作，编集较难，而且单是翻译，字数已有这许多，再加一本，既拖时日，又加经费，实不易办。我想仍不如先将翻译出版，一面渐渐收集作品，俟译集售去若干，经济可以周转，再图其它可耳。

专此布达，即请

著安。

迅　上　九月十一日

上册：

1. 现实（现实主义文学论）
2. 论 Tolstoi（Lenin）
3. M. Gorky 论文选集
4. M. Gorky 论文拾遗
5. 译文杂拾

下册：

1. 市侩颂（M. Gorky）
2. 没工夫唾骂（O. Bediny）
3. 解放了的 Don Quixote（A. bunachaieky）
4. M. Gorky 早期小说二篇

5. M. Gorky 短篇小说选集

6. M. Gorky 四十年（残稿）

7. 第十三篇小说（P. Paulenko）

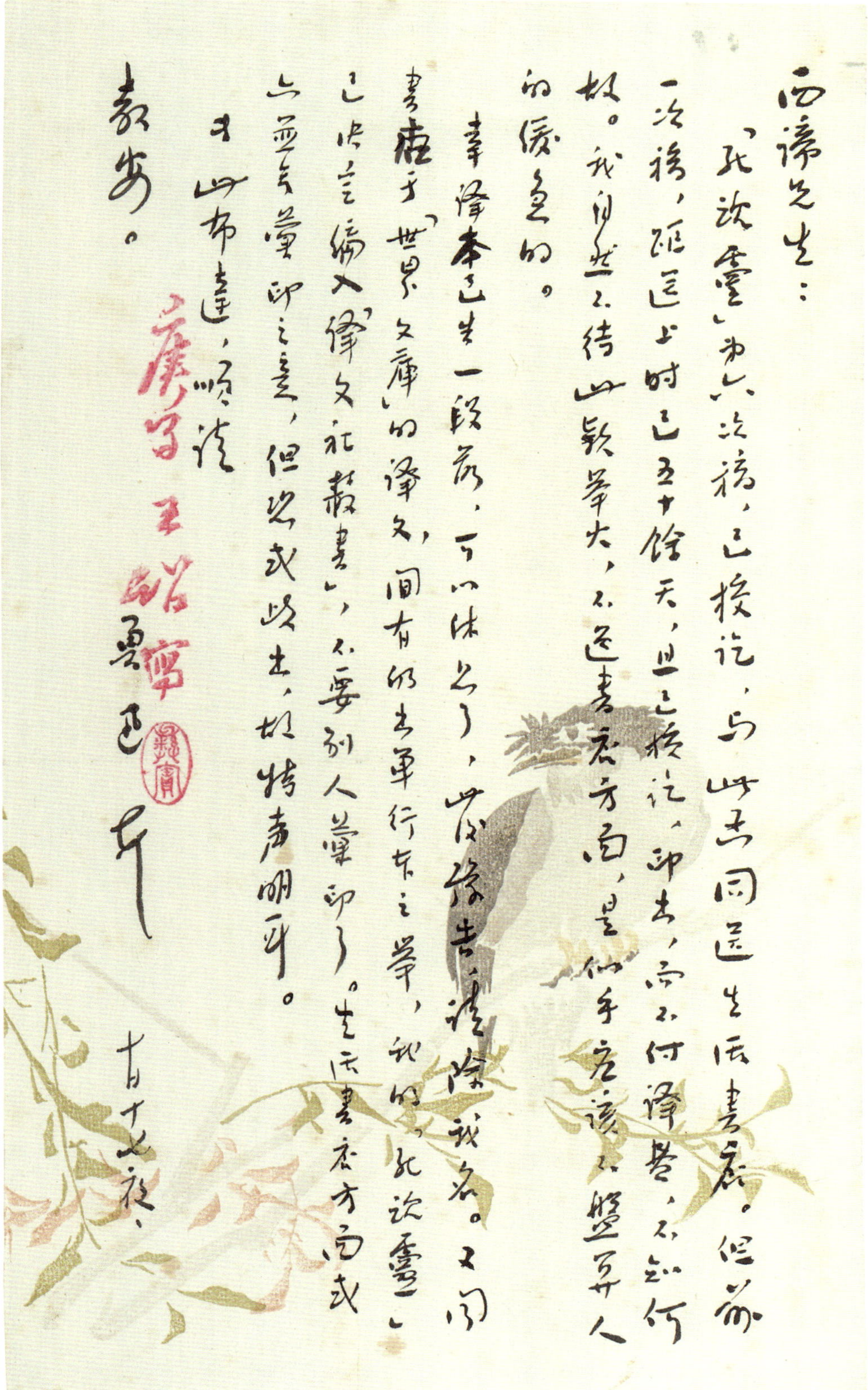
西谛先生：

「死魂灵」第六次稿，已校讫，与此书同送生活书店。但前一次稿，距送出时已五十余天，且已校讫，印出，而不付译费，不知何故。我自然不待此款举火，不过书店方面，是似乎应该不等别人的催急的。

幸译本已出一段落，可以休止了，此后告请除我名。又闻书店于「世界文库」的译文，间有仍出单行本之举，我的「死魂灵」已决定编入「译文社丛书」，不要别人汇印了。生活书店方面或亦并无汇印之意，但恐或收出，故特声明耳。

专此布达，顺请

著安。

迅上

十月十七夜

释文

西谛先生：

《死魂灵》第六次稿，已校讫，与此函同送生活书店。但前一次稿，距送上时已五十余天，且已校讫，印出，而不付译费，不知何故。我自然不待此款举火，不过书店方面，是似乎应该不盘算人的缓急的。

幸译本已告一段落，可以休息了，此后豫告，请除我名。又闻书店于《世界文库》的译文，间有仍出单行本之举，我的《死魂灵》已决定编入《译文社丛书》，不要别人汇印了。生活书店方面或亦并无汇印之意，但恐或歧出，故特声明耳。

专此布达，顺请

教安。

鲁迅 顿首 十月十七夜。

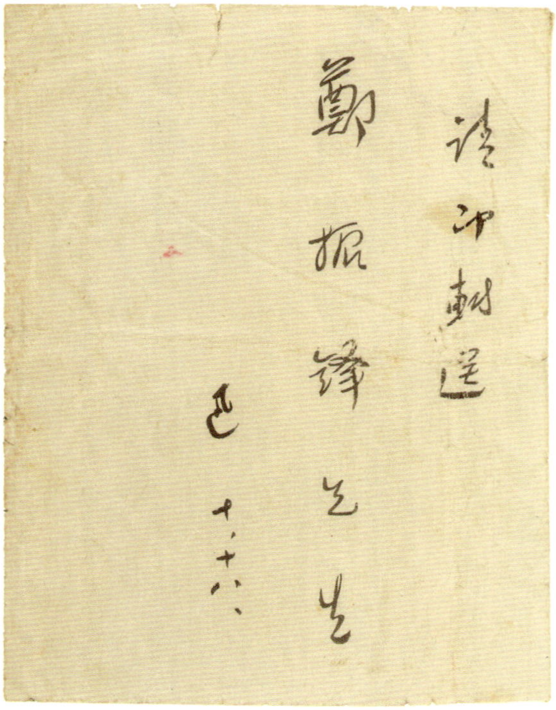

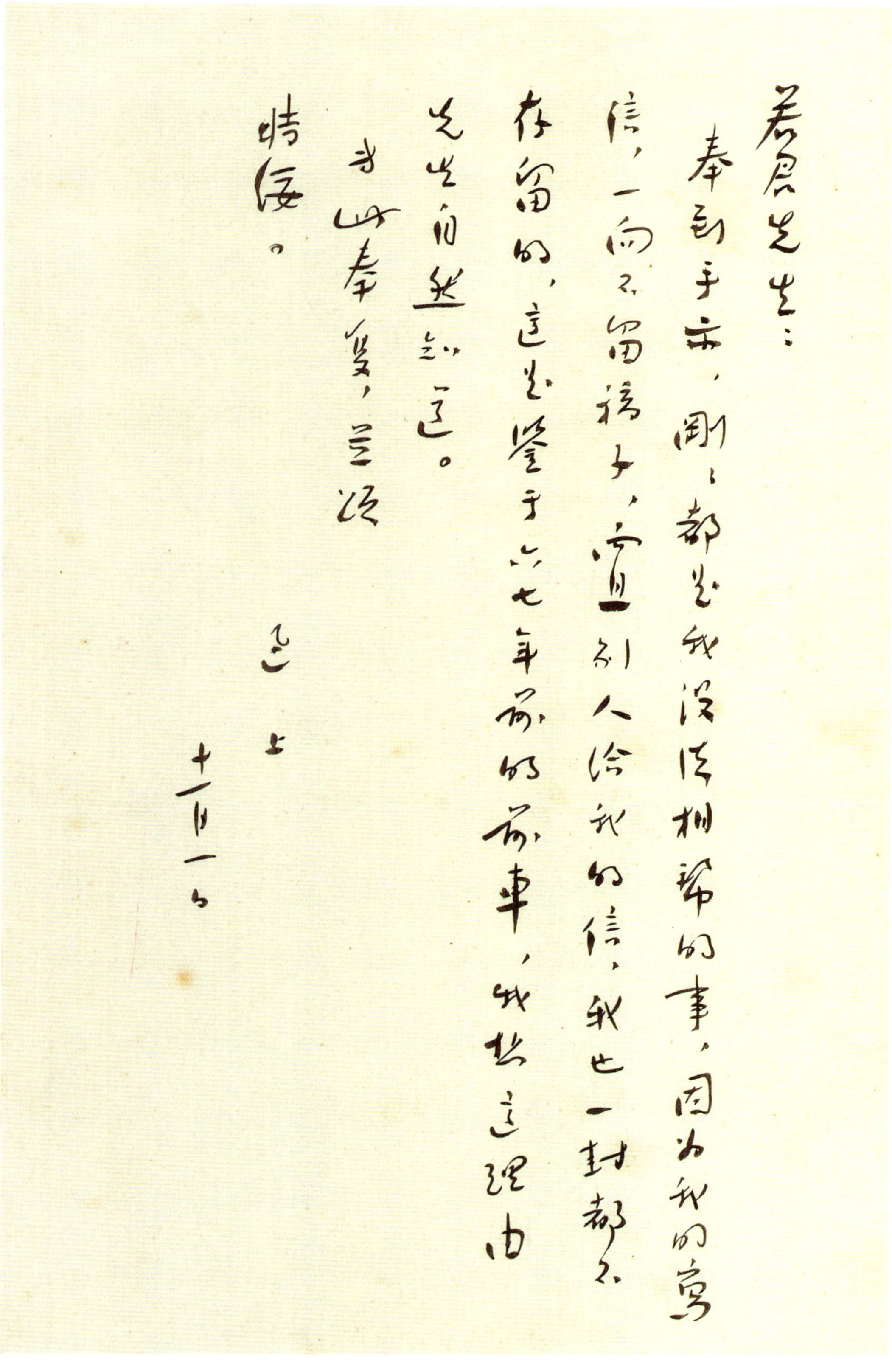

若君先生：

奉到手示，刚刚都是我没法相帮的事，因为我的写信，一向不留稿子，别人给我的信，我也一封都不存留的，这是鉴于六七年前的前车，我想这理由先生自然知道。

专此奉复，并颂

时绥。

迅　上

十一月一日

释文

若君先生：

奉到手示，刚刚都是我没法相帮的事，因为我的写信，一向不留稿子，而且别人给我的信，我也一封都不存留的，这是鉴于六七年前的前车，我想这理由先生自然知道。

专此奉复，并颂

时绥。

迅 上 十一月一日

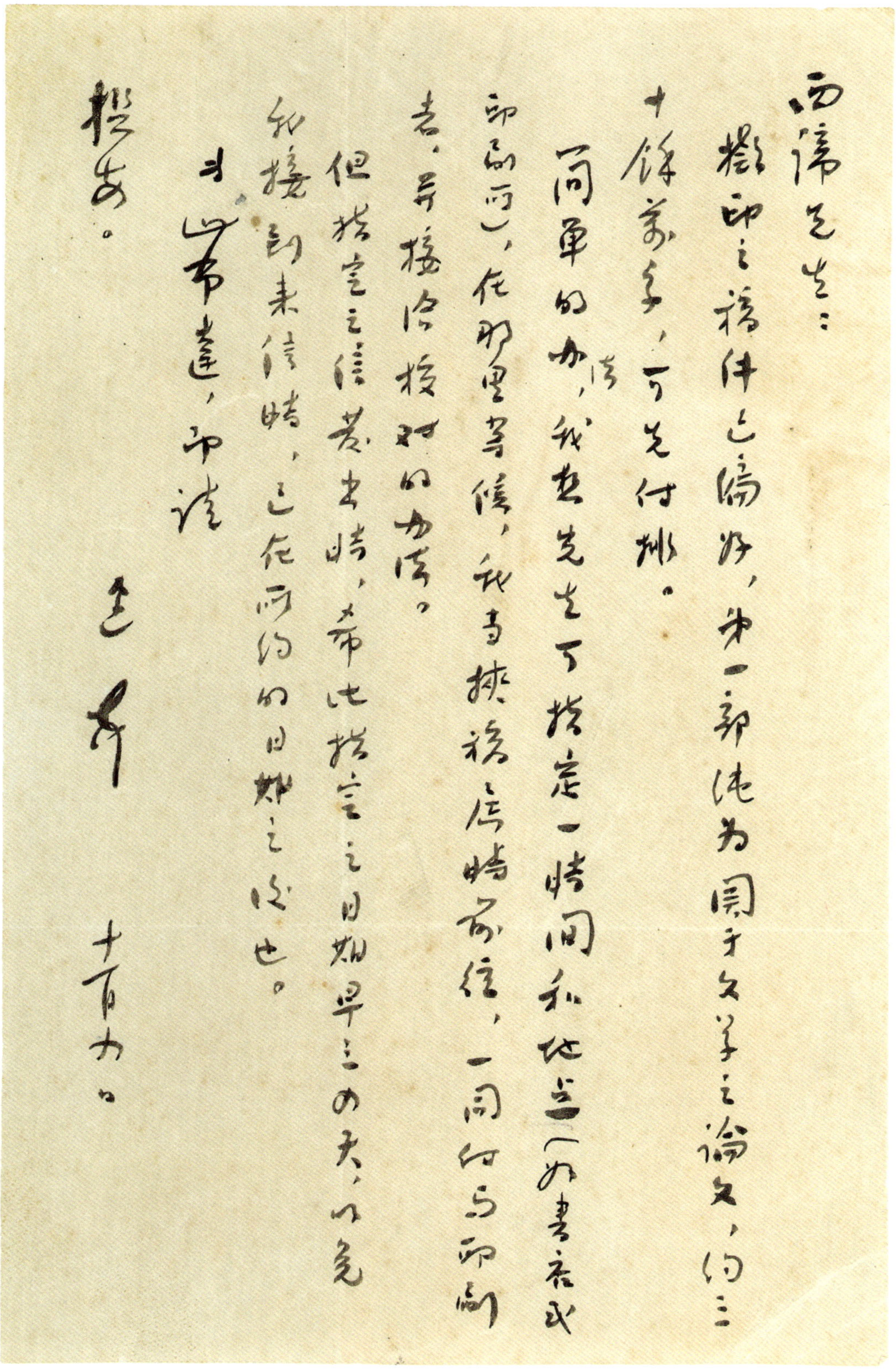

西谛先生：

翻印之稿件已编好，第一部拟为同一尺寸之论文，约三十余叶，可先付排。

简单的办法，我想先生可指定一时间和地点（如书店或印刷所），在那里等候，我当携稿届时前往，一同付与印刷者，并接洽校对的办法。

但指定之信若来时，希比指定之日期早三四天，以免我接到来信时，已在所约的日期之后也。

专此布达，即请

撰安。

迅　上

十一月四日

释 文

西谛先生：

拟印之稿件已编好，第一部纯为关于文学之论文，约三十余万字，可先付排。

简单的办法，我想先生可指定一时间和地点（如书店或印刷所），在那里等候，我当挟稿届时前往，一同付与印刷者，并接洽校对的办法。

但指定之信发出时，希比指定之日期早三四天，以免我接到来信时，已在所约的日期之后也。

专此布达，即请

撰安。

迅 顿首 十一月四日

致赵景深（一九三五年十二月二十三日）

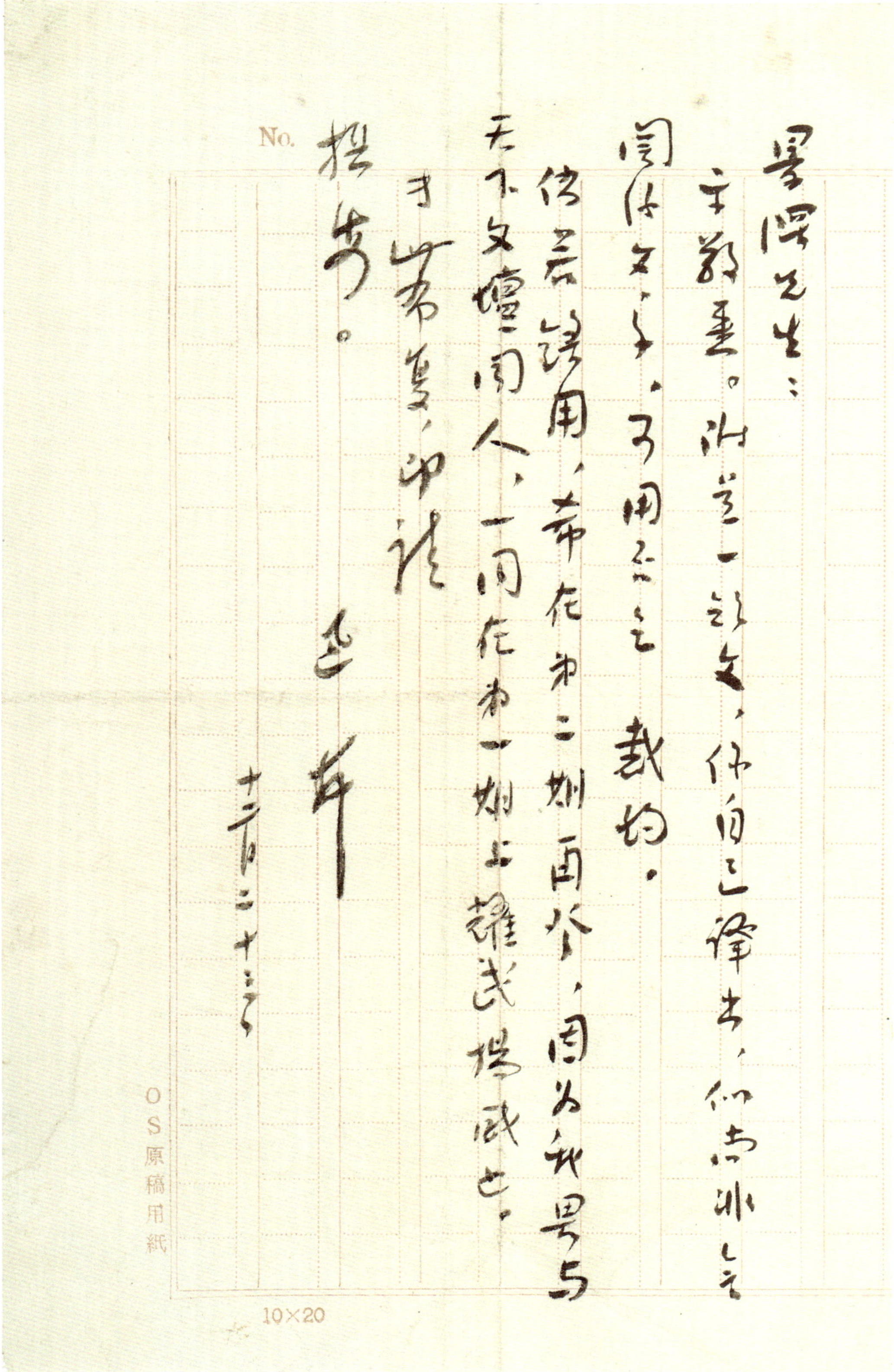

景深先生：
手翰奉。附呈一篇文，係自己譯出，但亦非新作，閱後不合，可用否，乞 裁酌。倘若錄用，希在第二期面世，因為我是與天下文壇聞人，一同在第一期上耀武揚威也。
專此布復，即請
撰安。
迅 上
十二月二十三日

释文

景深先生：

示敬悉。附呈一短文，系自己译出，似尚非无关系文字，可用否乞　裁酌。

倘若录用，希在第二期再登，因为我畏与天下文坛闻人，一同在第一期上耀武扬威也。

专此布复，即请

撰安。

迅　顿首　十二月二十三日

致黄苹荪（一九三六年二月十日）

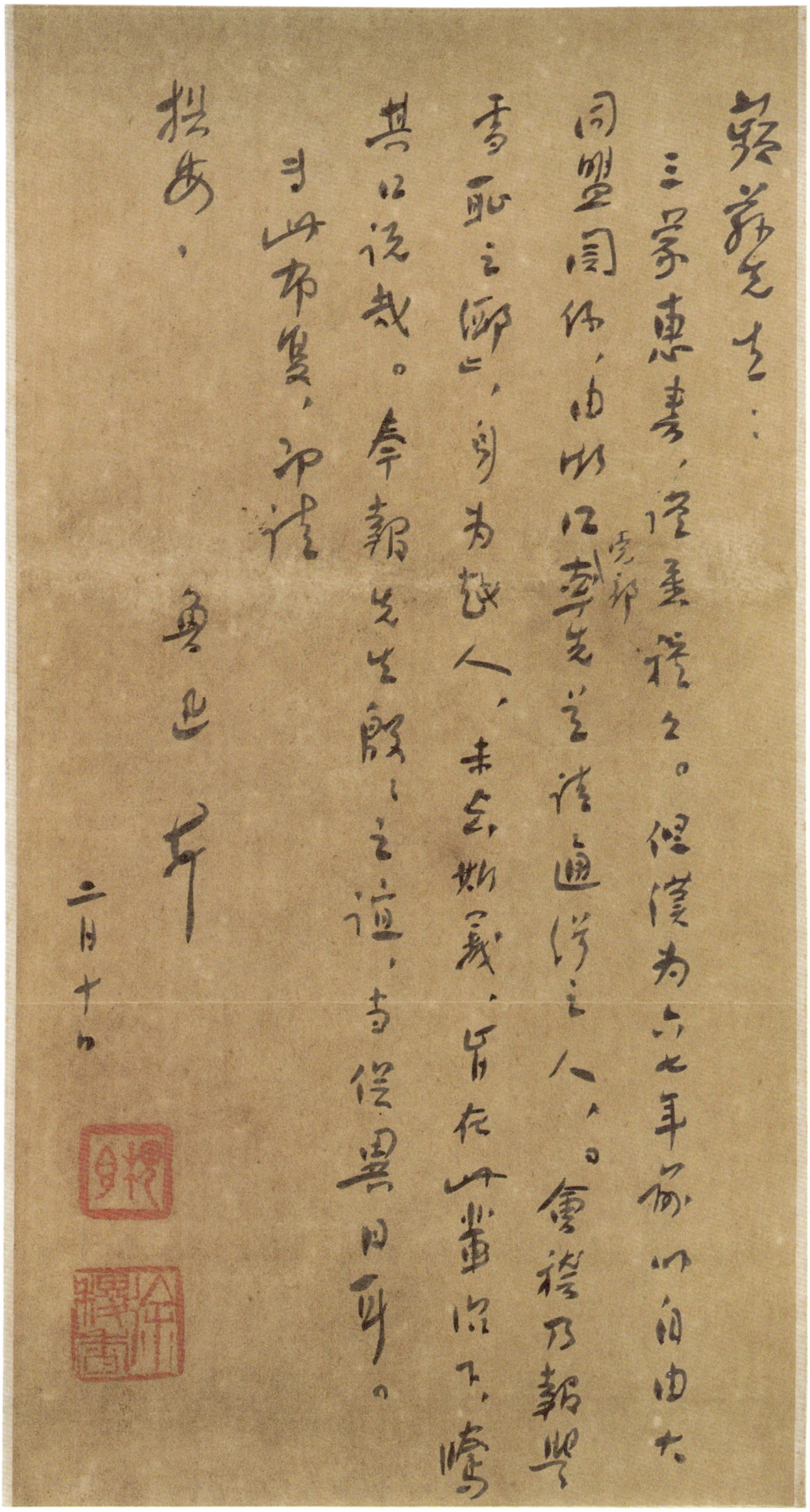

苹荪先生：

三蒙惠书，谨悉种种。但仆为六七年前以自由大同盟关系，由浙江党部率先呈请通缉之人，会稽乃报仇雪耻之乡，身为越人，未忘斯义，肯在此辈治下，腾其口说哉。奉报先生殷殷之谊，当俟异日耳。专此布复，即请

撰安。

鲁迅　启

二月十日

释文

苹荪先生：

三蒙惠书，谨悉种种。但仆为六七年前以自由大同盟关系，由浙江党部率先呈请通缉之人，『会稽乃报仇雪耻之乡』，身为越人，未忘斯义，肯在此辈治下，腾其口说哉。奉报先生殷殷之谊，当俟异日耳。

专此布复，即请

撰安。

鲁迅 顿首 二月十日

晋豪先生：

惠示收到。

关于少年读物，诚然是一个大问题；偶然看到一点印出来的东西，内容和文章，都没有生气，受了这种的教育，少年的前途可想。不过改进需要专家，一切我手都得从新来一下。我向来没有研究儿童文学，只有一两本童话，那是为了插画，买来玩玩的，《表》即其一。现在材料就不易收，荆公治下，这一点大约都已

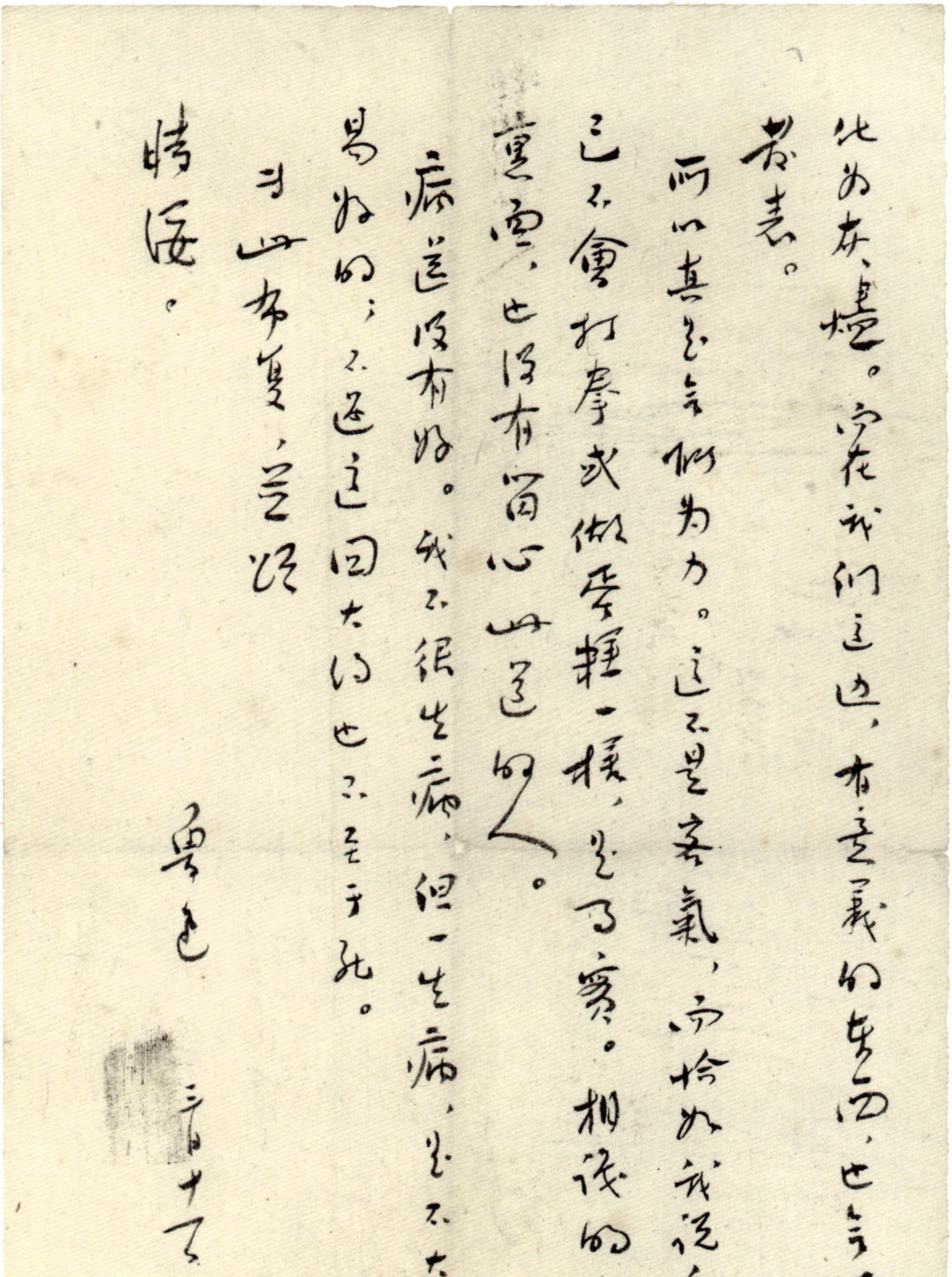

化为灰烬。实在我们这边，有意义的东西，也会没
落去。
所以真是无能为力。这不是客气，实恰如我从自
己不会打拳或做厨子一样，是事实。相识的人
里面，也没有留心此道的人。
病还没有好。我不很生病，但一生病，是不大容
易好的；不过这回大约也不至于死。
此布复，并颂
时绥。

鲁迅

三月十一

释文

晋豪先生：

惠示收到。

关于少年读物，诚然是一个大问题；偶然看到一点印出来的东西，内容和文章，都没有生气，受了这样的教育，少年的前途可想。

不过改进需要专家，一切几乎都得从新来一下。我向来没有研究儿童文学，曾有一两本童话，那是为了插画，买来玩玩的，《表》即其一。现在材料就不易收，希公治下，这一类大约都已化为灰烬。而在我们这边，有意义的东西，也无法发表。

所以真是无能为力。这不是客气，而恰如我说自己不会打拳或做蛋糕一样，是事实。相识的人里面，也没有留心此道的人。

病还没有好。我不很生病，但一生病，是不大容易好的；不过这回大约也不至于死。

专此布复，并颂

时绥。

鲁迅 三月十一日

致内山完造（一九三六年三月二十日）

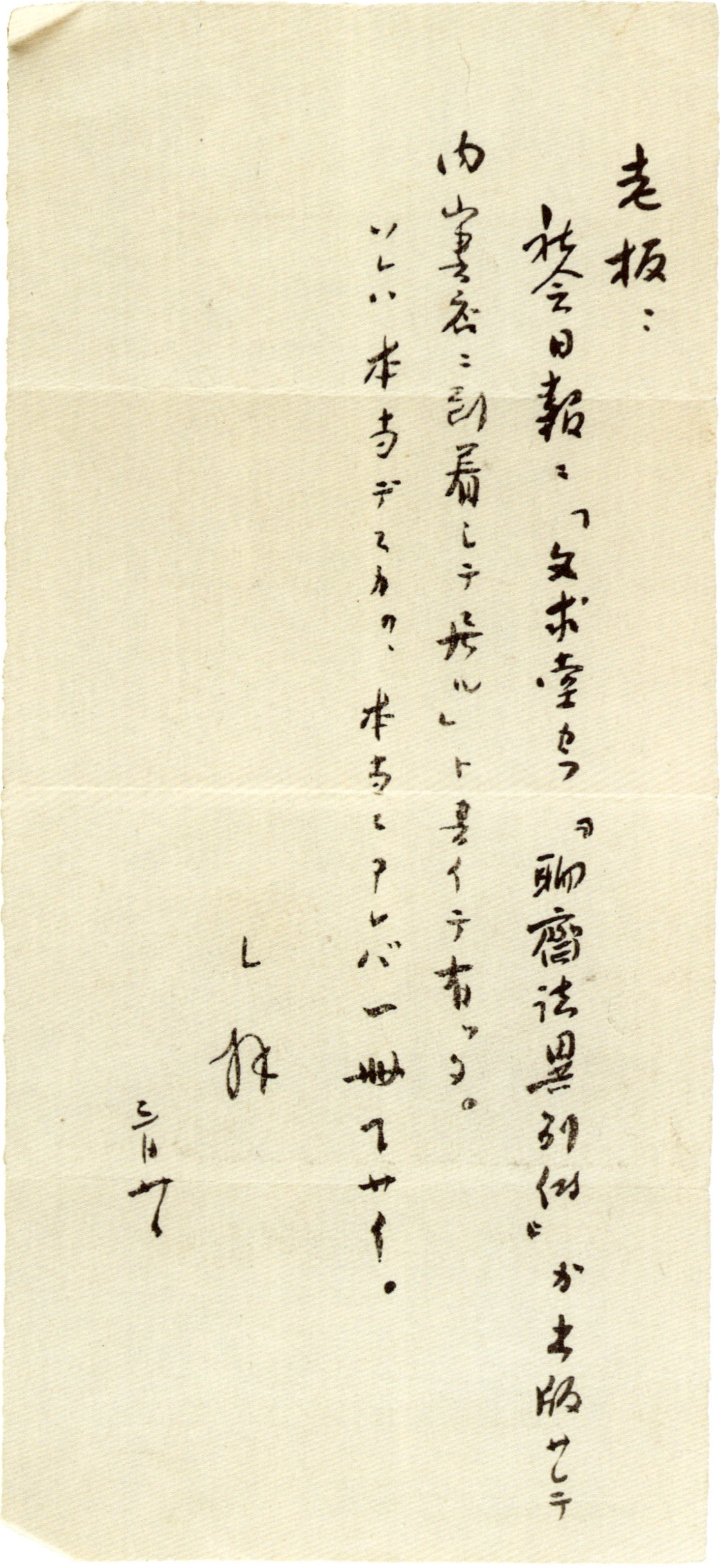

老板：

於今日報ニ「文求堂カラ『聊齋志異外編』ガ出版サレテ内山書店ニ到着シテ居ル」ト書イテ有ッタ。

ソレハ本当デスカ、本当ニアレバ一冊下サイ。

L拝

三月廿日

译文

老板：

《社会日报》载：『文求堂出版的《聊斋志异列传》已到内山书店。』

确否？倘确，请买一册。

L 拜　三月廿日

致孔另境（一九三六年七月二十二日）

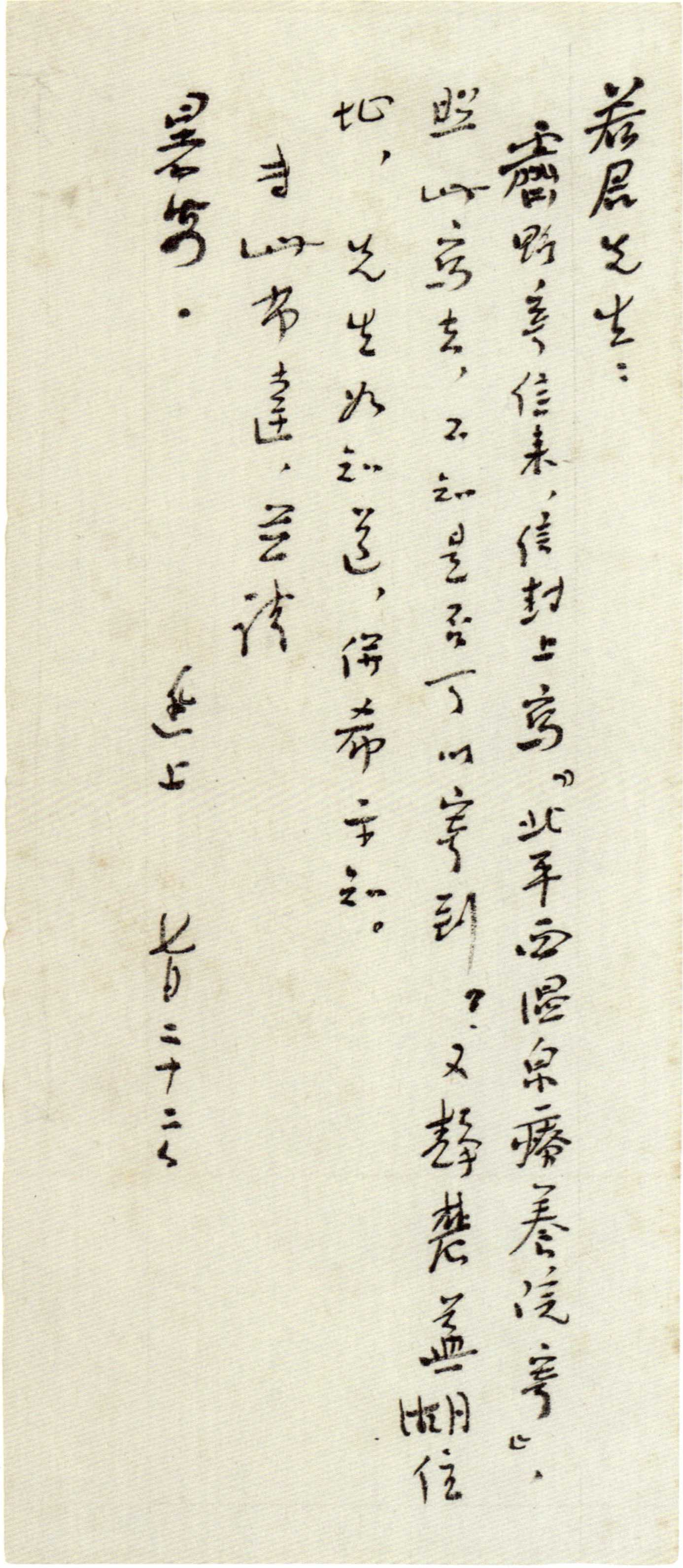
若君先生：
齐野寄信来，信封上写"北平西山温泉疗养院寄"，
照此写去，不知是否可以寄到？又静农并无期信
也，先生如知道，仍希示知。
专此布达，并请
暑安。
迅上　七月二十二

释　文

若君先生：

霁野寄信来，信封上写『北平西温泉疗养院寄』，照此写去，不知是否可以寄到？又静农芜湖住址，先生如知道，并希示知。

专此布达，并请

暑安。

迅　上　七月二十二日

致内山完造（一九三六年七月二十六日）

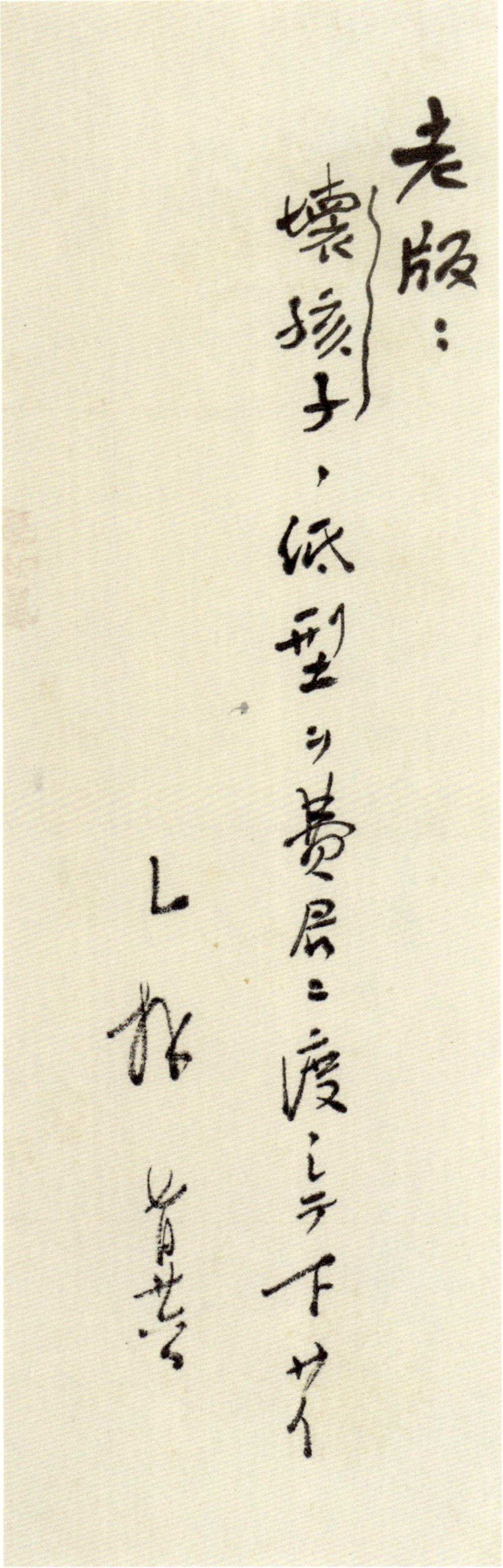
老版：
壊孩子〃紙型ヲ黄君ニ渡シテ下サイ
L拝
廿六

译文

老板：

《坏孩子》的纸型请交费君。

L 拜 七月廿六日

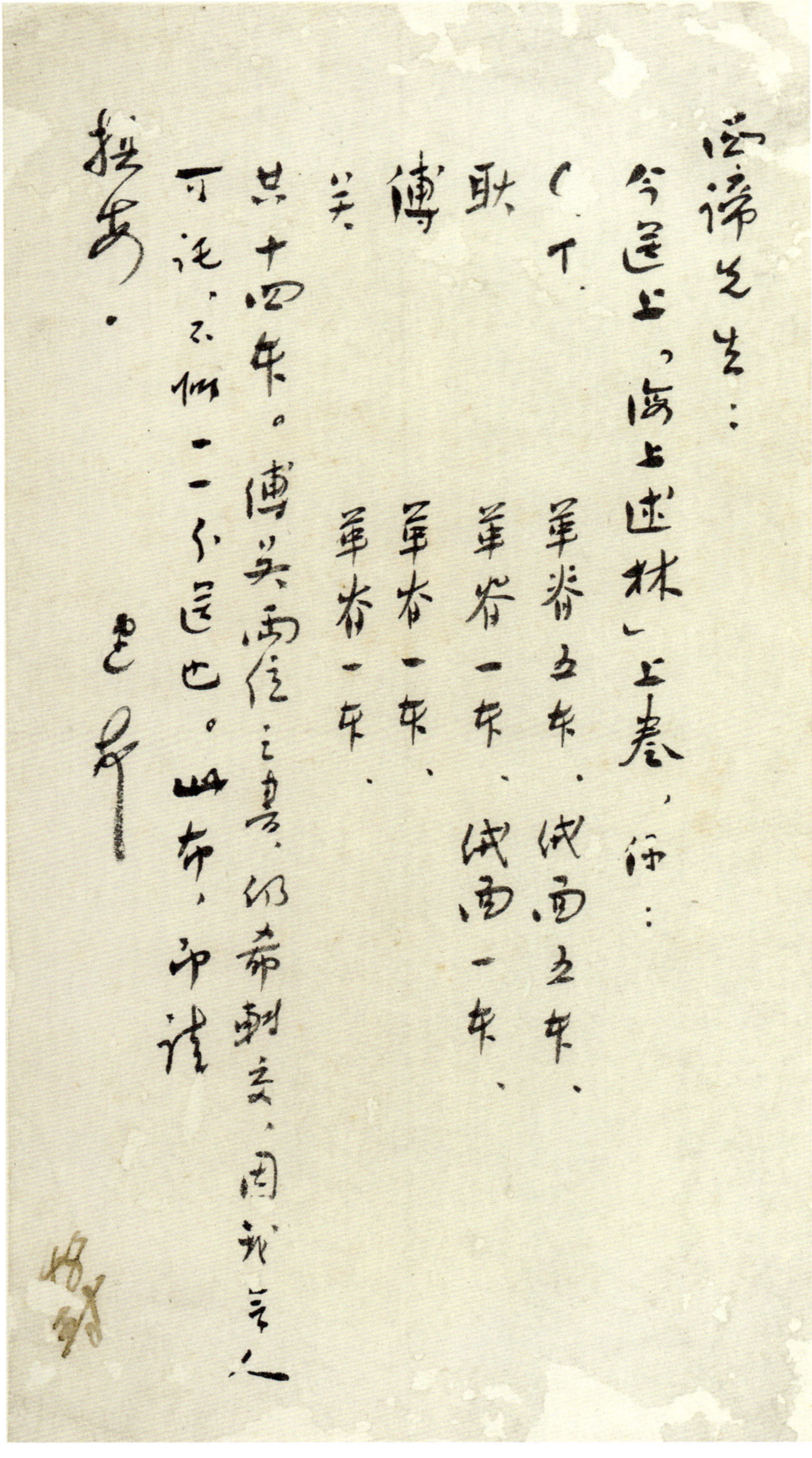

西谛先生：

今送上「海上述林」上卷，计：

C.T. 革脊五本、绒面五本、

耿 革脊一本、绒面一本、

傅 革脊一本、

吴 革脊一本、

共十四本。傅吴两位之书，仍希转交，因我无人可托，不能一一分送也。此布，即请

撰安。

迅 拜

致郑振铎（一九三六年十月二日）

释文

西谛先生：

今送上《海上述林》上卷，系：

C. T.　革脊五本、绒面五本、

耿　革脊一本、绒面一本、

傅　革脊一本、

吴　革脊一本、

共十四本。傅吴两位之书，仍希转交，因我无人可托，不能一一分送也。此布，即请

撰安。

迅　顿首（十月二日）